LOUCO POR VOCÊ

Jasinda Wilder

LOUCO POR VOCÊ

Tradução
Leonardo Castilhone

Novo Conceito

Título original: *Falling into you*

3ª Impressão — 2015

Produção editorial:
Equipe Novo Conceito
Impressão e Acabamento Ideal 150115

Este livro segue as regras da Nova Ortografia da Língua Portuguesa.

Dados Internacionais de Catalogação na Publicação (CIP)
(Câmara Brasileira do Livro, SP, Brasil)

Wilder, Jasinda
Louco por você / Jasinda Wilder ; tradução Leonardo Gomes Castilhone. -- Ribeirão Preto, SP : Novo Conceito Editora, 2014.

Título original: Falling into you.
ISBN 978-85-8163-531-6

1. Ficção norte-americana I. Título.

14-06067 CDD-813

Índices para catálogo sistemático:
1. Ficção : Literatura norte-americana 813

Novo Conceito

Rua Dr. Hugo Fortes, 1885 — Parque Industrial Lagoinha
14095-260 — Ribeirão Preto — SP
www.grupooeditorialnovoconceito.com.br

Este livro é para todos aqueles que já perderam alguma pessoa querida; para aqueles que acordaram chorando e dormiram da mesma maneira; para aqueles que tiveram de aprender que está tudo bem não estar bem. Sobreviver não significa ser forte, significa continuar respirando, um dia de cada vez; ser forte significa viver apesar da dor.

Parte UM

O Passado

Nell

Capítulo 1

Melhores amigos para sempre... Ou só melhores amigos?

Setembro

Eu nem sempre fui apaixonada por Colton Calloway; antes eu era apaixonada por seu irmão mais novo, Kyle.

Kyle foi meu primeiro amor. Meu primeiro amor em todos os sentidos.

Cresci perto dos Calloway. Kyle e eu tínhamos a mesma idade, nossas mães nos tiveram no mesmo hospital, separados por dois quartos, separados por dois dias. Kyle era o mais velho, o que me deixava irritada. Apenas por dois dias, mas já era o bastante para Kyle achar que era superior a mim e ficar implicando comigo impiedosamente. Quando éramos bebês, brincávamos no mesmo cercadinho na casa da mãe dele. Dividíamos bloquinhos e bonecas (o Kyle brincava de bonecas tanto quanto eu até por volta dos três anos, o que me dava o direito de implicar com ele impiedosamente). Aprendemos a andar de bicicleta juntos; inclusive, foi o meu pai quem nos ensinou, já que o sr. Calloway era deputado e viajava demais. Nós estudávamos juntos, fazíamos lição de casa juntos. Éramos melhores amigos antes de qualquer coisa. Acho que tanto ele quanto eu tínhamos a impressão de que ficaríamos juntos.

Não era nada combinado, necessariamente, apenas... impressão. O pai dele, o talentoso deputado; meu pai, o CEO, o empresário de megassucesso. Seus filhos lindos e perfeitos juntos? Bom, oras... Eu sei que isso parece arrogante ou sei lá o quê, mas é a verdade. Não sou perfeita, é claro. Tenho alguns defeitos. Meus quadris são muito largos para a minha altura, e meus seios um pouco grandes demais para a minha estrutura, mas não estou nem aí. Eu sei como sou, mas juro que não me vanglorio disso.

Não pensávamos na hipótese até o segundo ano do colegial. Até aquele ponto, éramos amigos, melhores amigos, mas *só* amigos. Nunca fui daquele tipo de menina que fica maluca só de ver um garoto. Em primeiro lugar, meu pai conservador jamais permitiria; segundo, eu não tinha permissão para namorar até completar dezesseis anos. Então, na semana depois dos meus queridos dezesseis, Jason Dorsey me chamou para sair. Jason era o vice-campeão no quesito perfeição completa para estar comigo. Ele era loiro, enquanto que Kyle era moreno; tinha um tipo mais musculoso do que o estilo delgado mas definido de Kyle; e Jason não era tão inteligente ou charmoso quanto Kyle, mas, na época, fiquei um pouco dividida.

Eu nem sequer hesitei quando o Jason me perguntou se podia me levar para jantar após a escola. Bem... óbvio, não? Quase todas as garotas do colegial sonhavam com Jason ou Kyle as chamando para sair, e eu, além de melhor amiga de Kyle, iria sair com Jason. Ele fez o convite na frente do meu armário, onde sempre estava cheio de gente, portanto foi uma coisa pública. Todas as meninas viram e posso dizer que ficaram com *muita* inveja.

Depois da sexta aula, como sempre, encontrei com o Kyle, que estava em seu Camaro turbinado, e ele saiu correndo, cantando os pneus. Kyle geralmente dirigia como se estivesse numa perseguição em alta velocidade, mas ele era um motorista habilidoso, portanto eu nunca ficava com medo. O pai dele teve o cuidado de matriculá-lo em cursos de direção defensiva com um agente do FBI de verdade, e, por conta disso, Kyle conseguia despistar a maioria dos policiais do Distrito Policial local.

— Adivinha só? — perguntei, toda animada, enquanto Kyle fazia uma curva à esquerda para uma estrada de terra, que era caminho para o nosso bairro.

Kyle me olhou de esguelha, levantando a sobrancelha, então eu peguei e apertei o bíceps dele, e em um grito agudo disse:

— Jason Dorsey me chamou para sair! Ele vai me levar para jantar essa noite!

Kyle quase perdeu a direção do carro. Ele pisou fundo nos freios e girou o carro num cavalo de pau na estrada de terra que levava até nossas casas. Kyle virou-se no banco de couro, com um dos braços apoiados no encosto de cabeça do meu assento, e os olhos em chama.

— O que você acabou de dizer? — Ele parecia irritado, o que me deixou confusa. — Porque eu poderia jurar que você acabou de dizer que o Jason chamou você para sair.

Senti como se estivesse fazendo algo de errado pela intensidade do olhar e da voz dele.

— Eu... ele chamou? — Saiu como se fosse uma pergunta, tímida e perplexa. — Ele vai... vai me pegar às sete. Vamos ao restaurante Brann. Por que você está agindo assim?

— Por que eu estou...? — Kyle rangeu os dentes, olhou para os lados e depois esfregou o rosto com as mãos. — Nell, você não pode sair com o Jason.

— Por que não? — Agora que eu estava superando o choque do súbito ataque de raiva de Kyle, fiquei magoada, mais confusa do que nunca e irritada. — Ele é legal e bonitinho. E é o seu melhor amigo, então qual é o problema com ele? Estou *animada*, Kyle. Ou estava. Ninguém jamais me chamou para sair, e finalmente tenho permissão para isso, agora que fiz dezesseis anos, e você fica aí todo raivoso. Não estou entendendo. Você deveria estar *feliz* por mim.

O rosto de Kyle se contorceu e eu pude notar uma meia dúzia de emoções percorrerem as belas feições dele. Ele abriu a boca, depois a fechou de novo. Em seguida, resmungou algum palavrão, escancarou a porta, lançou-se para fora do carro, bateu a porta e saiu andando pelo milharal do sr. Ennis.

Eu não sabia o que fazer, pois estava mais confusa do que nunca. Pareceu, um pouco antes de se afastar bruscamente, que ele estava com ciúme. Será que ele estava com ciúme? Então por que *ele* não me chamou para sair? Soltei meu rabo de cavalo e o prendi de novo; minha cabeça girava tão rápido que eu mal podia respirar.

Kyle? Eu fazia tudo com o Kyle. Tudo. Almoçávamos juntos todos os dias. Fazíamos caminhadas e piqueniques, longos trajetos de bicicleta que terminavam com um sorvete no Dairy Queen. Faltávamos aos coquetéis mensais que o pai dele promovia para beber vinho roubado nas docas atrás da minha casa. Uma vez ficamos alegrinhos e fomos nadar pelados.

Eu tinha a lembrança de ver o Kyle por trás, enquanto ele colocava a cueca, e sentir um friozinho na barriga ao ver o bumbum dele. Naquela ocasião, atribuí a sensação ao fato de eu estar bêbada. É claro que eu também fiquei sem roupa, e o jeito com que o Kyle olhava para mim me deixou ainda mais sem graça. Na época, gritei para que ele parasse de ficar me olhando daquele jeito, e ele virou as costas. Ele fez questão de ficar com a água pela cintura, mas hoje não consigo deixar de pensar se não era para esconder a reação dele ao me ver nua. Inclusive, ele foi bastante cuidadoso em manter certa distância enquanto nadávamos, apesar de, normalmente, sermos bastante próximos fisicamente; sempre estamos nos abraçando, provocando um ao outro, fazendo guerra de cócegas, as quais Kyle sempre ganhou.

De repente, comecei a ver tudo de um modo diferente.

Kyle? Ele era o meu melhor amigo. Evidentemente, eu tinha amigas mulheres. Jill e Becca e eu íamos à manicure todas as semanas, e depois saíamos para tomar *milk shake* no Big Boy. Mas quando eu estava com raiva ou chateada, ou quando eu brigava com os meus pais, ou quando eu tirava uma nota ruim, ou quando acontecia *qualquer* outra coisa, eu procurava o Kyle. Sentávamos à beira das docas e ele tirava o meu mau humor. Ficava me abraçando e me apertando até eu me sentir melhor. Adormeci nos braços dele nas docas milhares de vezes, também pegava no sono no sofá dele assistindo a algum filme. No sofá dele, no colo dele. Apoiada no peito dele com o braço por cima de mim.

Isso não é o tipo de afeição que se tem por um melhor amigo, certo? Mas nós nunca nos beijamos, nunca andamos de mãos dadas como um casal de namorados. E quando alguém perguntava, o que ocorreu diversas vezes, sempre dizíamos: "Não, não estamos saindo, somos melhores amigos".

Mas éramos mais que isso?

Meu Deus, que confusão!

Saí do carro e fui atrás do Kyle. Apesar de já estar fora de alcance, eu sabia para onde ele estava indo. Havia um monte do outro lado do campo de milho do sr. Ennis onde costumávamos ir para conversar. Dava para ver a cidade toda daquele ponto, assim como o riacho prateado e a trilha escura que cruzava a floresta.

Kyle estava na metade do caminho que levava até o pinheiro destruído por um raio que coroava o alto do monte. Havia um galho grosso e com cerca de seis metros de comprimento, fácil de escalar, onde frequentemente nos sentávamos juntos, ele encostado no tronco e eu encostada no peito dele. Fiquei num galho abaixo de Kyle esperando. Ele enroscou o pé no galho, estendeu a mão e me puxou como se eu fosse uma boneca, colocando-me à frente dele. Essa posição, agora, assumia outro significado. Dava para sentir o coração dele quase pulando do peito. Ele estava com a respiração ofegante e cheirava a suor. Ele devia ter subido o morro correndo.

Apoiei a cabeça no ombro dele e olhei para seu perfil que parecia esculpido de tão belo, banhado a ouro pelo sol do fim de tarde. As sobrancelhas estavam franzidas e a mandíbula tensa. Ele ainda estava chateado.

— Kyle... fale comigo. Eu não...

— Não o quê? Entende? É claro que você entende. — Ele me olhou, depois fechou os olhos e virou o rosto. Como se doesse olhar para mim.

— Nós somos melhores amigos, Kyle. Se existe algo além disso para você, conte para mim.

— Para mim? — Ele deu uma pancada com a cabeça contra a árvore. — Sei lá, Nell. Eu... claro que somos melhores amigos, acho que por predefinição. É que nós crescemos juntos, certo? Passamos muito tempo juntos e dizemos a todo mundo que é só isso, mas...

— Mas o quê? — Senti meu coração saltar pela boca. Isso podia mudar tudo.

Ele enroscou entre os dedos um cacho dos meus cabelos loiros.

— E se houvesse mais? Entre nós?

— Mais? Tipo, *juntos*?

— Por que não?

Senti um ímpeto de raiva.

— "Por que não?" Você está falando sério mesmo, Kyle? Essa é a resposta que você me dá?

Eu deslizei pelo galho, dependurei-me pela perna e pulei para o outro galho que estava mais abaixo.

Em segundos, consegui sair da árvore e corri pelo campo de milho. Pude ouvir Kyle me chamar lá de trás, mas não dei ouvidos. Minha casa estava a cerca de oitocentos metros dali, então fui correndo. Abri a porta com tanta força que a casa estremeceu, assustando minha mãe de tal maneira que ela acabou deixando cair um copo. Ouvi o barulho do vidro estilhaçando no chão e minha mãe xingando, depois bati a porta do meu quarto e me joguei na cama, soluçando de tanto chorar. Segurei o choro por todo o caminho; mas no santuário do meu quarto, eu podia me soltar.

— Nell? O que aconteceu, meu anjo? — disse a voz da minha mãe do outro lado da porta, preocupada e afável.

— Eu não... eu não quero falar nisso.

— Nell, abra a porta e fale comigo.

— Não!

Ouvi a grave voz masculina de Kyle aproximar-se da minha mãe. Ela disse:

— Nell? O Kyle está aqui.

— Não quero vê-lo. Faça-o ir embora.

Escutei minha mãe falando com o Kyle, dizendo que ela iria falar comigo e que tudo ia ficar bem. Mas não ia. Eu não entendia bem por que exatamente eu estava chorando tanto. Eu estava confusa de uns cem jeitos diferentes.

Fiquei empolgada porque iria sair com Jason. Ou, pelo menos, *tinha ficado* empolgada. Tentei imaginar a mão do Jason na minha, o braço dele em volta da minha cintura. Tentei me imaginar beijando o Jason. Só de pensar naquilo senti aflição e afugentei a cena da minha cabeça, quase com enjoo daquilo. Então por que eu havia ficado tão feliz? Só por que um garoto bonitinho havia me chamado para sair? Talvez. Acho que era do conhecimento de todos que Nell Hawthorne estava fora do alcance de qualquer um. Fui convidada para sair antes, no ano passado quando fiz quinze anos, para ir ao baile dos ex-alunos. Aaron Swarnicki. Bonitinho, mas chatinho. O papai ficou uma fera e disse que eu não podia sair com ele. Eu podia ir ao reencontro, mas só isso. A notícia se espalhou; a mensagem era implícita, mas bem clara: *Nell está fora de alcance*. Ninguém mais me chamou para sair depois disso. O papai era uma figura bastante influente na cidade. Só o pai do Kyle era mais importante que ele, e isso porque ele era deputado federal. O papai era dono de vários prédios comerciais na cidade e de muitos outros nas cidades vizinhas. Além disso, fazia parte do Conselho Municipal e tinha o apoio do prefeito e do governador. Por meio do sr. Calloway, ele também tinha acesso a figuras políticas nacionais. Isso quer dizer que ninguém iria querer cruzar o caminho de Jim Hawthorne. Agora que vejo, é estranho pensar no assunto. Talvez o papai tenha dito alguma coisa ao garoto que havia me chamado para sair.

Meus pensamentos voltaram para Kyle. Para a reação radical e repentina dele em virtude de Jason ter me chamado para sair. Para o jeito que ele olhou para mim na árvore.

Para a minha própria reação ao "por que não" dele.

"Por que não?" Isso era o melhor que ele podia falar? Comecei a ficar irritada de novo e não conseguia evitar, mesmo sabendo que isso não fazia sentido. Eu não .queria que ele saísse comigo *simplesmente por sair*. Eu queria que aquilo significasse alguma coisa.

Tentei me imaginar com Kyle de um jeito *além*, o que quer que isso quisesse dizer. Era fácil imaginar nossos dedos entrelaçados. Jantares à luz de velas. Meu rosto no peito dele, os lábios dele descendo até os meus até o sol se pôr atrás de nós...

Disse a mim mesma para deixar de ser tão melodramática. Mas... não conseguia tirar aquela cena da cabeça. Quase podia sentir os braços de Kyle nas minhas costas, as mãos dele envolvendo a minha cintura, passando perigosamente perto do meu bumbum. Podia sentir aquela vontadezinha de que as mãos dele fossem um pouco mais para baixo. Quase dava para sentir os lábios dele, quentes, suaves e molhados, deslizando pelos meus...

Fiquei com as bochechas coradas e me contorci na cama, rolando de barriga para cima e enxugando o rosto.

O que havia de errado comigo? De repente comecei a fantasiar com Kyle?

Eu precisava sair. Precisava correr. Arranquei o uniforme do colégio e coloquei o short de corrida, o sutiã de ginástica, uma camiseta regata, as meias soquetes, meu Nike e peguei o meu iPod. Correr, geralmente, desanuviava minha mente, e isso era o que eu precisava naquele momento.

Enfiei os fones no ouvido enquanto descia as escadas e saí desenfreada pela porta da frente, fingindo que não tinha ouvido minha mãe chamar por mim. Selecionei a minha lista de corrida, ou seja, todas aquelas músicas pop, bobas, vazias e agitadas que não me deixam pensar em nada. Alonguei-me rapidamente e fui fazer a minha corrida básica de oito quilômetros.

Passei na frente da casa do Kyle e me xinguei mentalmente por não ter lembrado desse detalhe. Ele esperava por mim, com os fones de ouvido, sem camisa e usava apenas um short de ginástica. Já o vi daquele jeito milhares de vezes, o abdômen esculpido refletindo o sol, uma linha escura de pelos que desciam pelo meio da barriga até desaparecer no short. Porém, dessa vez, tive de engolir em seco com aquela visão. Para falar a verdade, eu sabia que o Kyle era *muito gostoso*. Sempre notei isso nele e sempre gostei disso também. Poxa, eu era uma adolescente de dezesseis anos, cheia de hormônios, com uma atração saudável por um homem muito sensual. É só que eu nunca tinha pensado no Kyle *daquele* jeito. Tipo... como um objeto de desejo.

Como eu não diminuí a velocidade, ele correu para me acompanhar, e os nossos passos sincronizaram-se naturalmente. Até a respiração coordenada com a passada sincronizou-se na mesma hora.

Não conversamos e não nos olhamos. Só corremos. Um quilômetro e meio, três quilômetros, depois nós dois começamos a competir. Forcei o passo e ele me alcançou, e em seguida ele forçou ainda mais. Depois recuperamos o fôlego. Passamos pela árvore retorcida que marcava os cinco quilômetros, já com a respiração ofegante, suando sem parar. Forcei-me a olhar para a estrada em frente, tentei esvaziar meus pensamentos, com Lady Gaga ao fundo. Corre, corre, corre, respire e foque, balance os braços. Não olhe para o Kyle. Não olhe para o fio de suor escorrendo pelo peito dele, não veja a gota prestes a cair de um dos mamilos daquele peitoral definido, não imagine que vá lamber aquela gotícula quando ela tocar as ondas de seu abdômen.

Merda! De onde veio essa imagem? Lamber o Kyle? *Acorda, Nell. Acorda para a vida.* Aquela autocensura não ajudava em nada. A imagem agora estava gravada na minha mente. Kyle, de barriga para cima, deitado num gramado. O suor percorrendo sua pele bronzeada, o cabelo molhado e bagunçado. Olhava e tocava o peito dele com os lábios, depois lambia o fio reluzente de líquido salgado.

Ai, meu Deus, ai, meu Deus... *Ai meu Deus*. Isso era ruim. Não eram bons pensamentos. Não eram pensamentos inocentes. Não eram pensamentos que se tem por um melhor amigo. Eu era virgem. Nunca lambi ninguém. Nem cheguei a beijar alguém. Claro que já vi alguns filmes proibidos para menores com a Jill e a Becca, e toda hora assistíamos escondidas à série *True Blood*. Então... nós sabíamos como tinha de ser, e eu tinha as minhas próprias fantasias e devaneios, mas... com o *Kyle*?

Parecia que eu estava incorporando a "tensão" entre Sookie e Eric. Só que o Kyle estava mais para Bill...

Tirei aquelas bobagens da cabeça, Kyle estava alguns passos atrás de mim, e corri com toda minha força, os braços balançando intensamente. Forcei até o limite, corri mais rápido, tentando arrancar da cabeça aquelas cenas e o súbito desejo ridículo pelo meu melhor amigo... então apenas corri. As pernas pareciam uma gelatina, a respiração ofegante e urgente, a vista embaçada, desespero no lugar do sangue, confusão no lugar de oxigênio... esse tipo de corrida.

Kyle entrou no meu campo visual, acompanhando meu ritmo, deu um gás maior e me ultrapassou, mais rápido do que eu podia aguentar. Ele alcançava a velocidade de um jogador de futebol americano aos dezesseis anos de idade que já estava sendo sondado por três grandes universidades dos Estados Unidos.

Tropecei, diminuí o ritmo, parei e me curvei, apoiando as mãos nos joelhos, tentando recuperar o fôlego. O Kyle parou uns quatro metros à minha frente fazendo a mesma coisa. Estávamos no alto de uma montanha, a floresta à nossa esquerda, as casas tinham ficado alguns quilômetros para trás, o vale com a nossa árvore à direita. Flores silvestres agitadas pela brisa, que refrescava o calor do início de setembro. Comecei a caminhar, tirei a regata por cima do top e enxuguei meu rosto com ela.

Parei de andar de novo, com a cabeça para trás, procurando acalmar minha respiração. Tombei a cabeça mais para trás e amarrei a camiseta sobre os olhos para absorver o suor que escorria da minha testa.

—Você deveria se alongar — murmurou Kyle, a poucos centímetros de mim.

Fiquei inquieta ao som da voz dele, com aquela proximidade repentina. Meu coração começou a bater forte de novo, dessa vez mais por nervosismo do que por esforço. O que era uma imbecilidade. Era o Kyle ali na minha frente. Ele sabia tudo sobre mim. Ele já tinha me visto nua.

Só que aquela era a pior coisa que eu poderia ter pensado naquele momento. Tirei a camiseta dos meus olhos e o vi olhando para mim, com a expressão intensa mas indecifrável. A respiração dele era profunda e arrastada, e eu sabia que se não fosse cuidadosa, poderia acabar me convencendo de que ele não estava ofegante só por ter corrido.

Umedeci os lábios, e os olhos dele acompanharam o trajeto da minha língua. Ruim. Muito ruim.

— Kyle... — comecei, percebendo então que eu não sabia o que dizer.

— Nell. — Ele soou calmo e confiante. Despretensioso. Mas seus olhos... os olhos dele o traíam.

Ele se afastou, curvou o corpo para frente com os pés juntos e começou a se alongar. O clima havia sido quebrado e eu também me afastei para me alongar. Quando nós dois terminamos, sentamo-nos na grama, e eu sabia que não dava mais para evitar aquela conversa. Para disfarçar o meu nervosismo, soltei o rabo de cavalo e sacudi o cabelo.

Kyle respirou profundamente, olhou ansioso para mim e, em seguida, fechou os olhos com força.

— Nell, olha só. Quando eu disse "por que não", aquilo foi... foi muito idiota. Não era isso o que eu queria dizer. Desculpe-me. Imagino como aquilo deve ter parecido para você. Eu estava tão irritado e confuso...

— Confuso?

— Sim, confuso! — disse Kyle, quase gritando. — Toda essa história entre nós hoje está sendo *confusa*. Quando me disse que o Jason havia chamado você para sair, eu, sei lá... Foi como se algo dentro de mim tivesse... perdido o rumo. Visualizei você com ele, talvez até o beijando, e eu... não. Só, não.

Ele esfregou o rosto e deitou de costas na grama, olhando fixamente para o céu azul, com tiras brancas de nuvens dispersas, tingido pelo laranja do pôr do sol.

— Eu sei como isso deve parecer, mas... quando pensei na cena dos braços do Jason à sua volta, os lábios dele tocando você... não dava para aguentar. Pensei: "De jeito nenhum! A Nell é minha!". Foi quando eu saí correndo. Não conseguia entender por que eu de repente havia me tornado tão possessivo. Ainda... não sei de onde está vindo tudo isso.

— Eu também não. Quero dizer, fiquei surpresa com o jeito que você reagiu, mas após ir para casa e me imaginar estando de fato com o Jason, eu... aquilo não era mesmo para mim. Eu não conseguia imaginar a situação.

— E você ainda vai sair com ele?

Fiz uma pausa.

— Não sei. Acho que não.

Kyle olhou para mim e puxou o seu iPhone do bolso pelo fio do fone de ouvido.

— Mas ele sabe disso?

Minha respiração parou. Eu me esqueci de ligar para ele cancelando.

— Que merda, não, ele não sabe.

Os lábios do Kyle esboçaram um sorriso.

— Então é melhor ligar para ele, não acha? Ele deve estar se perguntando onde você está.

Olhei para o meu iPod: 18h54.

— Posso usar o seu telefone?

Ele procurou o telefone do Jason na lista de contatos, arrancou os fones e me entregou o aparelho. Apertei "Chamar" e coloquei o telefone no ouvido, a capa de borracha ainda úmida e quente por causa da mão do Kyle.

Eis que surge a voz exuberante do Jason.

— E aí, Kyle, meu garoto! Tudo beleza?!

Engoli em seco.

— Na verdade, Jason, é a Nell. Estou ligando do telefone do Kyle... Eu... eu esqueci o meu.

— Esqueceu o seu? Onde você está? Estou estacionando agora mesmo na frente da sua casa. — A voz amigável e empolgada dele de antes ficou com um tom confuso.

— Olha só, sinto muito, mas eu não posso sair com você.

Pairou um longo silêncio.

— Ah, entendi. — De repente a voz dele ficou desanimada e quase pude imaginar as feições dele se desmanchando. — Está tudo bem? Quer dizer...

— Eu só... acho que eu fui precipitada em ter aceitado sair com você, Jason. Desculpe-me. Não acho... não acho que daria certo.

— Então essa ligação não é para remarcar para outro dia, né?! — As palavras insinuavam uma pergunta, mas o tom era de afirmação, tenso, sério.

— Não. Mil desculpas.

— Tudo bem, eu acho. — Ele riu com uma gargalhada meio forçada. — Que merda, não. Não, não está tudo bem. Está tudo meio estranho, Nell. Eu estava tão animado.

— Sinto muito, *muito* mesmo, Jason. Eu só percebi, depois de pensar muito no assunto... Quer dizer, fico lisonjeada, e eu tinha ficado muito feliz com o seu convite, mas...

— Isso tem a ver com o Kyle, não tem? Você está com ele, no telefone dele, então é claro que tem a ver com ele.

— Jason, não é... aliás, é, estou com ele agora, mas...

— Tudo bem, eu já entendi. Acho que todo mundo já sabia disso, então não tem por que eu ficar surpreso. Apenas preferia que você tivesse me falado antes.

— Jason, me desculpe. Não sei mais o que dizer.

— Não há nada para dizer. Está tranquilo. Eu só... sei lá. Vejo você na aula de Química, segunda-feira.

Ele estava prestes a desligar, quando tive uma inspiração repentina.

— Jason, espere.

— Que foi? — A voz dele estava triste e sisuda.

— Não sei se eu deveria contar isso para você, mas... A Becca tem uma queda por você desde a sétima série. Garanto que ela sairia com você.

— A Becca? — Percebi que ele estava considerando a ideia. — Mas não seria esquisito? Digo, o que eu diria? Ela iria achar que era minha segunda opção ou algo parecido. Bem, não deixa de ser verdade, mas não *desse* jeito, sabe?

Pensei rapidamente no assunto.

— Fale para ela a verdade. Eu dei o bolo em você na última hora. Você já tinha reservas e eu disse que ela iria gostar de ir com você.

— Você acha que vai funcionar? Sério? — Deu para perceber um novo ânimo na voz dele, a animação havia voltado. — Ela é bem gata.

— Vai dar certo. Ligue para ela. — Passei a ele o número dela e ele repetiu para confirmar.

— Obrigado... eu acho. Mas, Nell? Da próxima vez que você for partir o coração de um cara, dê mais indícios disso, está bem?

— Não seja ridículo, Jason. Eu não parti o seu coração. Nós nem tínhamos saído juntos ainda. Mas eu sinto muito *mesmo* de ter avisado você desse jeito.

— Fique tranquila. Além do mais, acho que pode rolar alguma coisa entre mim e Becca. Ela é quase tão gostosa quanto você. Espere, merda, isso não saiu pela minha boca. Não conte para a Becca que eu disse isso. Vocês são gostosas do mesmo jeito, eu só...

Não consegui fazer outra coisa senão rir.

— Jason? Cale a boca. Ligue para a Becca.

Apertei "Encerrar" e devolvi o telefone para o Kyle. Ele ficou olhando para o telefone.

— Essa foi sagaz, Nell. Tenho de admitir. — Ele me olhou meio perplexo. — A Becca tem mesmo uma queda por ele?

Eu ri novamente.

— E como. Ela é loucamente apaixonada por Jason Dorsey desde... bom, eu falei para ele que era desde a sétima série, mas faz muito mais tempo que isso. Bem mais. Tipo... desde a quarta série. Desde sempre. Outra razão pela qual eu nunca deveria ter aceitado o convite dele, eu só estava... Eu fiquei empolgada, Kyle. Ser chamada para sair por garotos bonitos é importante, e você e o Jason são os dois garotos mais bonitos de toda a escola.

Kyle escancarou um sorriso para mim, duvidoso e malicioso.

— Você me acha bonito?

Ai, meu Deus. Ai, meu Deus. Entrei em apuros. Não podia mais olhar nos olhos dele. A grama de repente ficou *muito* interessante.

— Você sabe que é um gato, Kyle Calloway, então para de querer ficar ouvindo elogios. — Tentei a jogada do desviar a atenção com uma brincadeira sedutora, na esperança de que ele fosse ignorar o fato de que eu estava quase explodindo de tão vermelha.

Não adiantou nada.

— Você está quase explodindo, Nell. — A voz dele estava perto demais. A respiração dele estava quente no meu pescoço.

O que estava acontecendo? O que ele estava fazendo?

Olhei para cima e os olhos do Kyle estavam a poucos centímetros do meu. Ele estava deitado de lado e seus dedos vieram de encontro aos meus. De repente, minha respiração travou. Ele colocou o meu cabelo por trás da orelha e eu não conseguia pensar em outra coisa senão em seu corpo escultural, naqueles olhos penetrantes, na mão dele no meu cabelo, naquela boca e naqueles lábios tão próximos dos meus, a ponta da língua vindo em minha direção. A partir daquele instante, Kyle virou outra pessoa, alguém diferente. Não o garotinho com quem cresci, mas um jovem com traços, olhos e mandíbula próprios da idade, porém com um olhar intenso, maduro, quase faminto.

Eu não conhecia esse Kyle, mas eu gostava dele. Queria conhecê-lo.

A eletricidade percorreu o meu corpo fazendo meus olhos se fecharem; um impulso tirou meu fôlego quando Kyle pressionou sua boca na minha. Um calor úmido e uma energia sutil me arrepiaram, a surpresa deu espaço ao fascínio, ao prazer.

O Kyle estava me *beijando*. Meu Deus, meu Deus... *Ai meu Deus.* Eu gostei, e *muito*. Meu primeiro beijo.

Fiquei sem ar, incapaz de me mexer por conta da incrível sensação dos nossos lábios se tocando. Estranho porém perfeito, instigante, inseguro. Ele se afastou e me deixou sem fôlego, sofrendo com a ausência do beijo dele.

— Nell? Eu... você...? — Ele parecia hesitante consigo mesmo, com o beijo.

Sorri para ele, nossos rostos ainda tão próximos que eu podia sentir meus lábios buscando os dele. Minha mão saiu da minha cintura para o braço dele, depois para o rosto, meus dedos contornaram sua orelha, a palma da minha mão envolvendo seu rosto. Ele deu um suspiro de alívio e dessa vez o beijo foi mútuo. Fui mais para perto dele, tocando seus lábios com intensidade, ficando sem fôlego de novo... ou ainda.

Milhares de perguntas, que sempre invadiram os meus pensamentos quando eu assistia a filmes que mostravam pessoas se beijando, foram respondidas. O que vocês fizeram com os narizes? Que nariz? Eu só queria que nossas bocas estivessem unidas, levemente tombadas para o lado. Mãos? Elas pareciam saber para onde ir por si mesmas. Para o rosto, para a nuca, para os braços dele. Dava até para respirar enquanto nos beijávamos, é claro. Quando eu era mais nova, ficava pensando se precisava prender a respiração. Agora eu estava maravilhada por ter descoberto que poderia beijar o Kyle para sempre, sem jamais ter de parar para respirar. E eu nem queria.

Nem imagino quanto tempo se passou enquanto ficamos ali na grama nos beijando. Não estava nem aí também. Nada importava senão a alegria de estar com Kyle, de meu primeiro beijo, de ficar com o meu melhor amigo, o único cara com quem eu realmente me importava.

Isso não era apenas perfeitamente natural, mas também o único jeito que eu imaginava que poderia acontecer, e eu não conseguia entender como não tinha rolado antes.

Então, naquele momento, eu estava deitada na grama, com as folhas pinicando as minhas costas abaixo do meu top de ginástica. Kyle estava com parte do peso dele sobre mim e a outra parte apoiada sobre o braço. Sua mão apoiava-se na grama ao lado do meu rosto, e eu passei uma mão em volta do braço e a outra por trás da nuca, assim eu teria a certeza de que ele não se afastaria, não iria parar de me beijar.

De repente, eu entendi muitas coisas.

Entendi o perigo de um beijo. O calor, a força, o relâmpago. Senti algo duro pressionado contra meus quadris, e eu já sabia o que era. O beijo foi interrompido e Kyle mudou de posição, afastando os quadris. Seu olhar percorreu meu corpo e eu ruborizei, tanto pela atenção dele no meu corpo quanto por saber o que eu havia sentido.

Ele ruborizou, pois me dei conta que olhava fixamente para ele, para o corpo dele, com aquele abdômen definido, e mais para baixo, onde havia um volume que nós dois sabíamos o que era.

— Merda... — disse Kyle, rolando para longe e cobrindo o rosto, claramente envergonhado. — Nell, desculpe, eu não sei o que aconteceu...

Eu ri.

— Kyle, tenho certeza de que nós dois sabemos que isso é balela. Eu sei bem o que aconteceu e você também sabe. Nós nos beijamos. Nós ficamos. E você ficou... excitado. — Ele puxou o elástico do seu short de corrida para se arrumar.

— É, mas... é simplesmente constrangedor.

Rolei de barriga para baixo e me debrucei sobre ele, como ele estava antes.

— Kyle, está tudo bem. Não somos mais crianças. Eu estou... eu sei... quer dizer, é, foi um pouco estranho por um segundo, mas...

— Isso muda as coisas entre nós, não muda? — perguntou Kyle, interrompendo minha fala.

Cortei o que eu estava dizendo, fiquei em silêncio com aquela pergunta abrupta.

— Acho que muda, sim — eu disse.

— Mas nós ainda somos amigos?

Entrei em pânico.

— Eu... sim? Digo, espero que sim. Eu não sei o que aconteceu, por que nós nos beijamos desse jeito, por que você ficou tão enciumado e por que eu não podia sair com o Jason. Quer dizer, eu *sei*... mas não entendo a razão *agora*. Sabe? Beijar você, pareceu... a coisa certa. E você ainda é você. Eu ainda sou eu. Nós ainda somos nós, Kyle e Nell. Mas... só algo a mais, eu acho.

Kyle suspirou aliviado.

— Eu fiquei com medo... não pretendia beijá-la. Mas aconteceu. Foi maravilhoso e eu não queria parar. — O olhar dele finalmente encontrou com o meu, os dedos dele brincavam com um cacho do meu cabelo. — Quero beijá-la de novo, agora mesmo. Mas... tenho medo de jamais querer parar.

— Quem disse que eu queria que você tivesse parado? Eu retribuí o beijo, Kyle. Não sei o que isso significa para você, o que isso nos torna. Digo, agora somos namorados? Sei lá. O que dirão nossos pais? Todo mundo sempre teve essa impressão de nós, não é verdade?

Os lábios de Kyle se abriram e eu percebi que ele estava pensando em voltar a me beijar. Eu queria que ele fizesse isso. Eu me inclinei e o meu cabelo cobriu os nossos rostos, isolando-nos do mundo, tudo para que voltássemos a nos beijar. A mão do Kyle deslizou pelo meu braço, parou estranhamente sobre o ombro e, depois, desceu pelas costas. Ele estava hesitante, tanto quanto eu. O beijo foi interrompido, mas nossos lábios mal se afastaram. Nossos olhos se encontraram e pude perceber que ele estava pensativo, espantado, querendo mais, porém sem ter certeza de nada. Acomodei o corpo de forma que o meu peso ficasse um pouco mais sobre ele, com as mãos pousadas sobre o peito dele. Já tinha visto essa posição num filme, mas só agora eu a entendia. Era íntima. Confortável, mas... sugestiva.

Eu me senti mundana. Adulta. Madura. Cheia de desejos que eu não entendia direito e não sabia o que fazer com eles. Senti aquela coisa dura entre nós, e o olhar hesitante do Kyle me dizia que ele estava tão consciente daquilo quanto eu. O que eu deveria fazer? Sair de perto? Nos filmes, esse era o momento em que o beijo natural facilmente levava a outras coisas. Em *True Blood*, essa seria a hora em que Eric habilmente arrancaria as roupas de Sookie e, na cena seguinte, ele estaria em cima dela, com toda aquela masculinidade nas linhas longas e no movimento, e eles começariam a fazer amor... *trepar*... e os dois saberiam exatamente o que fazer.

Por outro lado, eu já não tinha tanta certeza. Vê-lo sem camisa já era o suficiente para me deixar encabulada. Sentir a pele do peito dele sob as minhas mãos, a palma da mão dele sob a alça do meu top de ginástica, me deixava toda arrepiada. Mas... e o resto?

Eu não estava pronta.

Kyle deve ter percebido meu turbilhão mental, ou sentido que meu coração começou a disparar repentinamente. Ele se afastou e se sentou, forçando-me a fazer o mesmo.

— Nós deveríamos ir mais devagar, Nell.

— É... é. — Olhei para os meus pés e peguei a camisa largada na grama.

Ela estava ensopada, então não a vesti. Senti os músculos repuxando e as costas doloridas. Alonguei os braços por cima da cabeça, arqueando o corpo para trás, com as palmas das mãos viradas para o céu. Enquanto eu relaxava ao me espreguiçar, senti o Kyle me olhar. Ele me olhou como homem. Olhou pra valer mesmo. Fiquei ruborizada de vergonha.

— O que foi? — perguntei, mesmo já sabendo.

— Nada. — Os olhos de Kyle desviaram, mas eu mesma não pude deixar de olhar para os músculos dele que brilhavam com o suor, o volume revelador que ainda estava visível em seu short, o que só me deixava ainda mais ruborizada.

Lembro-me da única vez que eu e a Jill assistimos a um filme pornô que ela tinha encontrado na internet — só pela curiosidade e pela emoção de saber que era proibido. Eu só conseguia pensar em como os homens ficavam grandes, e cheios de veias aparentes, e cabeludos, e... *trêmulos*. Aquilo não foi engraçado, ou excitante, ou atraente. As mulheres não pareciam reais. O filme era feio, chocante e até meio amedrontador. Desligamos antes de chegar à metade e juramos nunca mais falar sobre o assunto. Pusemos para ver vários episódios de *Jersey Shore* e tentamos fingir que nenhuma daquelas imagens terríveis estava gravada em nossas mentes.

E agora, seis meses depois da experiência fracassada, minha e da Jill, em ver um filme pornô, tentando desviar meu olhar para outra coisa senão para a virilha do Kyle, eu não conseguia parar de pensar se ele se pareceria com aqueles caras, se eu ficaria excitada com ele nu na minha frente, se ele e eu iríamos transar mesmo.

— Acho que nós deveríamos voltar — disse Kyle. — Estamos fora há muito tempo.

O sol estava se pondo ao cruzarmos de volta o campo até a estrada principal. Corri na frente do Kyle ao descer a montanha, e novamente senti que ele estava olhando para mim, porém dessa vez ele estava olhando para o meu bumbum. Ignorei minha vergonha e virei para vê-lo por sobre o meu ombro, tentando parecer recatada e sensual. Balancei os quadris para ele quando cheguei ao fim da descida.

— Você estava olhando para mim, Kyle — eu disse baixinho quando o Kyle se aproximou.

— Não estava, não. — Ele tentou evitar o sorriso, mas as bochechas rosadas entregavam a mentira.

— Estava sim. Você estava olhando para a minha bunda.

— Eu... — Ele baixou a cabeça e esfregou a nuca, depois olhou nos meus olhos e deu um sorriso meio torto. — Quer saber, tudo bem. Eu estava sim. Está bem? Eu estava olhando para a sua bunda. Tem algum problema?

Encolhi os ombros.

— Não disse que tinha algum problema. — Eu não ia admitir que tinha gostado.

Andamos lado a lado em silêncio depois disso, um pouco estranho, um pouco hesitante. Finalmente, Kyle quebrou o silêncio.

— Sabe de uma coisa, eu tento não olhar para você assim desde sempre. Toda vez que corremos juntos, tenho de correr na sua frente para não olhar para a sua bunda. Ou ver seus peitos balançando. Mesmo quando você está de sutiã, seus peitos balançam muito, e isso distrai demais.

— Kyle! — Quase desmaiei de tão vermelha que fiquei. De repente, não conseguia parar de rir.

— O que foi? Só estou dizendo a verdade. Você é a minha melhor amiga e eu achava errado olhar para você do mesmo modo que eu olharia para outra garota. Quer dizer, eu procuro não ficar babando por outras garotas, porque é grosseria, mas com você é diferente. Mas... caramba, Nell. É tão difícil não olhar para você. Você é muito gata.

Parei de andar e parei na frente dele abruptamente.

— Você acha que eu sou gata?

Ele respondeu com as mesmas palavras que eu havia usado antes com ele.

— Você sabe que é gata, Nell Hawthorne, então pare de querer ouvir elogios. — O sorriso dele se transformou num olhar intenso, sério e cheio de emoção. — Mas... "gata" não é a palavra certa. Digo, todo cara na escola acha você uma gata menos Thomas Avery, porque ele é gay. Mas eu acho você linda. Maravilhosa.

Eu me afastei, um pouco desconfortável, por causa da intensidade do olhar dele sobre mim.

— Obrigada?

"Ele me acha maravilhosa?" A ideia de que Kyle não só me achava uma gata, mas maravilhosa, fez com que eu sentisse agulhadas de alguma coisa parecida com medo, uma pressão intensa no meu coração.

No caminho de volta para casa, em algum momento, a mão dele acabou se enroscando na minha, os dedos se entrelaçaram, como se estivessem daquele jeito desde sempre. Primeiro chegamos à casa dele, onde sua mãe verificava a caixa de correio, com o celular entre o ouvido e o ombro, provavelmente falando com a minha mãe.

Ela nos viu andando de mãos dadas pelas frestas do portão de ferro. As sobrancelhas dela se ergueram até a franja do cabelo, e ela ficou praticamente sem reação, com a boca aberta o suficiente para dizer um chocado "Ó". Eu sabia que o meu cabelo estava bagunçado e suado, minha camisa estava amassada (e a do Kyle também)... de repente, meus lábios formigaram ao lembrar do beijo dele e fiquei me perguntando se ela imaginava que nós estávamos nos beijando, se ela achava que nós teríamos...

— Rachel? Tenho de desligar. Nossos filhos acabaram de chegar... de mãos dadas. Sim. Eu sei. Já. — Olivia Calloway desligou e virou para a nossa direção. — Então... Vocês ficaram fora por um bom tempo.

Ela olhou para baixo, para as nossas mãos dadas. Nós nos entreolhamos longa e profundamente. Apertei a mão dele, indicando que eu não iria a lugar algum. Eu não estava com vergonha nem iria tentar esconder coisa alguma.

Kyle acenou sutilmente com a cabeça para mim, então voltou-se para a sua mãe.

— Bom, nós fomos correr juntos e depois fomos até a montanha Keller para conversar.

A sra. Calloway olhou bem para nós, analisando o estado em que estavam nossas roupas e cabelos.

— Para conversar, hein? E isso? — Ela apontou para nossas mãos.

Kyle levantou o queixo.

— Estamos juntos agora.

Ainda não tínhamos decidido aquilo, propriamente dito, já que começamos a nos beijar sem concordar com nada oficial. Mas eu não iria discordar dele, não aqui, não agora. E nós estávamos juntos, mesmo que não tivéssemos tornado "oficial".

— Entendo — disse a sra. Calloway. — Vocês estão juntos agora. Estão certos de que essa é uma boa ideia? Ainda são tão jovens.

Kyle franziu a testa para a mãe.

— Sério? O Colt arranjou uma namorada aos dezesseis anos e não lembro de ninguém ter falado merda nenhuma para ele.

— Olha o palavreado, mocinho — ela disse, com a voz mais dura. — E só para o seu conhecimento, dissemos, *sim*, muita coisa para ele. O mesmo que estou dizendo agora para você. O fato de você não ter ouvido a conversa não quer dizer que ela não existiu. Você tinha, o quê, onze anos? Seu pai e eu não teríamos uma conversa desse tipo com o seu irmão na sua frente, Kyle.

Kyle suspirou.

— É, acho que tem razão. Mas...

— Apenas tenham cuidado, está bem? — A sra. Calloway interrompeu o filho.

— Mãe, não, nós não estávamos... quer dizer, nós não...

— Eu *não* vou ter essa conversa com você, Kyle. Principalmente na frente da Nell. Eu só quero dizer que, de agora em diante, tudo o que fizerem ou *não* fizerem... tenham cuidado. — Ela virou de costas, pondo a correspondência embaixo do braço, então parou e olhou novamente para nós. — E quero dizer no sentido emocional, não só físico. Vocês dois têm sido os melhores amigos um do outro a vida inteira. Cruzar a linha do "algo mais"... é uma linha que não dá para voltar atrás.

Algo na voz dela e o jeito com que ela olhou para nós me fez pensar se ela sabia o que estava dizendo por experiência própria.

— Sabemos disso, mãe. Foi por isso mesmo que fomos conversar.

— Bom... que ótimo. — Ela correu para dentro de casa, com a cara enfiada no celular.

Fiquei parada com o Kyle na porta da casa dele.

— Até que não foi tão ruim.

— Não, mas essa é a minha mãe. Ela vai ligar para o meu pai, que vai ligar para mim, e teremos "a conversa".

Contorci o rosto com uma expressão de compaixão.

— É, provavelmente terei a mesma conversa esperando por mim em casa.

Ele riu.

— Nós já não tivemos essa conversa com eles quando éramos crianças?

— Não, foi diferente, tenho certeza. Na época, eles explicaram o que era o que e o que ia aonde e por quê. Agora é mais... — parei sem saber como concluir a linha de pensamento.

— Por que deveríamos esperar? E como sermos responsáveis se não fizermos nada?

— Exatamente. — Fiquei aliviada por termos entrado nessa discussão sem ter de dizer nada de forma aberta ou embaraçosa.

De novo, não estou pronta. Nem um pouco pronta.

Mas, em seguida, senti as mãos dele deslizando pelas minhas costas, puxando-me para perto, e a ideia de "mais", de repente, não parecia assim tão absurda.

"Mais"... eventualmente.

Capítulo 2

Sorte que estou apaixonada[1]

Janeiro

Kyle e eu decidimos começar um namoro tranquilo, mas excitante. Nada mudou de forma significativa na nossa relação. Estávamos agindo da mesma maneira que sempre agimos, só que agora andávamos de mãos dadas e nos beijávamos pelos corredores, no carro dele, no sofá em frente à televisão. Nossos pais, de fato, tiveram "a conversa" com nós dois sobre "segurança", o que foi extremamente vexaminoso. Eles nem mesmo me deram a chance de dizer que não tínhamos feito nada além de nos beijar, ou que sexo ainda não fazia parte dos planos.

Pelo menos, não dos meus. Kyle parecia fazer várias insinuações para mim, mas eu estava contente em continuar com as coisas do jeito que elas estavam. Eu gostava de beijar Kyle. Eu gostava de ficar com ele no sofá. Mas acho que eu não queria que nossa relação deixasse de ser amizade para se transformar em namoro, pelo simples fato de que eu não queria mudar algo que era tão bom para mim.

Na realidade, lá no fundo, eu morria de medo. Acho que fiquei meio paranoica com todos aqueles filmes e séries, que eu havia assistido com a Becca e a Jill, que mostravam todas aquelas cenas de sexo. Eu tinha medo de que a realidade não atendesse às minhas expectativas. Claro que eu sabia que a TV e os filmes não retratam as coisas com muita fidelidade

---

[1] Referência a um verso da canção "Lucky", de Jason Mraz: *Lucky I'm in love with my best friend*. (N. T.)

ou realismo. Nem o jeito que os atores se beijam nas telas é igual à vida real. Eu não conseguia explicar qual era a diferença, nem para mim mesma.

Também não podia dizer nada para o Kyle. Não tinha certeza se ele entenderia, e eu sabia que iria parecer bobo. Parecia bobo até para mim. Mas eu não podia afugentar meus medos. Claro que eu sabia dos fatos. Eu sabia que a primeira vez para uma garota nem sempre é tão legal e que dói. Várias amigas minhas na escola já tinham transado e me contado todos os detalhes. Becca, por exemplo. Arranjar aquele encontro com o Jason foi exatamente como esperado. Eles estão juntos desde aquela dia, e a Becca apareceu aqui em casa, certa noite, alegre, ruborizada, brilhando e lutando para não chorar.

Sentei com ela na minha cama e aumentei o volume da televisão para que o som de *Teen Mom* abafasse nossa conversa. Esperei, enrolando os dedos no cordão das calças do meu pijama, sabendo que a Becca me contaria tudo assim que escolhesse as palavras certas. A Becca era assim: ela nunca falava até decidir o que exatamente iria dizer. Quando criança, ela superou uma gagueira, e como consequência da fonoaudiologia, aprendeu a planejar cada palavra, cada frase, antes de começar a falar. Às vezes, era como se ela estivesse lendo um roteiro, o que nem todos pareciam entender.

Mas eu a entendia, porque a conhecia antes mesmo de ela entrar para a fonoaudiologia. Aprendi a esperar a gagueira passar para que ela dissesse o que estava pensando, e aprendi a não apressá-la. Mesmo após a fonoaudiologia, Becca não podia ser apressada. Ela só dizia o que queria na hora que ela estivesse pronta, nunca antes.

— Eu d-dormi com o Jason — ela disse. E sim, Becca ainda gaguejava de vez em quando em momentos de extrema emoção.

Levantei a minha cabeça na mesma hora, jogando o cabelo para o outro lado, com os olhos arregalados de surpresa. Becca estava com um meio sorriso e seus cachos pretos escondiam parte do rosto. Deu até para vê-la ruborizada, o que era difícil por ela ser descendente de italianos e libaneses, e por isso tinha uma pele morena que raramente ficava corada.

—Você *o quê*? É sério? Quando? Onde? Como foi?

Becca enrolou um dos cachos entre os dedos e o enfiou no restante do cabelo, um sinal de que ela estava agitada.

— Foi tudo o que sempre ouvimos, Nell. Maravilhoso, estranho, intenso e meio doloroso no início. Digo, meio que uma pinçada, nada muito ruim, e depois é... é incrível. O Jason foi muito cuidadoso e gentil. Era a primeira vez dele também. Ele foi um amor. Só não durou muito tempo. Não é como em *True Blood*, isso eu tenho certeza. Mas foi bom.

— Você sangrou? — perguntei.

Ela assentiu.

— Sim, um pouquinho. Nós dissemos aos nossos pais que fomos fazer compras no Great Lakes Crossing, mas na verdade fomos a um hotel. Também não tive uma hemorragia. — Ela sorriu para mim. — A segunda vez foi ainda melhor e menos incômoda.

Franzi a testa.

— O que tem de estranho nisso?

— Lembra quando você beijou pela primeira vez? Digo, quando beijou *mesmo*. Tipo, deu uns amassos. Lembra como foi tudo natural, como se de alguma forma já soubesse fazer aquilo, mas ainda tinha de entender melhor como fazer melhor? Onde colocar as mãos e tudo mais? Bem, é mais ou menos assim. — Ela olhou pela janela para os ramos do carvalho que balançavam com o vento do inverno, e ficou claro que a cabeça dela estava de volta ao quarto do hotel onde tinha ficado com o Jason.

Fiquei sentada em silêncio, assistindo Jenelle discutir com a mãe no seriado da TV.

— Você se sente diferente? — finalmente, perguntei.

Ela acenou com a cabeça.

— Sim. Muito. Tipo, é difícil de explicar como você vê tudo de maneira diferente. Fisicamente, não mudou muita coisa. Um pouco dolorida lá embaixo, mas só isso. Na minha cabeça, eu me sinto mais velha. Mais sábia. Mas não é bem isso. Sei lá. Essa é a parte mais difícil de explicar. Acho que é como se eu finalmente tivesse entendido tudo.

— Você se sentia preparada?

Ela demorou um pouco a responder.

— Acho que sim. Não sei. Digo, eu queria. Queria muito. Conversamos sobre o assunto por semanas, planejamos quando e onde. Primeiro fomos jantar e foi muito romântico. Mas eu estava com medo. O Jason também estava, mas acho que não tanto quanto eu.

Olhei para ela e vi que ela estava meio hesitante.

— Ele pressionou você, Becca?

Ela olhou para o lado e depois para mim de novo.

— Um pouco?... Mas eu não teria feito nada se eu não estivesse com vontade. Talvez eu esperasse um pouco mais, se isso só dependesse de mim.

Não sabia como responder àquilo.

— Você se... protegeu, certo?

Ela assentiu com a cabeça, vigorosamente.

— Minha prima Maria tem vinte e três anos e ela me levou a um consultório para tomar pílula. E também usei um, uma... ah, você sabe. Proteção.

— Será que sua prima poderia me levar lá também?

Becca olhou para mim.

— Posso pedir para ela, se quiser mesmo. Mas espere até ter certeza de que quer de verdade.

Ela respirou fundo algumas vezes, balançou os ombros e depois a puxei para abraçá-la.

— Você está bem?

Ela encolheu os ombros, balançou a cabeça, mas disse:

— Acho que sim. Só estou meio passada. Digo, não acredito que fiz aquilo. — Ela me afastou e olhou dentro dos meus olhos. — Eu não sou mais virgem, Nell. Agora sou uma mulher. — Ela riu, quase soluçando.

— Você não estava pronta, não é? — sussurrei para ela.

Ela desabou, começando a chorar.

— N-não. Mas eu o amo, Nell. Amo muito. — Ela respirou profundamente, ainda soluçando, mas depois se recompôs, sentando-se e enxugando o rosto. — Eu o amo e não queria desapontá-lo. E-e eu sabia que não dava mais para deixar para depois, sabe?

— Como assim?

— Ah, qual é, Nell. Você sabe do que eu estou falando. Você dá uns amassos e a coisa vai ficando cada vez mais intensa. Chega uma hora que você sabe aonde aquilo vai dar, mas tem de ficar parando antes que role alguma coisa acidentalmente. Como eu disse, eu queria muito mesmo fazer aquilo. Por favor, não fique pensando que o Jason colocou essa pressão sobre mim. Não foi nada disso, e não é que eu não quisesse, porque eu queria. Eu só... não sei como explicar.

— Acho que entendi — eu disse. — Ficar beijando o Kyle está começando a chegar a esse ponto de ter de parar antes que role algo além.

Ela pegou na minha mão.

— Então, faça o que fizemos. Converse a respeito. Já que é uma coisa inevitável, achamos melhor planejar para que tudo rolasse como o esperado, sabe?

Acenei com a cabeça, mas eu tinha de tirar aquela tempestade de pensamentos que estava me deixando maluca por conta daquela conversa. Becca ainda ficou mais um tempo, esperou terminar *Teen Mom*, que, de repente, tinha ficado muito mais interessante, e depois foi para casa.

Demorou muito tempo até eu pegar no sono depois de a Becca ter ido embora. Não conseguia parar de pensar em como eu tive que me afastar do Kyle naquela noite, como eu sentia estar sendo absorvida por ele, meus pensamentos perdidos nos beijos dele. Como seria fácil me deixar levar pelo embalo.

No entanto, eu não queria que restassem quaisquer dúvidas. Não queria aparecer na casa da Becca chorando por não ter estado cem por cento pronta para transar com o Kyle.

Uma voz sussurrou dentro de mim e me perguntou se eu já estive pronta para alguma coisa alguma vez na vida; se era possível estar cem por cento pronta para qualquer coisa.

- - -

Duas semanas depois, numa noite de sexta-feira, eu estava sentada no banco do passageiro do Camaro do Kyle, com ele dirigindo, enquanto a neve não parava de cair. Nossa música preferida, a *nossa* música, estava tocando no rádio: "Lucky", do Jason Mraz, e eu cantava junto. O Kyle estava sério, concentrado; mesmo com o farol aceso, mal dava para enxergar um palmo à nossa frente. Ele estava a menos de cinquenta por hora numa estrada de terra perto das nossas casas, que eu tinha certeza de que ele conhecia como a palma de sua mão.

— Essa neve está "efe", viu?! — disse Kyle. — Não consigo enxergar nem cinco metros a frente, e os pneus de trás não param de derrapar.

— Talvez seja melhor encostar o carro até a tempestade ceder um pouco — sugeri.

— Não, tudo bem. Não estamos longe de casa mesmo. Vou diminuir a velocidade.

Girei os olhos para trás, pois sabia que, mesmo eu tendo sugerido, ele não iria parar para esperar. Quando fizemos uma curva, Kyle falou um palavrão quando os pneus de trás derraparam novamente. Olhei para a frente e entendi o motivo do pânico de Kyle: um veado enorme estava no meio da estrada, com os olhos prateados com o reflexo dos faróis, imóvel, e aumentava de tamanho a cada segundo. Ele xingou de novo e diminuiu a marcha, tentando controlar o carro, mas o Camaro derrapou ainda mais antes de começar a rodopiar.

— Sai da frente, maldito veado! — gritou Kyle, conforme deslizávamos mais para perto do animal.

Porém, Kyle sabia dirigir na neve, então começou a bombear os freios, girou o volante e pisou no acelerador. O Camaro deu o terceiro giro de trezentos e sessenta graus, mas diminuiu a velocidade naquela mistura de terra, cascalho e neve. A lateral do capô do carro bateu no veado e o carro balançou violentamente por causa do impacto. Eu gritei e apoiei as mãos no painel, mas não tive coragem de olhar para ver o animal atingido titubear e cair de lado na neve. Kyle havia conseguido fazer o carro parar de girar e o farol ficou apontado para o veado estendido no meio da estrada, enquanto uma cortina de neve nos cercava.

Nós dois estávamos ofegantes, as mãos de Kyle agarravam o volante com força.

Forcei-me a respirar fundo e olhei para Kyle. Ele olhou para mim e nós dois caímos numa gargalhada quase histérica. Por cima do câmbio, agarrei o pescoço dele. Como tudo havia acabado, comecei a tremer devido ao jorro de adrenalina. Depois percebi que o cinto de segurança estava me machucando, então o soltei e abracei Kyle com mais força ainda. Ele desengatou a marcha e me puxou para mais perto. Desajeitadamente, escalei pelo console e sentei sobre ele com as pernas abertas, ainda agarrada ao seu pescoço. Segurando o meu rosto, ele me deu um beijo profundo e intenso.

Perdi o controle e me entreguei completamente a ele. A adrenalina percorria o meu corpo, o que aumentava ainda mais aquela energia. Segurei seus cabelos com força e depois cravei minhas mãos nos ombros dele. Meus dedos penetraram a gola de sua camisa e minhas mãos deslizaram sob o tecido pela pele macia dele. Perdi o fôlego por causa do calor de sua pele, por causa da eletricidade que me revigorava pelo simples toque dos nossos corpos.

Então ele me tocou. Ai, meu Deus. Os dedos dele se enroscaram por debaixo do meu casaco e da minha camisa, tocando com a palma da mão as minhas costas. Arqueei com seu toque e senti a língua dele se estender para provar a minha, e eu me senti tonta, submissa, maravilhosamente possuída. Coloquei as mãos nas laterais do corpo dele e senti as curvas de seu abdômen e as placas de músculos de seu peito. Ele acompanhou meu movimento, deslizando as mãos e acariciando a minha barriga com os dedos, e então o nosso beijo parou, mas os lábios ainda se tocavam, os olhos abertos e faiscando de tanta energia. Prendi a respiração conforme suas mãos deslizavam, mordi o lábio e dei uma respirada ainda mais profunda ao sentir ele se aproximar do fecho do sutiã.

Senti meus mamilos enrijecerem com seu toque, mesmo através do sutiã, sem tirar os olhos dele, dando a permissão tácita de que ele podia continuar me tocando. Inclinei um pouco para trás para que o meu peso ficasse sobre os joelhos dele e encostei as costas no volante. Senti ele hesitar ao segurar meus seios, e notei que ele estava pensativo, querendo algo mais. Ele queria tocar a minha pele. Eu queria que ele me tocasse. Eu gostava das mãos dele na minha pele, gostava do arrepio que me dava toda vez que as suas mãos me tocavam.

Coloquei as mãos sob minha blusa, tirei uma alça e depois a outra. Kyle segurou o bojo do meu sutiã, puxou-o para baixo e soltou um dos seios. Eu ainda estava com a minha blusa e meu casaco aberto. O aquecedor ainda estava ligado, deixando o carro quente demais. Com uma das mãos deliguei o aquecedor, voltando imediatamente meu olhar para Kyle. Ele me olhava com os olhos entreabertos, numa luta consigo mesmo, de desejo *versus* razão.

Eu travava a mesma batalha dentro de mim. Eu queria aquilo com ele. Aqui e agora, eu o queria. Nada mais importava. Uma voz lá no fundo me lembrou daquela conversa que tive com a Becca algumas semanas antes. Ignorei a voz. As mãos do Kyle deslizavam pela minha barriga, pelas costelas e voltavam aos seios. Agora ele havia soltado os dois lados e estava explorando meus seios com mãos e dedos.

Tirei as mangas do casaco e, em seguida, antes que eu mudasse de ideia, puxei a camisa pela cabeça. Kyle engoliu em seco e um sorriso maroto curvou seus lábios.

— Nossa, como você é gostosa — ele suspirou, olhando a minha pele pálida, com os círculos das aréolas mais escuros e os mamilos rosados.

Mordi o lábio ao senti-lo segurar meu seio e roçar com o dedo o mamilo em círculos. Espremi os olhos de nervosismo, sentindo-me exposta, a vergonha lutando contra o desejo. Eu queria aquilo. Eu estava gostando. Isso é bom, certo? Esse era o Kyle, meu namorado e melhor amigo, e eu o amava.

O último pensamento veio como um choque, fazendo-me perder o ar. *Eu o amo?* Será? Meu coração crescia e doía toda vez que estávamos juntos, e a simples ideia de ficar longe dele me deixava apavorada. Isso era amor, certo? Eu queria estar perto dele o tempo todo, cada segundo.

— Queria poder ver você por inteiro — ele disse, acariciando meus seios.

Um desejo avassalador tomou conta de mim. Eu queria que ele me visse por inteiro. Mas aqui, agora? Desse jeito? Abri minha boca para falar, mas ele me interrompeu.

— Mas não aqui — ele disse, fechando os olhos e cerrando os dentes. — Eu quero você, Nell. Não vou mentir.

Ele recuou as mãos, e quase chorei ao perder o contato com a pele dele. Coloquei o sutiã de volta, mas não vesti a blusa. Os olhos de Kyle estavam brilhantes e intensos.

— Eu também quero você — eu disse.

— Mas quero que seja do jeito certo. Quero que seja especial. — Ele parecia lutar consigo mesmo.

Senti meu coração apertar ao ouvir aquelas palavras e me inclinei para beijá-lo, tomando seu rosto entre as mãos.

— E é por isso que eu amo você — sussurrei, sem pensar.

Ele travou e arregalou os olhos.

— O quê?

Mordi meu lábio, preocupada por ter dito aquilo tão cedo.

— Eu... — Meus olhos se fecharam enquanto eu lutava para escolher as melhores palavras. Preferi falar de uma vez. — Eu disse que é por isso que eu amo você. Eu amo. Eu amo você, Kyle.

As mãos dele subiram e desceram pelas minhas costas antes de pousarem nos meus quadris com um toque sensual e maravilhoso. De repente, foi como se eu quisesse que ele jamais tirasse as mãos dali. Suas mãos nos meus quadris, pouco acima da cintura da calça jeans, pareciam estar no lugar perfeito.

— Ainda não vou dizer — ele disse, franzindo a testa. — Não quero que pense que só estou dizendo isso porque você disse. Mas eu também.

A ideia tomou os meus pensamentos.

— Você também?

Ele balançou a cabeça, fazendo círculos na minha pele com os dedões.

— Isso.

Sorri para ele e me inclinei para beijá-lo novamente.

— Ótimo. Você deveria me amar mesmo.

Ele sorriu nos meus lábios.

— E como amo. — As mãos dele subiram pelas laterais, e eu curvei meu corpo para trás para que ele pudesse tocar meus seios novamente. — Principalmente essas belezinhas aqui. Gosto muito deles.

Agora foi a minha vez de rir.

— É mesmo? Principalmente eles? Só eles? Você só me ama pelos meus peitos?

— Humm... — Ele fingiu pensar na ideia, então deslizou as mãos pelas minhas costas, hesitou um pouco, e depois desceu até o meu traseiro. — E isso. Gosto disso também.

Deslizei minhas mãos sob a camisa dele e belisquei seus mamilos, arrancando um grito de dor.

— Tente de novo, paspalho.

Ele riu e me abraçou, sussurrando em meu ouvido:

— Estava só provocando, Nell. Eu amo você por você mesma. Por quem você é.

Virei meu rosto para beijar seu maxilar e disse:

— Eu sei. Eu também só estava provocando.

Com o aquecedor desligado, o frio começou a tomar conta do carro e senti alguns calafrios. O Kyle também sentiu e me entregou a blusa, girando o botão do aquecedor para esquentar o carro novamente. Saí do colo dele e pus a minha blusa.

— Será que aquele bicho morreu? — disse Kyle.

Pelo vidro do carro olhei o animal que ainda estava sob aquela neve que continuava a cair.

— Não está se mexendo. — Olhei para ele ao fechar meu casaco. — Deveríamos dar uma olhada?

— Eu vou — ele disse. — Fique aqui.

— De jeito nenhum! — falei irritada. — Eu quero ir lá ver também.

Ele balançou a cabeça, ensaiando uma risada. Nós dois saímos do carro, andando com cuidado pela neve fofa. Os flocos pousavam nos meus cabelos e no meu nariz, cobrindo-me quase que instantaneamente com aquela poeira branca. Enfiei as mãos embaixo dos braços e me aconcheguei ao lado de Kyle. Ele parou a alguns metros do veado, pôs uma das mãos no meu ombro para que eu não saísse do lugar, e continuou a andar na direção dele. Pairou um silêncio tenso, o motor roncando atrás de nós, as luzes dos faróis nos iluminavam cruzando a escuridão daquela noite de inverno.

Observei Kyle se aproximar com cuidado do veado. Ele esticou o dedo do pé para tocar a lateral do animal, cutucando-o gentilmente. Nada. Soltei a respiração de alívio. Kyle andou mais um pouco, agachou e estendeu uma mão para tocar no veado.

Ele se voltou para mim, surpreso.

— É uma fêmea e ainda está viva. Ainda está respirando.

— O que faremos? — perguntei. — Não podemos deixá-la aqui.

Ele abriu as mãos num gesto do tipo "sei lá".

— Ela deve estar inconsciente, ou pode estar machucada de algum jeito... Sei lá, Nell.

Naquele momento, a pata dela se contraiu, depois a lateral toda tremeu e, em seguida, ela deu uma bufada. Kyle caiu para trás, xingando de surpresa ao ver a corça se agitar intensamente, juntando as patas de trás e trotando para longe, parando para nos observar com aqueles olhos sofridos e orelhas arredondadas. Kyle estava caído com o traseiro na neve, vendo o animal nos encarar por um bom tempo, então ela saiu em disparada mata adentro, para longe da estrada.

— Que merda! — disse Kyle, levantando e se sacudindo. — Fiquei morrendo de medo. Acho que fiz xixi nas calças.

Eu ri tanto que tive de me segurar no braço dele para me manter em pé.

Não houve mais qualquer incidente durante o resto do caminho, mas a memória do momento que tivemos no carro estava gravada em nossas mentes. Não nos beijamos por tanto tempo quanto o de costume quando eu saí do carro. Agora eu sabia como era se deixar levar pelo calor do momento, mas também sabia que eu ainda não estava pronta. Acho que o Kyle também não estava.

Capítulo 3

Indo para o Hotel

Dia dos Namorados

Na escola, eu estava um pouco agitada, distante, imaginando o que Kyle teria planejado para nós. Eu sabia que ele sabia que era Dia dos Namorados, e eu sabia que ele tinha planejado alguma coisa, pois ele tinha insinuado que faria algo de especial. Vínhamos sendo cuidadosos nas últimas semanas, mantendo nossos beijos mais calmos e controlados. Nós dois sabíamos, sem precisar falar, de que se nos deixássemos levar pelo momento, simplesmente seria fácil demais não parar.

Em algum momento, teríamos de parar para conversar sobre o assunto. Eu sabia que precisávamos. Ele sabia que precisávamos. Mas nós sempre evitávamos. O que era meio estranho, pois éramos dois adolescentes excitados e hormonais. Eu sabia que ele queria e eu também queria. Mas nós dois estávamos morrendo de medo, eu acho, porque sabíamos que outra linha seria cruzada, só que dessa vez não teria mais volta.

Porém, só para prevenir, fui com a prima da Becca naquele consultório para pegar a receita do anticoncepcional, e eu já o vinha tomando há cerca de uma semana. Mas eu não havia contado para o Kyle. Outra coisa que eu imaginei que deveria ter contado para ele, mas nunca encontrava a hora certa.

A sexta aula finalmente havia acabado e eu fui me encontrar com o Kyle. Ele sorriu ao abrir a porta do carro para mim.

—Você vai me contar o que faremos hoje à noite? — perguntei.

Ele franziu a sobrancelha como se estivesse confuso.

— Hoje à noite? O que tem hoje à noite?

Olhei para ele, tentando ver se ele estava brincando ou se eu havia interpretado errado suas dicas.

—Você está de brincadeira, certo?

Ao ouvir um tom de preocupação na minha voz, ele caiu na risada.

— Sim, Nell, estou brincando. Não, não vou contar nada. Mas os nossos pais sabem que voltaremos tarde para casa hoje. Já combinei tudo com eles. Nosso toque de recolher para essa noite é de duas da manhã.

Olhei para ele e disse:

— Duas? Planejando me manter fora de casa até tarde, hein, Kyle?

Ele ruborizou.

—Talvez.

Respirei fundo sabendo que eu tinha de falar no assunto. Não achei que ele fosse tomar a iniciativa.

— Sobre hoje à noite. Nós vamos... digo... se vamos ficar fora até tarde, isso quer dizer que você planejou que nós... — Eu não conseguia achar as palavras certas.

Kyle se distraiu com o câmbio do carro enquanto mordia o lábio inferior. Finalmente, ele olhou para mim ao parar em um sinal vermelho.

— Olha, eu sei aonde você quer chegar, e... Eu fiz alguns preparativos. Sabe, caso fosse necessário. Mas não temos de fazer nada. Quero que seja perfeito.

—Você fez preparativos? O que isso significa?

Ele ruborizou novamente, só que dessa vez ficou mais vermelho do que nunca.

— Reservei um quarto no Red Roof Inn. Fica no fim da estrada onde vamos jantar.

Tentei brincar com a situação.

— Está bem presunçoso, não acha, Senhor Calloway?

Kyle abriu um largo sorriso para mim, mas nós dois sabíamos que a piada não tinha graça alguma.

— Só... se precisar.

Um pensamento brotou dentro de mim e eu falei logo antes que acabasse pensando demais:

— Kyle? Você já pensou que talvez não estejamos prontos, já que nem conseguimos falar no assunto sem que fiquemos desconfortáveis?

Ele riu com um tom de nervosismo.

— É, acho que eu já pensei nisso sim.

— Vamos fazer isso só porque todos os nossos amigos fizeram?

Ele olhou para mim irritado.

— Não! Quer dizer, o Jason me contou sobre ele e a Becca, e eu sei que o Aaron e a Kyla já fizeram também, mas não. Não. E não temos de fazer nada, se não quisermos. Eu só queria que a opção estivesse disponível.

Eu ri, mais comigo mesma do que outra coisa.

— Não sei se fico emocionada por você ter pensado nisso ou envergonhada por você ter presumido que vamos fazer alguma coisa.

— Não presumi nada, Nell. — Kyle parecia quase zangado. — Eu só... sabe de uma coisa? Sim, eu presumi. É que eu quero muito ficar com você, Nell. Eu sei que nós somos jovens, mas eu amo você. Acho que estamos prontos.

Olhei para ele: ele disse as palavras.

— Nós temos apenas dezesseis anos, Kyle. — Levantei uma sobrancelha para ele. — E não era para você esperar até um momento romântico durante o jantar para dizer que me ama? O meio de uma discussão não parece o momento ideal para isso, não acha?

— Isso é uma discussão?

Dei de ombros.

— Mais ou menos? Sei lá. Não quero que seja.

— Eu também não. E acho que você está certa, mas agora eu já disse. Eu amo muito você. Queria ter dito isso para você há semanas, mas fui um medroso. Eu planejava falar isso para você essa noite. Eu tinha todo um roteiro. Tipo, cheguei a escrever mesmo.

Ele enfiou as mãos no bolso da calça e puxou um pedaço amassado de papel, com as bordas rasgadas por ter sido arrancada da espiral de um caderno. Estava escrito assim:

Eu sei que somos jovens. E sei que a maioria das pessoas diria que somos apenas crianças, ou muito novos para saber o que é amor. Mas não estou nem aí. Conheço você a minha vida toda. Dividimos todos os momentos juntos. Cada momento importante de nossas vidas aconteceu quando estávamos juntos. Aprendemos a andar de bicicleta juntos, aprendemos a nadar juntos e aprendemos a dirigir juntos. Ficamos de recuperação em álgebra juntos na oitava série (Lembra como era nojento o sr. Jenkins? Quantas vezes fomos mandados para a diretoria naquele semestre?). E agora estamos aprendendo a nos apaixonar juntos. Não me importa o que os outros digam. Eu amo você. Eu sempre vou amar você, não importa o que aconteça conosco no futuro. Amo você hoje e sempre.

Do seu namorado, com amor,
Kyle.

Li repetidas vezes aquele papel. Não percebi que estava chorando até que algo pingou na página amassada e enrugada, espalhando uma mancha de tinta azul molhada. Aquilo mudava tudo.

— Eu também amo você, Kyle. — Eu ri, enquanto fungava o nariz. — Esse bilhete é tão doce. Tão perfeito. Obrigada.

Ele encolheu os ombros.

— É verdade. Eu sei que talvez não tenha sido o jeito mais romântico de dizer que eu te amo, mas...

— É perfeito, Kyle. — Dobrei novamente o bilhete e o enfiei na carteira dentro da bolsa.

Aquele bilhete se tornaria meu maior conforto e o lembrete da minha maior dor amorosa.

– – –

O restaurante que Kyle havia escolhido era absurdamente disputado. Mesmo com reserva, tivemos de esperar por quase uma hora até uma mesa ser desocupada. Havia dezenas de casais que tinham desde a nossa idade até alguns bem mais velhos. Nós aproveitamos cada instante: comemos salada, sopa e uma entrada, assim como um pedaço imenso de *cheesecake* de sobremesa.

Estávamos estranhamente relaxados, agora que a declaração de amor já estava dita. Conversamos praticamente sobre tudo, desde professores da escola até fofocas relacionadas a quem estava dormindo com quem. Depois de um tempo, Kyle pagou a conta e voltamos para o carro dele. Kyle saiu do estacionamento do restaurante e começou a dirigir lentamente pela cidade. Ele estava matando tempo, eu sabia, só para nos dar a chance de conversar antes de abordarmos o assunto de ir ou não ao hotel.

Kyle circulou pela cidade, preferindo as estradas de terra enquanto conversávamos, e após cerca de meia hora, pegou a estrada principal na direção do hotel. Ele olhou para mim, estendeu a mão e pegou na minha.

— Você quer ir para casa? Tem alguns filmes passando no cinema, se estiver a fim de ver algum filme. — Ele esfregou o volante de forma inquieta enquanto estávamos parados no sinal vermelho, até que finalmente olhou para mim, profundamente. — Ou podemos ir ao hotel.

Hora da decisão.

Meu Deus. Os olhos dele eram castanhos, mas refletiam o vermelho do sinal vermelho, salpicado com topázio e bronze. Ele estava tão sério, tão doce. Oferecendo a ideia sem me pressionar. Apertei forte a mão dele ao nos aproximarmos do letreiro vermelho do hotel. Então engoli em seco.

— Vamos para o hotel — eu disse.

Ainda estávamos evitando o assunto. Falando em código. *Ir para o hotel.* Ou seja, vamos fazer sexo. Ruborizei quando a ideia passou pela minha cabeça. Mas, logo então, olhei para o Kyle, com seu cabelo preto espetado, os traços fortes da mandíbula e bochechas altas, sem falar nos lábios macios. Os longos cílios piscavam rapidamente, então ele olhou para mim, deu um sorriso nervoso, mas brilhante, com dentes brancos reluzentes. Meu nervosismo acalmou, só um pouquinho. Mas o coração continuava a bater milhões de vezes por minuto, e a sensação só aumentou à medida que estacionávamos e nos aproximávamos do balcão.

A mulher da recepção era mais velha, com cabelos loiros grisalhos e olhos azuis prateados. Olhos da sabedoria. Ela olhou bem para nós, encarando de forma dura, como se nos desafiasse a prosseguir com aquilo. Os lábios dela contraíram em sinal de reprovação ao entregar o cartão magnético de acesso para Kyle, e eu percebi que ela queria dizer alguma coisa para nós. Porém ela não abriu a boca, então Kyle e eu começamos a gargalhar ao entrar no elevador para ir ao terceiro andar.

— Caramba, que mulher intensa — disse Kyle, bufando em uma risada.

— E como — concordei. — Acho que ela sabe por que estamos aqui, mas não está gostando nem um pouco.

— Não me diga que ela sabe — disse Kyle. — Só há um motivo para um casal de adolescentes de dezesseis anos entrarem num hotel, no Dia dos Namorados, sem qualquer bagagem.

— Você acha que ela vai contar para alguém? — perguntei.

— Para quem ela contaria? Não somos fugitivos.

Não tive resposta para aquilo além de um aceno com a cabeça e um encolher de ombros. Chegamos ao nosso quarto, 313. Kyle deslizou o cartão e a luz ficou verde, destravando a fechadura num *clique*, audível em todo o corredor silencioso. Ele abriu a porta e entrou comigo no quarto escuro, segurando firme a minha mão.

Mexeu no interruptor, acendendo uma luz muito forte. Ele percebeu que a luz do lustre estava brilhante demais e, imediatamente, saiu do meu lado para ligar a luminária fixada na parede, ao lado da cama de casal. Apaguei a luz do teto e nós dois suspiramos aliviados.

Kyle se sentou na beirada da cama, impaciente com o nó da gravata. Eu sorri para ele. Ele ficava tão bonito todo de preto, com uma gravata cor de rosa que contrastava com a camisa igualmente preta. Ele desabotoou o blazer e esfregou as mãos nos joelhos.

Lambi os lábios e fiquei mexendo na barra do meu vestido vermelho sem mangas que ia até a altura do joelho. Nossos olhares se encontraram e desviaram, com os nervos à flor da pele, agora que estávamos sozinhos num quarto de hotel.

Na minha casa ou na dele, no carro no meio da estrada, onde quer que tenhamos nos beijado, sempre havia a sensação de que alguém iria nos encontrar. As estradas de terra perto de casa eram regularmente patrulhadas pelos policiais da região, e pelo menos um de nossos pais sempre estava em casa. Essa era a primeira vez que estávamos verdadeiramente sozinhos, sem nenhuma possibilidade de sermos interrompidos.

Meu coração batia tão forte que eu tenho certeza de que o Kyle poderia ouvir mesmo do outro lado do quarto.

Meus olhos voltaram-se para o seu rosto, observei sua língua passando pelo lábio inferior, e eu, inconscientemente, repeti o gesto. Aquele era o momento decisivo. Kyle veio na minha direção e me deitou na cama, pressionando meu corpo contra o dele, antes que eu pudesse reagir, uma das mãos, grandes e fortes, no meu rosto e a outra apoiada na minha cintura, pouco acima dos quadris. Ele não me beijou de imediato, pois estava inseguro, os lábios a poucos centímetros do meu, o olhar era ardente e carinhoso.

— Você está com medo? — ele sussurrou, com o alento soprando suavemente nos meus lábios.

Encolhi o ombro, num movimento curto.

— Sim, um pouquinho.

— Podemos ir embora.

Balancei a cabeça.

— Eu quero ficar aqui com você — falei baixinho.

Levantei as mãos para segurar os cabelos dele. Enfiei meus dedos por entre seus cabelos, que estavam espetados com o gel, mas ainda macios. Então passei a mão por trás de sua nuca e o puxei para beijá-lo.

— Vamos começar assim — eu disse, acalmando os ânimos. — Um passo de cada vez.

— Foi o que eu pensei.

Ficamos no meio do quarto, beijando, mãos acariciando rostos, alisando ombros e costas. Não tentamos forçar nada no início. Coloquei as mãos em seu peito e senti o coração batendo forte; saber que ele também estava nervoso me deu mais coragem.

Afastei o beijo, olhei para ele e tirei seu casaco pelos ombros, deixando-o cair atrás dele. Depois soltei a gravata com as duas mãos, puxei-a pelo colarinho e a joguei em cima do blazer. Ele olhou para mim, esperando. Fiquei atrapalhada com o pequeno botão até que, finalmente, o abri com um riso nervoso. Kyle riu comigo, apoiando as mãos nos meus quadris, agora um pouco mais para baixo. Nossos olhos não se desprendiam enquanto eu desabotoava sua camisa, um botão por vez, com as mãos tremendo. Enfim, a camisa ficou dependurada, revelando a camiseta regata branca apertando seu torso musculoso. Tomei-lhe uma das mãos, desabotoei um dos punhos, depois o outro, tirei as mangas pelos punhos e deixei cair a camisa no chão, junto dos pés dele.

Ele quis baixar o zíper do meu vestido, mas o interrompi. Eu ainda não estava pronta. Eu estava determinada a fazer tudo certinho, do jeito que eu havia imaginado. A questão é que visualizei esse momento uma porção de vezes na minha cabeça. Eu o despiria lentamente, depois esperaria, com o coração na garganta, ele abrir o zíper do meu vestido, que cairia aos meus pés. Porém, na minha imaginação, eu nunca passava desse momento.

Tirando os sapatos, ele ficou parado mais uma vez, esperando com um sorriso nervoso. Lambi os lábios e vi seus olhos acompanharem a minha língua. Coloquei as minhas mãos na cintura dele, parei um pouco, então puxei para cima a camiseta branca, lentamente despindo seu tronco, centímetro a centímetro. Ele levantou os braços e tiramos juntos a camiseta, deixando-o só com a calça do terno, incrivelmente belo.

Agora vinha a parte difícil. Respirei fundo, tocando seu cinto. Os olhos dele arregalaram-se e seus dedos apertaram meus quadris, enrugando o tecido do meu vestido e a minha pele embaixo dele. Minhas mãos tremiam como as folhas de uma árvore ao soltar seu cinto, arrancando-o, e depois segurei o fecho da sua calça. Ele prendeu a respiração e contraiu a barriga conforme desabotoei a parte de cima. Seus olhos fecharam brevemente quando puxei o zíper para baixo. As calças caíram até os tornozelos e ele deu um passo para trás. A cueca dele estava justa e revelava um volume na frente, então nós ficamos sem jeito e desviamos o olhar.

Ele me beijou e afastou minhas mãos.

— É a minha vez — ele sussurrou.

Assenti com a cabeça e meu coração começou a bater tão forte que parecia que iria pular do peito. Eu tinha muito menos roupa para ele tirar. Ele deslizou as mãos pelos meus braços e eu senti um calafrio. Prendi a respiração quando ele segurou o fecho do meu zíper entre os dedos, mordi os lábios enquanto ele o puxava para baixo, lentamente. Ouvi um som suave de dedos contra a minha pele e, subitamente, meu vestido caiu no chão ao lado dos meus pés, deixando-me somente de calcinha e sutiã.

Ele já me vira de biquíni, mas agora era diferente.

— Você é linda, Nell. — A sua voz rouca quebrou o silêncio.

— Você também é.

Balançando a cabeça, ele deu um sorriso enviesado. Seus dedos alisaram meus ombros e brincaram com as alças do meu sutiã. O sorriso dele desapareceu quando levantei minha mão por trás para desabotoar o sutiã. Ele segurou minhas mãos e perguntou:

— Você tem certeza? — Os olhos dele buscaram os meus, ternos e ansiosos.

Ansiedade. Uma voz lá no fundo murmurou dúvidas, mas eu as ignorei.

Concordei com a cabeça. Ele colocou as minhas mãos sobre os ombros dele e, então, segurou o fecho do sutiã. Um pouco atrapalhado, ele mordeu a língua que saía da boca. Dei uma risada com o rosto enfiado no ombro dele.

— Cala a boca — ele resmungou. — Não tenho tanta prática com esse negócio.

— Eu sei — eu disse. — É bonitinho.

Ele rosnou ao soltar um dos ganchos, depois o segundo, gemeu um palavrão quando o terceiro e último gancho começou a dar mais trabalho.

— Não era para ser bonitinho — ele disse, e eu olhei por sobre meu ombro para tentar ver o que ele fazia. — Era para ser sensual, erótico e romântico.

Ri novamente ao ouvi-lo xingar, lutando com aquele último gancho enroscado. Finalmente ele conseguiu soltar, então minha risada se dissipou, dando lugar para o nervosismo e o desejo. Eu queria aquilo. Sim, eu estava nervosa e com um pouco de medo. Mas eu queria aquilo. Não conseguia me ver fazendo aquilo com mais ninguém senão Kyle.

O sutiã se juntou às nossas roupas no chão, então Kyle deu um passo para trás para me olhar. Mudava o peso de pé para pé conforme ele me avaliava. Sabia que ele me achava bonita, e eu normalmente gostava do meu corpo, mas essa óbvia avaliação do meu corpo quase nu era difícil de suportar com tranquilidade.

Mordi os lábios, juntando coragem para fazer o que viria depois; os dedos de Kyle se enroscaram no elástico da cueca e eu fiz o mesmo em mim.

— Juntos? — ele disse.

Assenti com um movimento da cabeça, pois minha voz não saiu. Ele hesitou um pouco, mas baixou a cueca para baixo dos joelhos, deixando-a no chão. Eu congelei, não conseguia me mexer, paralisei ao vê-lo ali completamente nu.

Agora foi a vez dele de ficar desconfortável comigo o encarando. Ele era lindo. Apesar da minha falta de experiências reais para comparar, o negócio dele era bem grande. Não era nada igual àquelas imagens que eu tinha na minha lembrança, graças a Deus. Ele era proporcional, e seu orgulho, e o membro dele parecia acenar para mim.

A voz dele me distraiu.

— Achei que faríamos isso juntos.

— Desculpe — eu disse. — Eu ia, mas aí vi você e... — Não consegui terminar a frase.

Ele ergueu o queixo, mexeu os ombros, flexionou os dedos, procurando se sentir confiante. Deu um passo na minha direção e me forçou a relaxar.

— Que tal você fazer isso por mim? — eu disse, um pouco chocada com a minha própria ousadia.

— Gostei da ideia. — As mãos dele foram direto para seu lugar favorito, na parte externa do osso dos meus quadris.

Eu vestia uma calcinha vermelha de lacinho que combinava com o sutiã, e as mãos de Kyle deslizaram até o meu bumbum, acompanhando as tiras que seguiam até a linha do elástico. Respirei fundo ao sentir ele descendo as mãos até as minhas coxas, olhei bem para ele enquanto ele acariciava minhas nádegas.

Contraí os quadris e as coxas e a calcinha caiu no chão, então, nós dois ficamos nus juntos. Meu coração parecia um tambor dentro do meu peito, nos meus ouvidos. Eu tremia dos pés à cabeça, medo misturado à excitação e ao desejo. Sentia a pele das mãos dele quente quando tocava os meus quadris, as minhas costelas, a coxa dele contra a minha. As pontas dos meus seios se esfregavam no peito dele, gerando arrepios por todo o meu corpo. As palmas das mãos dele percorriam minhas costas, depois ousavam descer até o meu bumbum, segurando e apertando, um pouco forte demais, mas eu não me importava.

Minhas mãos tinham vida própria, tocando os músculos das costas dele, seguindo os vincos e ondas por sua espinha. Ele prendeu a respiração quando toquei o traseiro dele, maravilhada com tamanha firmeza. Agarrei o bumbum dele como ele fez comigo, cravando levemente minhas unhas.

Senti algo me cutucando na barriga ao tocá-lo. Olhei para baixo e vi a ereção dele, do pequeno buraco bem na ponta escorria um pouco de líquido transparente.

Mirando-o, vi que seus olhos ficaram arregalados quando minhas mãos desceram entre nós, fazendo-o perder o ar quando meus dedos o tocaram.

— Nossa, Nell. Solta ele um pouquinho... ainda é cedo.

Soltei-o e passei minha mão pelo seu peito, agarrando sua nuca para beijá-lo. A chama calma que aquecia nossos beijos de maneira branda parecia agora uma labareda. Meu corpo pressionado contra o dele, a rigidez dele contra minha maciez, e o fogo cada vez mais quente a cada toque de seu corpo musculoso contra o meu.

Ele me acomodou na cama e eu rastejei de costas, sentindo o nervosismo crescer ao ver Kyle me seguindo.

— Você tem... — começou Kyle.

Eu o interrompi.

— Sim, tenho certeza. Estou nervosa e com medo, mas minha vontade é maior do que o meu medo. — Mordi o lábio e então admiti. — Estou tomando pílula. Comecei a tomar há uma semana, só para prevenir.

Os olhos do Kyle se arregalaram.

— É mesmo? Por que não me contou?

Eu encolhi os ombros.

— Sei lá. Eu só... nunca chegava a hora certa. Fiquei com vergonha, acho...

Kyle deslizou pela cama e pegou a carteira no bolso do casaco, tirou duas camisinhas e as colocou em cima da mesa de cabeceira.

— Eu trouxe isso aqui.

— *Você* tem certeza? — perguntei a ele. Agora ele é que parecia nervoso.

— Sim, tenho certeza. Como você disse, estou um pouco nervoso. É que eu não quero machucá-la nem fazer nada de errado.

— Você não vai fazer nada de errado. Você não vai me machucar. Só... vamos devagar, ok?

Ele concordou com a cabeça, então rasgou uma camisinha e a colocou.

Ajoelhado sobre mim, com as mãos ao lado do meu rosto, os joelhos dele entre os meus, os olhos grudados nos meus, ele veio até mim.

Puxei-o na minha direção e pousei as mãos nas costas dele, então ergui um pouco meu corpo para beijá-lo. O calor do beijo acabou com todo os nossos medos, ou pelo menos os acalmou. Ele seguia movendo-se lentamente em minha direção.

Senti uma esticada, depois uma agulhada, rápida e aguda. Contraí o corpo e o Kyle travou. A respiração dele estava intermitente e pude sentir a tensão em seus músculos. Agora eu mordia com força meus lábios, sentindo a dor cedendo e a fascinação por aquela estranha sensação de plenitude tomando conta de mim. Toquei seu traseiro, puxei o corpo dele contra o meu, encorajando-o a se mexer mais.

Em pouco tempo, ele parou e gemeu.

Não houve fogos de artifício, nem berros, nem corpos suados se debatendo furiosamente, mas ainda assim foi incrível.

Kyle levantou, correu até o banheiro e depois voltou. Apoiei minha cabeça no peito dele. Minutos se passaram em silêncio. O corpo dele estava tenso e quente embaixo do meu, e a sensação de estar envolvida daquele jeito por ele, nossos corpos nus se tocando, era quase melhor do que tudo o que tinha rolado.

Senti uma lágrima escorrer pelo meu rosto e cair no peito do Kyle. Não sabia bem qual era o motivo daquela lágrima. Pisquei os olhos, tentando evitar que outras lágrimas surgissem, pois eu não queria que o Kyle pensasse que eu não havia gostado.

— Você está chorando? — perguntou Kyle.

Acenei com a cabeça, deixando outra lágrima cair.

— É que... Não estou chateada nem nada. Só estou emotiva.

— Emotiva como?

Encolhi os ombros.

— É difícil de explicar. Não sou mais virgem. Não podemos mais voltar atrás. Não que eu queira, porque foi uma experiência ótima. Mas... é uma coisa importante, sabe?

— É, eu sei o que você quer dizer.

Inclinei a cabeça para trás para poder olhá-lo.

— Kyle, eu amo você.

— Amo você também.

A segunda vez foi incrível. Senti uma fogo subir pela minha barriga, como se eu fosse explodir, ou implodir. Eu já tinha experimentado aquela sensação sozinha, é claro, mas agora era diferente.

Fiquei imaginando como seria chegar àquele ponto junto com Kyle.

Capítulo 4

Um pedido de casamento; Uma árvore cai

Agosto, dois anos depois

Se nossos pais sabiam que eu e o Kyle transávamos com frequência, eles não diziam ou não queriam se intrometer. Éramos cuidadosos quanto a onde e quando fazíamos, é claro. A mãe do Kyle começou a frequentar um clube de *scrapbook* duas ou três noites por semana, e o pai dele passava a maior parte do ano em Washington, portanto passávamos boa parte do tempo no quarto dele. Minha mãe ficava em casa mais frequentemente, assim como o meu pai, mas eles não pareciam dar muita bola para o tempo que eu passava na casa do Kyle. É claro que dizíamos que estávamos estudando, fazendo lição de casa ou assistindo a filmes na maior parte do tempo. Nós *fazíamos* esse tipo de coisa, mas não tanto como eu fazia meus pais acreditarem.

Nós dois tínhamos feito dezoito anos na semana anterior. Nossos pais decidiram que, em vez de fazer uma festa extravagante para nós, deixariam que fôssemos passar o fim de semana na casa de campo da família do Kyle que ficava em frente a um lago no norte do Estado. Nós já vínhamos pedindo por esse dia o verão inteiro, e eles hesitavam, dizendo que pensariam no assunto. Quase desistimos da ideia, quando nossos pais convocaram uma reunião conosco.

— Vocês têm dezoito anos agora e são maiores de idade perante a lei — disse o pai de Kyle, fazendo uma introdução. — Vocês dois estão namorando, sei lá... há dois anos? Sabemos o que essa viagem representa para vocês, e nós entendemos. Nós também já fomos jovens.

Todos ficaram um pouco incomodados com a declaração.

— Sim, bem. — O pai de Kyle pigarreou e continuou com aquela voz profunda de político. — A questão é que decidimos deixá-los fazer essa viagem juntos. Agora. A parte difícil. Entendo que isso seja complicado e incômodo para todos aqui, mas é preciso ser dito. Agora vocês são jovens adultos, capazes de tomar suas próprias decisões. Nós os criamos com boa educação para que fossem jovens inteligentes e capazes de tomar boas decisões. Sei que já conversamos sobre isso com vocês, como pais, mas acredito que seja importante dizer isso a vocês como casal.

— Diga logo, pai — suspirou Kyle.

— Nós já conversamos sobre ter cuidado. Sobre usar proteção. — Kyle e eu trocamos olhares, mas continuamos em silêncio. — Eu sou uma figura pública, assim como o seu pai, Nell. É indispensável que vocês levem isso a sério. Não *posso* suportar um escândalo desse a essa altura da minha carreira. Existe a possibilidade de me indicarem para a corrida presidencial em dois anos, e sei que não é preciso lembrá-los de como a imagem é importante numa situação desse tipo.

— Pai, nós tomamos cuidado — disse Kyle. — Eu prometo. Nós usamos proteção.

Meus pais olharam sérios para mim, então vi a necessidade de me manifestar.

— Estou fazendo uso de anticoncepcionais, está bem? Tomo pílula desde que nós... vocês sabem, começamos. E nós usamos camisinha. Nenhuma gravidez indesejada está no horizonte, certo? Podemos agora parar de falar nesse assunto, *por favor*?

— Nossa, isso seria ótimo — murmurou Kyle.

— Há quanto tempo vocês têm feito isso? — perguntou meu pai.

Kyle e eu trocamos olhares novamente.

— Não sei se isso é importante agora, senhor — disse Kyle.

— Claro que é importante — disse o meu pai, com a voz áspera e ameaçadora, olhando fixamente com seu olhar de chefe bravo. — Ela é minha filha. Há quanto tempo?

Ainda bem que não era eu quem recebia aquele olhar; era amedrontador.

Kyle ergueu o queixo e baixou os ombros.

— Sinto muito, Senhor Hawthorne, mas, sinceramente, acho que isso é uma coisa entre mim e Nell. — Kyle o enfrentou e eu fiquei ao lado dele, e, é claro, todos fizeram o mesmo. Kyle se dirigiu ao meu pai mais uma vez. — Eu não discuto minha relação com a Nell com nenhum dos nossos amigos, e, com todo o respeito, senhor, não vou discuti-la com você. É algo particular.

Meu pai acenou com a cabeça e estendeu a mão para o Kyle, e eles se cumprimentaram.

— Boa resposta, filho. Não gostei muito, porque isso significa que deve fazer tempo o bastante para me deixar preocupado. Mas eu o respeito por preservar sua intimidade. E proteger a reputação do meu bebê também.

Kyle concordou.

— Eu amo a sua filha, senhor. Nunca faria nada que a magoasse ou a envergonhasse. Nem magoaria ou envergonharia vocês ou meus pais.

Enlacei meus dedos nos de Kyle, orgulhosa dele. Meu pai podia ser bem assustador. Cheguei a ir com ele ao seu escritório recentemente, já que estava planejando fazer faculdade de Administração de Empresas em Syracuse, e o vi usar aquele mesmo olhar e aquela voz áspera com seus empregados. Invariavelmente, a pessoa infeliz que recebia tal tratamento acabava perdendo a pose e se deixava levar pela intimidação, fazendo exatamente o que meu pai pedia. Ao olhar para o sr. Calloway, pude vê-lo orgulhoso do Kyle também, pela maneira com a qual ele lidou com a situação.

Discutimos nossos planos rapidamente, então Kyle e eu fomos dispensados para ir arrumar as malas. Quando ficamos sozinhos no meu quarto, Kyle caiu de costas na minha cama e esfregou o rosto com as mãos.

— Puta merda, Nell. Seu pai é assustador.

Abri as pernas e ajoelhei em cima dele, curvando-me para beijá-lo.

— Eu sei como é. Vi homens mais velhos quase fazerem xixi nas calças quando o papai fez isso. — Mordi de leve o queixo dele. — Estou orgulhosa de você, querido. Você foi muito bem.

Ele segurou meu bumbum e me puxou para perto.

— Será que eu mereço uma recompensa?

Eu ri e saí de perto.

— Quando chegarmos ao norte.

Arrumamos rapidamente nossas malas, colocando nossas coisas em uma das bolsas que o Kyle carregava seus equipamentos de futebol. Pareceu algo experiente e maduro fazer as malas juntos, em uma mala só, minhas coisas misturadas às dele.

Enquanto ajeitávamos as coisas do Kyle na bolsa, percebi que ele pegou alguma coisa da gaveta de meias e enfiou no bolso da calça jeans. Era pequeno, o que quer que fosse, e eu não consegui identificar pelo formato. Olhei para o Kyle, curiosa, mas ele deu de ombros e sorriu para mim. Preferi não insistir. O Kyle nunca mentiria para mim ou esconderia nada de mim, portanto não fiquei preocupada.

Entramos no carro, Kyle dirigia enquanto eu tirava lixos da minha carteira. Puxei recibos velhos, canhotos de entradas de filmes e shows, meia dúzia de cartões de desconto da Starbucks e da Caribou, vencidos ou insignificantes. Olhei para o bilhete que o Kyle havia escrito para mim há um ano e meio. Reli-o e sorri comigo mesma. Parecia que havia passado tanto tempo. Lembrei-me da garota que eu era naquela época, tão cheia de indecisões. Nesse ano e meio desde então, Kyle e eu aprendemos mais um sobre o outro, descobrimos um mundo de maravilhas prazerosas um com o outro. Ele aprendeu a me levar até aquele ponto em que eu tremia toda, e além. Aprendi como é bom deitar nos braços dele, e o barato que dá fazer amor numa tarde sonolenta de um domingo de verão, em cima de uma canga de piquenique, no alto da nossa montanha, à sombra da nossa árvore.

Kyle olhou para mim e arreganhou um sorriso quando viu o que eu estava lendo.

— Você não vai se livrar dessa coisa velha? É tão piegas, se eu bem me lembro.

Aproximei o papel do meu peito com um olhar de horror.

— Eu nunca vou me livrar disso, seu bruto insensível. Eu amo isso. É lindo e maravilhoso, e sempre me faz sorrir.

Ele balançou a cabeça e sorriu para mim, aumentando o volume da música "I and Love and You", do The Avett Brothers, e demos as mãos, ouvindo a música que foi trilha sonora de incontáveis vezes que fizemos amor. Olhamos um para o outro e depois para frente, dividindo lembranças mútuas de coisas que fizemos ao som daquela música.

O chalé ficava a várias horas de viagem, e, obviamente, acabei adormecendo no caminho, sem acordar até sentir os lábios de Kyle tocarem os meus e a voz dele sussurrar "chegamos" em meu ouvido.

Kyle inclinou-se sobre a porta do carro, acariciando minha bochecha com os dedos. Espreguicei, terminando com os braços em volta do pescoço de Kyle.

— Estou com muito sono para andar. Você pode me carregar?

Os lábios de Kyle beijaram meu pescoço enquanto eu me esticava, fazendo com que eu tivesse um ataque de risos, depois carregou-me em seus braços, sem esforço algum, e subiu três degraus que levavam até a varanda da entrada.

— As chaves estão no meu bolso — ele disse.

Enfiei a mão no bolso dele, puxei o molho de chaves e tentei descobrir qual era, até que ele me indicou a certa. Destranquei a porta rapidamente, ainda nos braços de Kyle. Ele não demonstrou qualquer sinal de cansaço, exceto por apertar os lábios. Ele me carregou pela entrada e me levou até a sala, parando, em seguida, na escada que levava para o segundo andar.

— Segura firme, amor — ele disse. — Vamos subir.

Sacudi as pernas e tentei escorregar dos braços dele.

— Você é maluco. Não vai conseguir me levar até lá em cima!

Ele me pôs no chão, mas assim que meus pés tocaram as escadas, ele se debruçou sobre mim, pressionando-me sobre as escadas. Caí de bumbum e continuei me arrastando, puxando-o para baixo até que ele chegasse à minha boca. Eu me perdi nos beijos dele e me esqueci da dor que sentia do degrau nas minhas costas, ou o fato de que meu cabelo estava preso entre um dos meus ombros e o degrau seguinte. De repente, eu já estava novamente nos braços dele e nós subíamos a escada. Ouvi o esforço dele pelo som da respiração, mas ele me carregou até a suíte máster, onde me deitou na cama. Ele rastejou sobre mim, puxando a minha blusa pela cabeça, as mãos dele segurando minhas costelas, apalpando meus seios. Curvei-me para trás com seu toque e procurei com pressa os botões da calça jeans que ele vestia.

Batizamos aquela cama de todos os jeitos.

Depois que nos deitamos, com um brilho no rosto e com os dedos de Kyle tateando o espaço entre os meus seios, ele se voltou para mim com um olhar sério e disse:

—Você já decidiu sobre a faculdade?

De vez em quando nós falávamos sobre o assunto. Nós dois tínhamos prestado os exames e mandado pedidos de admissão para uma dúzia de faculdades e universidades. Havíamos conversado a respeito de onde queríamos ir, o que queríamos fazer. O que não tínhamos feito foi conversar sobre se iríamos para o mesmo lugar ou não. Nossas conversas sobre o assunto tinham uma espécie de presunção tácita de que ficaríamos juntos e escolheríamos faculdades onde pudéssemos estar juntos.

Encolhi os ombros, não muito interessada no assunto.

— Eu pensei em Syracuse. Talvez a Boston College. Algum lugar na Costa Leste, eu acho. Eu quero me formar em Administração.

Ele não respondeu por alguns instantes, o que me fez pensar que ele não tinha gostado muito da resposta.

— Eu fui aceito em Stanford. Eles me ofereceram uma bolsa de estudos muito boa.

— Futebol?

— É.

Aquilo era óbvio. As notas dele eram boas, mas não tão boas a ponto de conseguir uma bolsa de estudos. Ele havia sido abordado por diferentes universidades nos últimos meses. Mas ele tinha a esperança de que suas notas melhorassem até o fim do último ano.

— Stanford é na Califórnia. — Minha voz saiu desanimada.

— E Syracuse é em Nova York. — A mão dele parou de se mexer. — Eu recebi uma oferta da Penn State.

Acenei com a cabeça.

— Acho que a pergunta é se vamos tomar essas decisões juntos. Porque e se você decidir que Stanford é o melhor lugar para você, e eu realmente quiser ir para a Syracuse?

— Sei lá... — disse Kyle, quase em um suspiro. — É exatamente isso que tenho me perguntado. A oferta da Stanford é *muito* tentadora. A Penn State é muito boa, mas Stanford... é Stanford. — Ele encolheu os ombros, como se quisesse dizer que não tinha comparações.

Vários minutos se passaram. Não sabia direito o que dizer, como enfrentar aquilo juntos. Por fim, sentei-me e disse:

— Não quero mais falar sobre isso. Estou com fome.

Kyle suspirou, como se o alívio por deixar a conversa de lado tivesse tirado um peso das suas costas. Acendemos a grelha e tivemos um ótimo momento caseiro, assando hambúrgueres e espigas de milho juntos. Havia um engradado de Budweiser na despensa que havia sobrado de uma festa dada lá no verão, e tomamos cerveja juntos. Nenhum de nós gostava muito de festas. Às vezes, íamos a algumas reuniões de amigos e tomávamos uma ou duas cervejas, mas não éramos do tipo que gostava de passar dos limites. Só fiquei bêbada uma vez e foi ao lado do Kyle, no verão passado. Convencemos a prima da Becca, Maria, a comprar para nós uma garrafa de uísque, e nós a tomamos nas docas enquanto nossos pais estavam em um evento político.

Ficar bêbada foi engraçado até a bebida ter o efeito inverso. Acabei vomitando e desmaiando nas docas. Kyle me carregou até a cama e tomou conta de mim até ter certeza de que eu não iria engasgar com o meu próprio vômito. Depois disso, decidi que ficar doidona não era para mim. Eu tinha amigos que pareciam viver em função dessas festas de fim de semana, para ficarem bêbados e darem uns pegas.

Eu tinha o Kyle, e isso era o suficiente.

Depois do jantar, fizemos uma fogueira perto do lago e fomos nadar "como viemos ao mundo" assim que o sol se pôs, rindo e perseguindo um ao outro na enseada. Havia uma ilha a cerca de quatrocentos metros da orla, um pequeno monte de terra com alguns arbustos e uma praia estreita. Kyle e eu nadávamos juntos até aquela ilha desde que éramos crianças. Dessa vez, nadamos e fizemos amor na praia, deitados nus sob a brisa quente do verão, vendo as estrelas piscando no céu, conversando sobre tudo e nada.

Falando sobre tudo, mas evitando a conversa sobre o futuro e sobre as faculdades. Havia um peso no meu coração, porque algo me dizia que não chegaríamos a uma decisão fácil ou agradável. Kyle estava decidido por Stanford. Dava para ver nos olhos dele, ouvir na voz dele. Eu queria muito ficar na Costa Leste, perto do centro financeiro de Nova York. O plano era me formar em Administração de Empresas e arranjar um estágio dos bons em Nova York, depois entrar para a empresa do meu pai, mas de forma legítima, galgando cada posto, sem favoritismo ou nepotismo.

O papai queria me colocar na diretoria assim que eu me formasse, mas eu estava determinada a conquistar meu espaço pelos meus próprios méritos. Kyle tinha um problema semelhante com os pais. O pai dele queria que Kyle seguisse seus passos e fosse para Washington, onde conseguiria algum emprego dentro da política. Kyle queria seguir a carreira esportiva. Jogar futebol na faculdade, tentar se profissionalizar e, se não conseguisse isso, seguiria a carreira de treinador. Era uma decisão difícil, mas Kyle era como eu, e estava determinado a conquistar as coisas por si só.

Eu sabia apenas que não iria pedir para Kyle comprometer seus estudos por minha causa. Eu poderia me formar no que quisesse em uma porção de faculdades, pois sabia que, com uma mãozinha do sr. Calloway e do meu pai, poderia entrar na faculdade que eu quisesse.

Eu amava Kyle o bastante para mudar meus planos. Kyle teria de aceitar as melhores ofertas. Ele tinha várias para escolher, então não me preocupei tanto com isso.

Sentei-me perto da fogueira, enrolei uma toalha e observei Kyle tocar violão de qualquer jeito. Depois olhei para o nada, sabendo que eu teria de tomar uma decisão. Sigo Kyle por amor? Ou sigo meus planos para o futuro?

Mal sabia que essa escolha estava prestes a ser tirada de mim.

- - -

Sábado foi um dia tranquilo que passamos no barco a motor, tomando cerveja e comendo sanduíches, transando e ouvindo músicas no meu iPod. Evitamos conversas mais pesadas e aproveitamos o momento, aproveitamos o azul ondulado do lago, a palidez do céu claro e a falta de expectativas de um futuro a dois.

Em casa, nós dois éramos perseguidos pelas figuras de nossos pais. Meu pai estava considerando se candidatar para prefeito de nossa cidade. Kyle, principalmente, tinha de ser cuidadoso em cada decisão agora. Com a perspectiva de o pai ser indicado para a corrida presidencial, cada faceta da família Calloway seria examinada regularmente pela mídia. Kyle e eu precisávamos ter cuidado em não sermos pegos em situações comprometedoras, não podíamos fazer ou dizer nada que pudesse gerar dúvidas quanto ao sr. Calloway.

Aqui no norte não havia expectativas. Éramos só nós.

Domingo caiu uma tempestade, então passamos o dia dentro de casa vendo filmes. Fomos jantar mais cedo no único restaurante mais agradável que ficava a uma hora de carro, uma luxuosa cantina italiana onde os Calloway eram antigos conhecidos. Kyle foi cumprimentado pelo nome e imediatamente fomos acomodados em uma mesa, apesar da longa fila de espera.

Foi mais um jantar agradável, mas um pouco estranho, já que aquele assunto sempre voltava à tona. Eu sabia que precisava mandar logo minha carta de admissão para a Syracuse ou teria de pedir para os nossos pais darem um "jeitinho" para que eu fosse para Stanford com Kyle. O tempo estava se esgotando. Evitamos essa conversa por tempo demais, para o desapontamento dos nossos pais, mas agora havia chegado a hora. Era agosto, e as universidades começariam o ano acadêmico em setembro.

Abri minha boca para falar sobre o assunto várias vezes, mas Kyle sempre parecia desconversar, como se soubesse o que eu estava prestes a dizer. Voltamos para casa num silêncio tenso. Kyle estava com a mão no bolso da calça enquanto dirigia, e não parava de olhar para mim, com uma expressão séria e indecifrável. Estacionamos na frente do chalé e ficamos sentados dentro do carro por um momento, observando as gotas de chuva que respingavam no para-brisa, ouvindo o vento que uivava lá fora. Os grandes pinheiros que cercavam a propriedade curvavam e balançavam com o vento, que, para mim, mais parecia um vendaval. Vi, com o coração acelerado, uma das árvores curvar quase pela metade com uma das lufadas, e comecei a ficar tensa com a possibilidade de um daqueles galhos quebrar e cair. Pela direção que o vento soprava, se a árvore se quebrasse, poderia atingir a casa e o carro onde estávamos.

Kyle olhou para mim e percebi gotas de suor em sua testa, apesar do frescor dentro do carro. A mão dele estava agarrada ao volante e alisava o couro, um gesto que ele só fazia quando estava nervoso ou irritado. Esperei, sabendo que ele falaria assim que estivesse pronto.

Ele olhou para mim, respirou fundo e tirou a mão do bolso. Meu coração começou a pular dentro do peito quando percebi o que estava para acontecer. *Meu Deus. Meu Deus.* Ele estava prestes a me pedir em casamento. Não, não. Eu não estava pronta para isso.

Ele abriu a mão e havia uma caixa preta, onde estava escrito *Kay Jewelers* em letras douradas no topo. Mordi o lábio e tentei não entrar em pânico.

— Kyle? Eu...

— Nell, eu amo você. — A mão dele tremia levemente ao abrir a caixa, revelando um anel de diamante de meio quilate com corte princesa, simples e lindo. E amedrontador. — Não quero passar nem um segundo longe de você. Eu não ligo para faculdade, futebol ou qualquer coisa. Só você me interessa. Nós daremos um jeito no futuro juntos.

Ele puxou o anel e o exibiu para mim, segurando-o entre os dedos. A chuva despencava sobre o para-brisa e o vento uivava como se fosse um grito; ventava tão forte que chegava a balançar a suspensão do carro. *Por que agora?* Eu me perguntei. *Por que aqui?* Num carro, debaixo de uma tempestade? Não no restaurante, durante o jantar? Não lá na frente da fogueira, onde tínhamos tantas lembranças? Meu coração batia intermitente no peito e meus olhos pinicavam, a visão estava confusa e embaralhada. Meu lábio doía, e senti o gosto adstringente de sangue. Disse a mim mesma para parar de morder o lábio antes que eu o atravessasse.

— Nell? Você quer casar comigo? — A voz de Kyle falhou no fim.

— Meu Deus, Kyle. — Engasguei com as palavras, mas tentei concluir a frase. — Eu amo você também, amo muito. Mas... agora? Eu não... eu não sei. Não posso... nós acabamos de fazer dezoito anos. Eu amo você e queria dizer que vou com você para Stanford. Meu pai pode me colocar lá no último minuto... — Balancei a minha cabeça, fechando os olhos com força, sem coragem de olhar para os olhos magoados de Kyle.

— Espere aí... — Ele balançou a cabeça, recuando um pouco o anel. — Você está dizendo não?

— É muito cedo, Kyle. Não é que eu não o ame, é que... — Fui tomada por dúvidas.

Eu nunca havia namorado outra pessoa. Não que eu quisesse, necessariamente. Mas às vezes eu me sentia tão jovem. Nunca fiquei longe dos meus pais por mais de uma semana. Nunca saí de casa. Essa era a primeira vez que eu tinha ido a algum lugar sem eles. Eu queria experimentar a vida. Eu queria amadurecer um pouco mais. Não estava pronta para me casar.

Mas nada disso saía pela minha boca. Tudo o que eu conseguia fazer era balançar a cabeça conforme as lágrimas caíam, imitando a chuva do lado de fora. Abri a porta do carro e saí correndo, ignorando os gritos de Kyle que diziam para eu esperar. Eu estava ensopada, mas eu não me importava com isso.

Ouvi Kyle atrás de mim, correndo na minha direção. Eu não corria dele, mas da situação. Parei, o salto alto escorregava e afundava no cascalho molhado.

— Eu não entendo, Nell. — A sua voz estava grave e rouca de emoção, mas a chuva em seu rosto acabava por lhe obscurecer os traços, então não dava para ver se ele chorava ou não. — Achei que... Achei que esse era o próximo passo para nós.

— E é, mas não agora. — Enxuguei o rosto e dei um passo na direção dele. — Eu amo você. Amo muito. Amo com todo o meu coração. Mas ainda não estou pronta para ficar noiva. *Nós* não estamos prontos para isso. Ainda somos quase crianças. Nós concluímos o colegial há apenas alguns meses.

— Eu sei que somos jovens, mas... é você quem eu quero. Tudo o que eu quero. Nós poderíamos morar juntos e... ficar juntos. Experimentar tudo juntos.

— Ainda podemos fazer isso. Podemos arranjar um apartamento só para nós. Talvez não imediatamente, mas em breve. — Virei de costas, frustrada com a minha incapacidade de expressar o porquê de eu não estar pronta. — Kyle... é muito cedo ainda. Você não vê? Não quero ficar longe de você também. Eu vou para Stanford com você. Eu irei para onde quer que você vá. Eu *irei* me casar com você, só não agora. Dê-nos alguns anos. Vamos entrar para a faculdade e tocar nossas carreiras. Crescer um pouco.

Quem dessa vez virou as costas foi Kyle. Ele esfregou a mão no cabelo molhado, borrifando a água para cima.

— Você fala como os nossos pais. Você parece o seu pai. Pois saiba que eu pedi a autorização dele primeiro. Por isso que eles nos deixaram vir para cá. Ele disse que não tinha certeza se estávamos prontos e que achava que precisávamos viver mais a vida, mas que você era legalmente adulta agora, e que se você dissesse sim, ele não veria problema algum em ficarmos noivos.

A chuva deu uma acalmada, mas o vento soprava mais forte que nunca. As árvores à nossa volta dobravam como caules de grama. Mesmo com o som forte do vento, dava para ouvir os troncos quebrando. Um raio iluminou o céu noturno, depois outro. Um trovão estourou sobre as nossas cabeças com um barulho tão alto que deu para senti-lo no meu estômago. Em seguida, a chuva caiu com tudo sobre nós de novo, fria e pungente.

— Eu amo você, Kyle. — Andei na direção dele, estendendo minha mão. — Por favor, não fique bravo comigo. Eu só...

Ele virou as costas para mim, coçando o nariz.

— Achei que... Achei que você quisesse isso.

— Vamos entrar agora, está bem? Nós conversamos melhor lá dentro. Não é seguro ficar aqui fora. — Estendi a mão para ele novamente, mas ele se afastou.

Outro raio caiu, só que dessa vez mais perto, tão perto que senti os pelos do meu braço se eriçarem, senti a descarga de energia no meu corpo todo. As árvores se contorciam, o vento soprava tão forte que dava para sacudir o carro e me carregar para onde fosse.

Balancei a cabeça e deixei Kyle para trás, indo na direção da casa.

— Eu vou entrar. Se quiser, pode ficar aqui fora e ser irracional.

Então, ouvi um barulho ensurdecedor de algo se quebrando, mas não era um raio. Era como um tiro de canhão, como se um fogo de artifício tivesse sido detonado a poucos metros. Meu estômago contraiu, pois o medo tomou conta de mim. Meus pés ficaram travados no chão, no primeiro degrau da varanda; olhei para cima e vi a morte vindo na minha direção.

A árvore havia se partido. O tempo parou ao ver o gigantesco pinheiro caindo sobre mim. Ouvi o telhado quebrando e cedendo, ouvi tudo se desfazendo e ruindo, ouvi os tijolos se desintegrando. Não conseguia me mexer. Tudo o que eu via era o tronco molhado e brilhante em contraste com o céu, as folhas verdes tremulando com o vento.

Kyle gritou atrás de mim, mas as palavras dele se perderam no vento, na névoa de terror. Fiquei congelada. Eu sabia que precisava me mexer, mas meus membros não cooperavam. Apenas fiquei ali parada vendo a árvore cair. Não consegui nem gritar.

Senti o impacto de alguma coisa dura por trás, e fui jogada de lado. Ouvi o barulho da árvore cair no chão. Meus ouvidos zuniam, minha respiração parou, e fiquei completamente sem ar. Eu havia caído de lado e meu braço torceu embaixo do corpo. Então a dor tomou conta de mim, como se um raio tivesse caído no meu braço. Está quebrado, pensei. Caí de costas e soltei um grito ao sentir outra agulhada de dor percorrer o meu corpo. Olhei para o meu braço junto do peito, vi sangue jorrando na chuva, escorrendo pela minha carne. O antebraço estava dobrado em um ângulo anormal, uma ponta branca se projetava para fora do cotovelo. Tive que rolar novamente para vomitar ao ver meu braço destruído.

Então a ficha caiu.

Kyle.

Virei e me ajoelhei com o braço contra a barriga. Emiti outro grito, audível mesmo com o barulho do vento e dos trovões. A árvore gigante havia caído na clareira. A casa estava esmagada, a lateral direita estava destruída pelo tronco da árvore. O Camaro de Kyle também estava esmagado, o para-brisa foi estilhaçado; capô, teto e porta-malas completamente amassados. Os galhos pareciam lanças e estilhaços que penetravam a terra, com folhas verdes obscurecendo o chão, o céu e o mundo além da árvore.

Vi um sapato sem pé. Um sapato preto. O sapato de Kyle, arrancado de seu pé. Aquela imagem, o sapato preto, o couro molhado da chuva, lama nos dedos dos pés, ficaria gravada para sempre na minha cabeça.

Kyle estava embaixo do tronco, com as pernas esperneando na lama e no cascalho. Gritei novamente, sem me ouvir. Senti o grito na minha garganta, arranhando minhas cordas vocais.

Cambaleei pelo cascalho e engatinhei de mãos e joelhos, sentindo uma dor lancinante quando me dei conta de que eu usava o meu braço destruído para me arrastar até Kyle. Alcancei os pés dele, acomodei-me sobre o tronco entre os galhos que pareciam lanças.

— Kyle? *Kyle*? — Ouvi as palavras, seu nome, saírem pelos meus lábios, como se eu implorasse desesperadamente.

Vi o peito dele se mover, vi a cabeça girar, procurando por mim. Ele estava de bruços, com o rosto no chão. A lama banhava seu rosto. O sangue escorria pela testa e envolvia o nariz e a boca. Pulei por cima da árvore com um único braço, lutando contra a dor de estar de joelhos e sentindo o grude da seiva nas minhas panturrilhas e coxas. Meu vestido enroscou num galho e rasgou, deixando minha pele desprotegida. Caí sem controle sobre o meu ombro, senti alguma outra coisa quebrar dentro do meu braço. A dor tirou o meu fôlego, e me deixou trêmula, incapaz sequer de gritar. Meus olhos inquietos encontraram com os de Kyle. Ele piscou lentamente, então fechou os olhos com força ao sentir uma corrente de sangue e chuva que pingou dentro do seu olho. A respiração dele era custosa, com um assobio estranho. Sangue escorria do canto da boca dele.

Girei meu tronco, tentando tirar o peso do meu braço. Então eu vi. A árvore não tinha apenas caído sobre ele. Um galho o havia perfurado. Gritei novamente, mas dessa vez minha voz desapareceu, dando lugar ao silêncio.

Estendi a mão e tirei a chuva do rosto dele, o sangue da bochecha e do queixo.

— Kyle? — sussurrei com uma voz rascante quase inaudível.

— Nell... Eu amo você.

— Você vai ficar bem, Kyle. Eu também amo você. — Tentei ficar de pé para empurrar a árvore com o ombro. — Vou tirar você daí. Vou levá-lo a um hospital. Tudo vai ficar bem... Nós vamos para Stanford juntos.

A árvore mexeu e Kyle deu um grito de dor.

— Pare, Nell. Pare.

— Não... não. Eu tenho de... tenho de tirar você daí. — Empurrei novamente, escorreguei na lama e meu rosto bateu na casca da árvore.

Desmoronei no chão ao lado de Kyle. Senti a mão dele rastejar pela lama para alcançar a minha.

— Você não aguenta, Nell. Só... segure a minha mão. Eu amo você. — Os olhos dele procuraram meu rosto, como se quisesse memorizar meus traços.

— Eu amo você, Kyle. Você vai ficar bem. Nós vamos nos casar... por favor... — As palavras escaparam pela minha boca interrompidas por soluços.

Tentei de novo ficar de pé. Corri tropeçando até o carro, que estava com as faixas vermelhas e pretas de carro de corrida todas destruídas, estiquei o braço pela janela quebrada para pegar minha bolsa. Um estilhaço de vidro fez um corte longo no meu braço, mas eu nem senti. Pressionei a bolsa, meio sem jeito, entre o meu peito e o braço ferido, procurei pelo celular que estava na bolsa, deslizei desesperadamente os dedos pela tela para desbloqueá-la, quase deixando o aparelho cair ao tocar no ícone verde e branco. Deixei minha bolsa cair na lama.

Um voz calma de mulher contrastava com o meu choque.

— Um-nove-zero, qual é a sua emergência?

— Uma árvore caiu... meu namorado está preso embaixo dela. Acho que ele está muito machucado. Acho que um galho... por favor... por favor, venham ajudá-lo. — Eu não reconhecia minha voz, que tinha um tom de horror e incoerência.

— Qual é o seu endereço, senhorita?

Olhei para os lados.

— Eu não... eu não sei. — Eu sabia o endereço, mas não conseguia lembrar. — Nove, três, quatro... — Engoli um soluço, ajoelhei-me no chão ao lado de Kyle, com o cascalho penetrando meus joelhos e costas.

— Qual é o seu endereço, senhorita? — A operadora repetiu calmamente.

— Estrada... Rayburn... Nove... Três... Quatro... Um... — sussurrou Kyle.

Repeti o endereço para a atendente.

— Alguém vai chegar aí o mais rápido possível, senhorita. Você quer que eu continue na linha com você?

Não consegui responder. Deixei o telefone cair, mas ainda ouvi a voz dela repetir a pergunta. Olhei sem reação a chuva bater e ensopar a tela do telefone, a barra vermelha "Desligar", os ícones brancos de "Mudo", "Teclado", e todo o restante se tornaram cinza quando a atendente desligou ou a ligação finalizou. Peguei de novo o telefone, como se pudesse ajudar Kyle. Agarrei o aparelho, mas com a mão errada. Meus dedos não respondiam, e líquido vermelho se misturou com a chuva na tela escura, escorrendo pelo meu antebraço e gotejando pelos dedos.

Virei para Kyle. Os olhos dele estavam vitrificados, distantes. Tomei sua mão. Debrucei-me na lama para ficar cara a cara com ele.

— Não me deixe. — Eu mal ouvia minha voz.

— Eu... eu não quero — ele sussurrou. — Eu amo você. Eu amo você. — Aquelas pareciam ser as únicas palavras que ele conseguia dizer. Ele as repetia seguidas vezes, e eu as respondia, como se aquelas três palavras pudessem prendê-lo na Terra, prendê-lo à vida.

Ouvi sirenes ao longe.

Kyle respirou com dificuldade, apertou minha mão, mas estava fraco, seu toque era distante. Os olhos dele buscaram os meus.

— Estou aqui, Kyle. A ajuda está vindo. Não vá embora. Não desista. — Solucei ao ver os olhos dele me ignorarem, como se não me visse mais.

Pressionei meus lábios nos dele, sentindo o gosto de sangue. Os lábios dele estavam frios. Mas ele estava na chuva, então era para estarem frios, certo? Era só isso. Ele só estava frio. Beijei-o novamente.

— Kyle? Kyle, me beija de volta. Eu preciso de você. Acorde. — Beijei-o pela terceira vez, mas os lábios dele estavam frios e imóveis. — Acorde. Acorde. Por favor. Nós temos de nos casar. Eu amo você.

Senti mãos me levantarem, me afastarem. Ouvi vozes dizendo alguma coisa para mim, mas as palavras se perdiam. Alguém gritava. Eu? Kyle não se mexia, não se mexia. Só frio, muito frio. Não foi. Não foi. Não. *Não*. As mãos dele estava curvadas como se estivessem segurando as minhas, mas eu estava longe, flutuando, sendo levada pelo vento. Atônita por causa do vento.

Não sentia nada. Não havia dor, nem quando meu braço foi empurrado ao me colocarem numa maca. Eu vi Kyle, distante, cada vez mais distante, ouvi mais vozes me fazendo perguntas, manuseando meu braço com cuidado. A dor estava como o trovão, distante agora. Como a chuva, fria e esquecida.

—*Eu amo você.* — Não sei se essas palavras foram pronunciadas.

Senti uma mão tentando abrir meu punho cerrado. Eu estava segurando alguma coisa na minha mão ferida. Um rosto redondo de meia-idade ficou à minha frente, a boca se movia mas as palavras eram incompreensíveis. Minhas pálpebras se fecharam, cobrindo minha existência de escuridão. Depois a luz voltou ao abrir os olhos novamente. Inspirei fundo, depois expirei. Então de novo. Fiquei na dúvida se eu precisava respirar novamente. Kyle havia partido. Então por que respirar?

Algo frio, duro e transparente foi colocado sobre minha boca e nariz, e isso me forçou respirar novamente.

Olhei para o meu punho cerrado. O que eu estava segurando? Eu não sabia.

Forcei meus dedos a se abrirem, revelando um anel prateado com um brilhante diamante. Tentei colocá-lo na minha mão esquerda, onde o anel deveria estar. Eu diria a Kyle assim que saísse do hospital. *Eu amo você, sim. Eu vou me casar com você.* Mas antes eu precisava usar aquele anel. Uma mão grossa, com pelos escuros nas falanges, tirou o anel de mim e o deslizou no meu dedo anelar da mão direita, a mão errada. Algo vermelho manchou a prata, então limpei minha mão na roupa, no vestido molhado. Pronto, a vermelhidão se foi.

Havia um rosto amigável, arredondado e com olhos de um azul bem claro. A boca se movia, mas não havia som. Ele me mostrou alguma coisa. Um telefone. Meu telefone? Pressionei o botão circular com o quadrado no meio. Lá estava Kyle, tão lindo, com seu rosto junto ao meu enquanto nos beijávamos. Meu telefone.

Olhava confusa para o telefone e para o homem. Ele parecia querer alguma coisa de mim. Ele apontou para o telefone e disse alguma coisa.

Meus ouvidos destamparam e o som voltou.

— Senhorita? Tem alguém para quem possa ligar? — Sua voz era profunda e rouca.

Olhei para ele. Ligar? Para quem eu teria de ligar? Por quê?

— Consegue me ouvir?

— S-sim. Estou ouvindo você. — Minha voz era distante, fraca, lenta.

— Qual é o seu nome, querida?

Meu nome? Olhei para ele novamente. Ele tinha uma espinha na testa, vermelha, inflamada e que precisava ser estourada.

— Nell. Meu nome é Nell Hawthorne.

— Você quer ligar para os seus pais, Nell?

Ah. Ele queria que eu ligasse para os meus pais.

— Por quê?

O rapaz virou o rosto, os olhos fecharam e abriram lentamente, como se estivesse tentando juntar coragem.

— Houve um acidente. Lembra? Você está machucada.

Olhei para o meu braço, que latejava um pouco. Depois olhei para o homem novamente.

— Acidente? — Minha mente deu voltas e voltas, nebulosa e confusa. — Onde está Kyle? Preciso dizer que eu o amo. Preciso dizer que vou me casar com ele.

Então tudo veio à tona. A árvore caindo. Eu, incapaz de me mexer; Kyle, os olhos ficando cada vez mais distantes.

Ouvi um grito e um soluço. O telefone caiu das minhas mãos e ouvi uma voz falando ao longe.

A escuridão tomou conta de mim.

Meu último pensamento foi que Kyle estava morto. Kyle estava morto. *Ele me salvou e agora estava morto.* Soluços ecoavam e se misturavam ao meu coração arruinado.

Capítulo 5

Sofrimento Líquido

Dois dias depois

Puxei o último cacho de cabelo preto e o prendi com o grampo. Mal me reconhecia no espelho. Eu estava pálida, branca como um fantasma, com olheiras escuras e profundas. Os olhos que me olhavam de volta no espelho eram cinza e vazios como o céu de inverno.

— Nell? — A voz da minha mãe vinha por trás de mim, suave, hesitante. A mão dela se fechou em volta do meu braço. Eu não recuei. — Está na hora de ir, querida.

Pisquei com força, pisquei para o nada. Não sentia nada. Não sentia vontade de chorar. Eu estava vazia por dentro, porque o vazio era melhor do que aquele sofrimento. Acenei com a cabeça e saí rapidamente do quarto, passando pela minha mãe, ignorando a agulhada de dor que senti quando meu gesso esbarrou no batente da porta. Meu pai segurava a porta da frente, os olhos me observavam atentamente, como se eu fosse explodir, ou desmoronar.

Tudo era possível. Mas nada aconteceria, porque é preciso sentir alguma coisa para isso. E eu não sentia. Nada. Nada. Nada era melhor.

Desci os degraus e caminhei pelo asfalto da entrada da garagem até o carro quadrado do meu pai, um SUV da Mercedes. Fui direto para o banco traseiro, puxei o cinto sobre mim e esperei em silêncio. Vi minha mãe parada na porta da frente, olhando para o meu pai, e os observei trocando olhares de preocupação. Após alguns instantes, meu pai fechou a porta de casa e eles entraram no carro. Ficamos em silêncio durante todo o trajeto.

Os olhos do meu pai se encontraram com os meus pelo espelho retrovisor.

— Quer que eu ponha alguma música?

Balancei a cabeça, mas não conseguia achar as palavras para falar. Ele olhou para frente e continuou dirigindo. Minha mãe se contorceu no banco para olhar para mim e abriu a boca para dizer alguma coisa.

— Não, Rachel — disse meu pai, tocando o braço dela. — Deixe-a em paz.

Olhei novamente para o meu pai pelo retrovisor e tentei expressar minha gratidão silenciosa, com meus olhos mortos.

A chuva caía. Gotas lentas e pesadas atravessavam o tempo quente e sem vento. Nada parecido com a tempestade que havia levado Kyle embora. Nuvens acinzentadas e carregadas, baixas no céu, como se fossem um telhado quebrado. Cimento molhado, grama reluzente e poças nas calçadas.

Apertei um pedaço de papel dobrado e amassado na minha mão. O bilhete. Eu o tinha memorizado. Eu o li e reli mais vezes do que podia contar.

O velório era numa pequena sala abarrotada de pessoas. Fiquei ao lado do caixão, recusando-me a olhar lá dentro. Parei ao lado de um lindo mural com fotos de Kyle, de nós dois juntos. Estranhos junto às fotografias, pensei, estão me vendo feliz, aproveitando a vida ao lado dele.

Palavras ditas, condolências vazias. Mãos apertavam a minha, lábios beijavam meu rosto. Amigos choravam. Primos. Becca veio me abraçar. Jason ficou parado na minha frente, sem dizer nada, sem me abraçar, só oferecendo seu silêncio, que foi a melhor coisa que ele podia ter feito por mim.

Então, ai, meu Deus... sr. e sra. Calloway, ficaram na minha frente. Eles estavam ali o tempo todo, mas eu não tinha conseguido vê-los. Não conseguia olhá-los nos olhos. Mas agora eles estavam aqui, com as mãos enlaçadas e apertadas entre si, dois pares de olhos castanhos parecidos com os de Kyle olhando para mim, procurando por mim. Eu só havia dito pouca coisa sobre o que tinha acontecido. Houve uma tempestade e uma árvore caiu. Kyle me salvou.

Nada sobre o pedido de casamento, o anel no meu dedo, no dedo errado. Nada sobre o fato de que estávamos discutindo. De que era para ser eu ali.

Que se eu tivesse feito... *Deus*, tantas coisas diferentes, o filho deles ainda estaria vivo.

Nada sobre a morte dele ser minha culpa.

Se eu tivesse dito sim, ele ainda estaria vivo. Nós teríamos ido para o quarto no andar de cima. Faríamos amor. A árvore teria caído sobre a casa, mas longe de nós.

Olhei para eles e tentei achar as palavras.

— Eu sinto muito. — Foi só o que consegui dizer, e até isso foi quase inaudível, palavras despedaçadas caíam como cacos de vidro da minha língua.

— Ah, Nell... eu também. — A sra. Calloway me abraçou e chorou sobre os meus ombros.

Fiquei imóvel, o contato físico era muito intenso. Tive de sugar o ar pelo nariz e soltá-lo pela boca por entre seus cabelos negros, tensa e trêmula. Não podia me deixar sentir nada. Se eu sentisse, eu iria desmoronar.

Não acho que ela entendeu que eu implorava pelo perdão dela por ter matado seu filho. Mas aquelas três palavras foram o máximo que consegui tirar de dentro de mim. Por fim, o marido dela a puxou e a aconchegou ao seu lado, enquanto ela tremia.

Pessoas iam e vinham, palavras eram ditas. Rostos passavam diante de mim como um borrão. Às vezes eu acenava com a cabeça, murmurava qualquer coisa. Assim eles não achariam que eu estava catatônica, que eu estava fisicamente viva.

Só que eu não estava. Eu respirava. Minhas sinapses agiam, meu sangue circulava. Mas eu estava morta, morta com Kyle.

O papai veio ficar ao meu lado e me abraçou.

— Está na hora, Nell.

Hora de quê? Desvencilhei-me de seu abraço e olhei para ele com a testa franzida.

Ele entendeu minha confusão.

— Para as homenagens. Para fechar o caixão e... enterrá-lo.

Concordei com a cabeça. Ele puxou uma cadeira para mim e eu sentei. O sr. Calloway ficou de pé, de costas para o caixão e falou. Ouvi as palavras dele, mas elas não significavam nada. Palavras sobre Kyle, sobre como ele era maravilhoso, quão incrível ele era, quantas conquistas ainda teria pela frente, mas que haviam sido tiradas dele. Arrancadas dele. Palavras verdadeiras, mas vazias perante os fatos. Nada mais importava. Kyle estava morto e as palavras não significavam nada.

A sra. Calloway não conseguiu dizer nada. Jason falou como Kyle era um ótimo amigo e aquelas palavras também eram verdadeiras.

Então chegou a minha vez. Todos olharam para mim. Esperando. Levantei e fui para o local onde todos haviam falado, atrás de um pequeno palanque com um microfone desligado. Bati na madeira com as unhas, que foram pintadas de roxo escuro pela minha mãe.

Soube na mesma hora que eu não era mais a mesma. A velha Nell saberia o que dizer, teria achado palavras educadas e profundas, teria falado sobre como Kyle era incrível, como era carinhoso e atencioso, como seria o nosso futuro juntos.

Mas nada disso saiu de mim, porque eu não era mais aquela Nell.

— Eu amava o Kyle. — Olhei para a madeira clara do palanque, porque os olhos das pessoas sentadas teriam perfurado minha armadura de entorpecimento, teriam penetrado o rio de magma que eram as minhas emoções.

— Eu o amava tanto... Ainda amo, mas... ele se foi. Não sei mais o que dizer. — Tirei o anel do dedo da minha mão direita e o ergui. Algumas pessoas engasgaram.

— Ele me pediu em casamento. Eu disse que éramos muito jovens. Eu disse que... eu iria para a Califórnia com ele. Ele iria para Stanford e jogaria futebol. Mas eu disse não, ainda não... e agora ele se foi.

Eu não conseguia mais me segurar, mas eu precisava. Evitei entrar em colapso, segurei a tristeza e a empurrei para dentro. Enfiei o anel de volta na minha mão direita e saí da sala do velório, sem olhar para o caixão. Eu sabia, de quando a vovó Calloway tinha morrido, que aquilo dentro do caixão não era o Kyle. Era um invólucro, uma casca, um pote de cerâmica vazio. Eu não queria ver aquilo. Eu queria ver Kyle na minha mente como o lindo, forte e glorioso Adônis que ele era, o jeito que seus músculos se moviam e brilhavam, a maneira que suas mãos me tocavam e a forma com que seu suor se misturava ao meu.

O problema era que, sempre que meus olhos se fechavam, eu só conseguia ver aquele sapato, seus olhos me procurando enquanto a vida saía de dentro dele, suas mãos agarrando meus dedos e, depois, ficando soltas por eu ter sido tirada de perto dele.

Deixei o velório saindo pela porta dos fundos e seguindo pela grama molhada direto até um imenso carvalho que ficava na parte de trás da construção. Quando me encostei na casca grossa, meu vestido preto ficou ensopado e grudava na minha pele. Meu cabelo estava todo molhado por cima dos ombros. Eu tremia, lutando para não soltar. Respirei, sufocando com a minha língua para tentar, literalmente, morder os soluços.

Virei e pressionei minha testa contra a casca da árvore, cerrando meus dentes e respirando ofegante, lamuriando entre os lábios. Sem chorar, sem chorar. Porque eu não podia. Eu não podia me permitir isso.

Senti um calor se aproximar do meu ombro, o toque sedoso de um casaco. Afastei-me da árvore e virei para ver um par de olhos cor de safira me olhando; eram de um azul atordoante, profundo, de tirar o fôlego. O rosto era perturbador, familiar, esculpido e dolorosamente belo, como o de Kyle, porém mais maduro. Mais velho, mais duro. Mais grosseiro. Menos perfeito, menos escultural. Um cabelo escuro desgrenhado e mais ou menos comprido; um preto bagunçado, brilhante e com peso.

Colton. O irmão de Kyle, uns cinco anos mais velho.

Eu não via Colton há bastante tempo. Ele saiu de casa quando Kyle e eu ainda éramos crianças, e não o vi mais desde então. Eu nem sabia onde ele morava, o que fazia. Acho que ele não se dava bem com o sr. Calloway, mas não tenho certeza.

Colton não disse nada, só colocou o casaco sobre meus ombros e se encostou no tronco da árvore. A camisa branca ensopada estava desabotoada, mostrando parte de sua pele e uma tatuagem em seu braço e ombro. Talvez alguma tribal.

Olhei para Colton e ele olhou para mim, controlado e tranquilo, mas atormentado por uma dor não dita. Ele compreendia minha necessidade de ficar em silêncio.

Senti uma coisa dura dentro do bolso onde minha mão estava enfiada, e puxei um maço de Marlboro e um Zippo. Colton ergueu a sobrancelha, tomando-os de minha mão. Ele abriu a caixa, tirou um cigarro de dentro e o acendeu com o Zippo. Observei aquilo, porque observar não me fazia pensar no magma.

Ele pôs o filtro entre os lábios e puxou a fumaça. Nesse momento, senti algo estranho acontecer dentro de mim quando vi suas bochechas formarem uma cavidade. Um sentimento de como se eu o conhecesse, apesar de não o conhecer. Como se eu sempre o tivesse visto sugar aquela fumaça e soprá-la lentamente por entre os lábios contraídos. Como se eu sempre o tivesse olhado com reprovação, mas nunca pronunciado meus pensamentos.

— Eu sei, eu sei. Essa coisa vai me matar. — A voz dele era rouca, áspera e profunda, mas ainda, de certa forma, melodiosa.

— Eu não disse nada. — Aquilo foi o máximo que eu havia dito em mais de quarenta e oito horas.

— E nem precisa. Dá para ver nos seus olhos. Sua reprovação.

— Acho que sim. Fumar faz mal. Talvez seja uma aversão genética. — Encolhi os ombros. — Nunca conheci alguém que fumasse.

— Agora conhece — disse Colton. — Eu não fumo muito. Só socialmente. Ou quando estou estressado.

— Acho que isso conta como estresse.

— A morte do meu irmãozinho? É. Essa é uma ocasião para fumar como uma chaminé. — Ele disse casualmente aquelas palavras, quase que de forma cruel, mas eu via o sofrimento insuportável em seus olhos quando ele virou os olhos, fitando a brasa alaranjada de seu cigarro.

— Posso experimentar?

Ele olhou para mim, com a sobrancelha erguida, perguntando silenciosamente se eu tinha certeza. Ele estendeu a mão na minha direção, segurando o cigarro entre dois dedos. Havia graxa embaixo das unhas, e as pontas dos dedos tinham calos, a marca de um guitarrista.

Peguei o cigarro e o coloquei, meio sem jeito, entre os lábios. Segurei-o assim por um momento, então suguei. Senti o gosto do ar áspero, um pouco mentolado, e exalei em seguida. Meus pulmões queimaram e reclamaram, e comecei a tossir sem parar. Colton riu, uma risadinha baixa.

Fiquei tão tonta que quase caí para trás. Pus uma das mãos no tronco, para me equilibrar. Colton me segurou pelo ombro com sua mão enorme.

— A primeira tragada vai deixá-la tonta. Até hoje, se passo muito tempo sem fumar, fico tonto. — Ele pegou o cigarro de volta e deu outra pitada, soltando o ar pelas narinas. — Só não vai ficar viciada, ok? Não preciso disso na minha consciência, saber que eu viciei você nessa porcaria. É um hábito péssimo. Eu deveria parar. — Ele deu outra baforada, demonstrando que estava mentindo.

Ele estava apoiado contra a árvore, com as costas curvadas, como se o peso do luto fosse grande demais para suportar. Eu sabia como ele se sentia. Peguei o cigarro de suas mãos, ignorando a faísca estranha e indesejada que subiu pelo meu braço ao sentir o tato dos dedos dele.

Dei uma tragada, senti o gosto da fumaça, soprei-a para fora dos pulmões, tossi de novo, mas menos dessa vez. Senti a leveza se espalhar na minha cabeça. Gostei daquela sensação. Traguei novamente e devolvi o cigarro para ele. Vi minha mãe me olhando, parada na porta por onde eu tinha saído.

Colton acompanhou meu olhar.

— Merda. Acho que está na hora de eu ir embora.

— Posso ir com você?

Ele parou o movimento de se empurrar da árvore. Era mais de trinta centímetros mais alto que eu, os ombros largos de jogador de futebol, os braços grossos. Percebi que ele era imenso. Kyle era alongado e forte. Colton era... diferente. Era muito forte. Rígido. Primitivo.

— Ir comigo? — Ele parecia confuso com o pedido.

— Ao cemitério. Eles vão... querer conversar. Fazer perguntas. Eu não... não aguento.

Ele deu uma última tragada, então prendeu a bituca entre os dedos e a jogou longe, enfiando o maço no bolso.

— Claro. Vamos lá.

Segui Colton até um grande Ford F-250 com pneus enormes e escapamentos atrás da cabine. Havia lama espirrada na lataria e a caçamba estava trancada. Ele andou ao meu lado, sem me tocar, só ali. Ouvi a voz da minha mãe ao longe, mas a ignorei. Não suportaria as perguntas que eu sabia que ela tinha.

Colton abriu a porta do passageiro, ofereceu a mão e me ajudou a subir. Novamente senti uma descarga de energia poderosa e esquisita ao tocar nele. A culpa tomou conta de mim.

Passei perto dele ao subir na cabine. Ele cheirava a cigarro, perfume e outra coisa que não dava para saber. Vi ele engolir em seco e desviar o olhar, largando minha mão o mais rápido possível. Esfregou a sua mão na calça, como se quisesse limpar a reminiscência de uma emoção que havia sentido no toque.

Logo em seguida, ele se sentou na cabine ao meu lado, girando a chave para dar a partida na caminhonete com um ruído forte. O banco de couro vibrou sob minhas coxas, não de forma desagradável. Tirei o casaco dele e o apoiei no banco entre nós. Assim que o carro ligou, a música começou a tocar, e as vozes de um homem e uma mulher cantavam uma melodia perturbadora: "... se eu morrer antes de acordar... sei que o Senhor não levará a minha alma... sou um morto ambulante... sou um morto ambulante..."[2].

Alguma coisa mexeu dentro do meu peito e tive de cerrar os dentes até minha mandíbula doer.

— O quê... quem é? — perguntei, as palavras saíam com dificuldade.

— É um casal chamado The Civil Wars. A música chama-se "Barton Hollow".

— É maravilhosa.

— Você só ouviu trinta segundos.

Encolhi os ombros.

---

[2] Os versos originais da canção são: "If I die before I wake / I know the Lord my soul won't take / I'm a dead man walking / I'm a dead man walking" (N. T.)

— Ela... mexeu comigo.

Ele apertou um botão no painel e a música voltou para o início. Fiquei ouvindo, absorta. A música seguinte também me chamou a atenção, e Colton dirigiu, sem dizer uma palavra, deixando-me ouvir o som em paz. A pressão crescente no meu peito diminuiu com o poder da música.

Enquanto isso, eu sentia a presença de Colton na caminhonete como uma agulhada na consciência. Ele preenchia a cabine dupla de um jeito que eu quase me sentia claustrofóbica. Quase. Exceto... pelo fato de a presença dele ser — de certa forma — um bálsamo sobre a ferida no meu coração.

Só isso já era o bastante para causar um rio de culpa. Eu não deveria me sentir assim. Não deveria sentir nada. Não poderia haver nenhum bálsamo, nenhum conforto.

Eu não merecia isso.

Havia uma cobertura armada sobre a cova aberta, com duas fileiras de cadeiras. A chuva tornara-se fria. Tremi ao descer da cabine, e Colton estava lá de novo, abrindo a porta e estendendo a mão.

Ele parecia grosseiro demais, grande demais, duro demais para ser tão cavalheiro. Ele era uma contradição. Graxa sob as unhas. A mão dele era dura e cheia de calos, como concreto sob minhas mãos macias, e me ajudava a descer da cabine.

Os olhos dele desviaram dos meus, focaram em mim por um breve instante, então oscilaram como se buscasse e memorizasse algo. Seu pomo de adão estufava quando ele engolia. Os olhos dele focaram e ele lambeu os lábios, soltando minha mão depois de segurá-la por bastante tempo.

Ele respirou fundo, enfiou a mão no bolso da calça e chacoalhou as chaves.

— Vamos nessa — ele disse, com um suspiro.

Eu o segui. Eu não queria fazer isso. Eu queria sair correndo. Eu não queria ver aquela caixa de madeira contendo o cadáver do meu primeiro amor ser enterrada. Quase dei meia-volta e saí correndo.

Então Colton parou e seus olhos azuis me penetraram. Ele só acenou e inclinou de leve o queixo, mas foi o suficiente para me fazer colocar um pé na frente do outro, para me levar até a sepultura. Era como se ele lesse meus pensamentos. Ele sabia que eu queria correr. Mas ele não tinha como saber, ele não deveria saber. Ele não me conhecia e nem podia me conhecer. Eu só o vi duas vezes na vida. Ele era o irmão mais velho de Kyle.

Senti o olhar da minha mãe assim que parei na frente do caixão escuro de cerejeira. Pus meus dedos na frente dos lábios para segurar os sons, as emoções. Senti meu pai me olhar. Senti o sr. e a sra. Calloway olharem para mim. Os olhos de todos estavam sobre mim. Coloquei minha mão sobre a madeira fria, já que os outros esperavam que eu fizesse isso. Eu só queria entrar naquele caixão com ele e parar de respirar, encontrá-lo onde quer que fosse no pós-morte.

Tropecei ao dar meia-volta, o salto alto se prendeu na grama. A mão de Colton se estendeu rapidamente para me ajudar, outra vez. Mais um choque; ignorei. Ele me soltou imediatamente e eu sentei. Um padre ou pastor, vestindo um terno preto com uma camisa preta e aquele negócio branco no colarinho, parou em frente à cova, recitando versos bíblicos e palavras habituais que deveriam trazer conforto.

Eu não conseguia respirar. Eu estava sufocando com a emoção entalada. Uma flor foi parar na minha mão de alguma maneira, e o caixão descia para adentrar aquele terrível abismo. Fiquei ao lado do buraco e joguei a flor, como esperado.

— *Sinto muito* — sussurrei. Ninguém ouviu, e não era para ninguém ouvir a não ser o próprio Kyle. — Adeus, Kyle. Eu amo você.

Então dei meia-volta e corri. Chutei para longe os sapatos e corri descalça pela grama, através do estacionamento de cascalho, ignorando as vozes que chamavam por mim.

O cemitério era a apenas alguns quilômetros da casa dos meus pais, da minha casa, da casa do Kyle. Segui pela estrada de terra, ignorando a dor que eu sentia quando pedregulhos penetravam meus pés. Eu aceitava a dor, a dor física. E só corria. Corria. Desequilibrada por causa do gesso em um dos braços. Cada passo fazia doer ainda mais o meu braço quebrado. Virei na rua certa e corri mais um pouco. Ouvi um carro encostar ao meu lado; era a voz do meu pai me chamando. A chuva caía com força na minha cabeça, ainda a chuva, sempre a chuva, a chuva não parava de cair desde que ele havia morrido. Ignorei meu pai, balancei a cabeça, o cabelo molhado batia no queixo. Acho que eu estava chorando, mas a chuva misturava-se às lágrimas.

Outro carro, outra voz, ignorei. Corria, corria, corria. O vestido molhado na minha pele, grudando, batendo nas minhas coxas. Os pés doíam, queimavam, ardiam. O braço parecia uma tortura, sentindo o impacto a cada passo. Então ouvi passadas largas, ritmadas, sem pressa, o passo de um corredor. Eu sabia quem poderia ser. Ele não tentou me alcançar, e eu tentei fingir, pelo menos por um instante, que era o Kyle atrás de mim, deixando que eu corresse na frente dele para que ele pudesse ver meu bumbum. Aquele pensamento, aquela imagem, aquela lembrança de Kyle correndo atrás de mim fez com que eu perdesse o fôlego e lutasse contra as lágrimas.

Corri mais forte e as passadas dele atrás de mim ficaram mais rápidas. Balancei a cabeça, o cabelo molhado batia na minha boca. Depois de mais alguns passos, ele ficou ao meu lado, a camisa molhada e transparente, sem gravata, botões abertos até o meio do peito. Ele acompanhava meu passo tranquilamente. Ele não falou nada e nem sequer olhou para mim. Só correu ao meu lado. Nossa respiração entrou em sincronia, inspirando em dois passos, expirando em dois passos, um ritmo muito familiar.

A um quilômetro e meio de casa, pisei numa pedra grande na estrada e torci o tornozelo, voando para frente. Antes que eu pudesse tocar o chão, Colton me segurou em seus braços. Ele começou a caminhar, comigo no colo: um braço segurando os joelhos, o outro meus ombros. A respiração dele era ofegante, e ele estava mancando um pouco.

— Eu posso andar — eu disse.

Colton parou e me pôs no chão. Porém, assim que coloquei o peso no tornozelo, eu desmontei, e tive de pular para ficar ereta.

— Deixe-me carregá-la — disse Colton.

— Não. — Segurei no bíceps dele, mordi os dentes e dei um passo. Doía, mas conseguia aguentar.

Eu não seria carregada. Haveria muitas perguntas se eu aparecesse em casa nos braços de Colton. Eu sabia que já teria de ouvir uma porção de coisas.

A verdade, porém, é que teria sido muito bom ficar aconchegada nos braços dele. Muito confortável. Muito natural. Como se eu estivesse em casa.

A culpa tomou conta de mim mais uma vez e, intencionalmente, coloquei mais peso no tornozelo torcido, fazendo a dor se espalhar pela minha perna. A dor era boa. Ela me distraía. Ela me dava motivo o bastante para deixar de lado as lamúrias e enxugar as lágrimas. Eu chorava pela dor no meu tornozelo, mas ela passaria. Eu não iria chorar por causa da dor no meu coração, senão eu nunca mais deixaria de senti-la. O sofrimento ficava mais intenso e mais dolorido a cada minuto que passava, cada hora, cada dia.

Tropecei e a mão de Colton me segurou.

— Pelo menos apoie-se em mim, Nell — ele disse. — Não seja teimosa.

Parei, levantei um pouco o pé. Talvez eu pudesse...

— Não. — Soltei a mão dele, baixei o pé e dei um passo natural. Sem mancar, sem vacilar.

Doía tanto que eu não conseguia respirar e isso era bom. Afastava de mim a culpa. Afastava o sofrimento da minha alma. Afastava o pesadelo que eu vivia por saber que o Kyle tinha partido para sempre. Ele se foi. Morreu. Acabou.

Morreu ao me salvar.

Dei mais um passo e deixei a agonia tomar conta de mim. Curvei a cabeça para que o cabelo cobrisse o meu rosto, tapando minha visão de ambos os lados. Ouvi os passos de Colton ao meu lado, ouvi a respiração dele, senti o cheiro do cigarro misturado com perfume e o odor do suor por ter feito esforço. Cheiro de homem. Cheiro de Colton. Um cheiro reconfortante e muito familiar.

Levou mais tempo do que o previsto para terminar aquele quilômetro e meio até a minha casa, e meu tornozelo estava inchado, latejante; agulhadas de dor percorriam minha perna até os quadris. Abri a porta da frente, ignorei meus pais na sala, que olharam para mim e chamaram o meu nome. Colton me seguiu durante todo o trajeto.

— Ela torceu o tornozelo — ele lhes disse. — Acho que distendeu.

— Obrigado por acompanhá-la — disse o meu pai. Percebi a suspeita em sua voz ao ouvi-lo do andar de cima.

— Sem problemas. — Ouvi o pé de Colton ranger o assoalho, e em seguida a porta se abriu.

— Meus pêsames, Colton. — A voz da minha mãe.

— É... — Foi só isso, essa única palavra, então a porta se fechou e ele foi embora. Arrastei-me até o meu quarto, mancando agora que estava sozinha. Fechei a porta e tirei meu vestido, minhas calcinhas molhadas da chuva, então embrulhei o gesso com plástico e entrei no chuveiro. Água quente e escaldante nas minhas costas, levando embora a minha dor, mas não a culpa.

Quando a água ficou morna, saí do chuveiro, enxuguei o corpo, vesti o roupão e me enfiei na cama, embaixo de uma pilha de cobertores. O silêncio no meu quarto era profundo.

Fechei os olhos e vi Kyle, esmagado embaixo da árvore, perfurado, sangrando, a respiração assobiando. Ouvi sua voz sussurrando "Eu amo você... eu amo você..." várias vezes seguidas, até não ter mais ar e as sirenes ao longe anunciarem a chegada da ambulância.

Ouvi minha porta abrir e senti a cama afundar quando minha mãe sentou-se ao meu lado. Fechei os olhos com força, senti algo quente e úmido escorrer pela minha bochecha. Não era uma lágrima. Eu não iria chorar. Não podia chorar. Se eu me permitisse sentir alguma coisa significaria abrir minha alma. Aí nunca mais iria parar. Eu iria desmontar... desfazendo-me por inteiro. O líquido no meu rosto era sangue, jorrando do meu coração despedaçado.

— Nell... querida. — A voz da minha mãe era suave, hesitante. Senti que ela ergueu os cobertores para ver o meu tornozelo. — Minha nossa, Nell. Você precisa ir ao médico. Seu tornozelo está inchado e roxo.

Balancei a cabeça.

— É só enfaixá-lo e colocar gelo. Não está quebrado.

Ela suspirou, saiu de lá por alguns minutos, depois voltou com uma bolsa de gelo e alguns curativos. Quando terminou de colocar gelo e de enfaixar o meu pé, ela se sentou ao meu lado novamente.

— Eu não sabia que você conhecia o Colton.

— Não conheço.

— Você estava fumando. — Eu não respondi. Eu não tinha motivo para dar explicações para ela. — Converse comigo, meu anjo.

Mexi a cabeça.

— E dizer o quê? — Puxei o cobertor sobre a cabeça.

Minha mãe baixou o cobertor de novo e tirou o cabelo úmido dos meus olhos.

— Não posso dizer que vai parar de doer. Apenas vai ficar mais fácil de se lidar.

O irmão mais velho dela havia morrido em um acidente de carro quando ela estava na faculdade. Ela ainda sentia um nó na garganta toda vez que falava dele. Acho que eles haviam sido bem próximos.

— Não quero que fique mais fácil.

— Por quê? — Ela pegou a minha escova de cabelo do criado-mudo e me cutucou até que eu sentasse. Com penteadas longas e suaves, ela começou a alisar o meu cabelo, fazendo-me lembrar de quando eu era criança. Ela sempre cantava para mim e escovava o meu cabelo antes de dormir.

— Porque se ficar mais fácil... eu vou esquecê-lo. — Ainda estava com o bilhete preso na minha mão engessada. Peguei-o com a outra mão e o abri para ler. O papel estava úmido, a tinta azul levemente apagada, mas ainda dava para ler.

Ouvi o suspiro da mamãe, algo como um soluço.

— Ah, querida. Não. Eu prometo que você nunca vai esquecê-lo. Mas você precisa se deixar curar. Não seria uma traição à memória dele livrar-se dessa dor. Ele iria querer que você ficasse bem.

Estrangulei um nó áspero na minha garganta. Eu tinha pensado exatamente nisso. Se eu parasse de me lembrar, se eu tentasse me livrar daquela dor, seria uma traição à memória dele. À nossa memória.

— Não é culpa sua, Nell.

Senti um arrepio e minha respiração falhou.

— Cante para mim? Como você costumava fazer?

Eu tinha de distraí-la. Eu não podia dizer para ela como aquilo *era* minha culpa. Ela iria tentar me convencer do contrário.

Como se tivesse entendido minha tática, ela suspirou, respirou fundo, segurou meu cabelo e começou a cantar. Ela cantou "Danny's Song", de Kenny Loggins. Era a música preferida dela, e eu sabia a letra de cor, pois ela cantava a mesma música para mim todas as noites.

Quando a última nota tremulou em sua garganta, eu também tremi, sentindo lágrimas de sangue querendo brotar pelos meus olhos. Eu não quis que elas sumissem. Queria apenas que elas escorressem pelo meu rosto, até o queixo.

Minha mãe apoiou a escova de lado e se levantou.

— Durma, Nell.

Fiz que sim com a cabeça e deitei. Por fim, peguei no sono... e sonhei. Sonhos atormentados, sonhos torturantes. Kyle olhando para mim, morrendo; Colton olhando para mim, sabendo.

Li de novo o bilhete, sete vezes. Recitei-o sussurrado, como se fosse um poema.

Acordei e o relógio ainda marcava 3h38 da manhã. Não conseguia respirar por causa da pressão da dor. As paredes do meu quarto à minha volta me sufocavam. Tirei a bolsa de gelo derretido e enfaixei novamente meu tornozelo, coloquei, então, minha calça de pijama favorita e um blusão de capuz. O blusão do Kyle. Tinha o cheiro dele, o que só fazia piorar o aperto no meu peito, mas o cheiro também me consolava. Penetrava minha letargia e tocava meu coração. Desci silenciosa, calma, lenta e estranhamente, incapaz de usar o pé. Saí pela porta dos fundos, desci os degraus, direto pelo caminho de pedras que levavam às docas.

Acordes suaves de violão flutuavam até os meus ouvidos das docas dos Calloway. Eu sabia quem era. A grama estava úmida pelo orvalho e a chuva sob os pés era fria e fortificante. A brisa da noite era leve e fresca, o céu parecia um cobertor negro salpicado de prata. Meus pés descalços andavam em silêncio sobre a madeira fina do píer. As notas do violão não pararam de tocar, mas eu sabia que ele sabia que era eu.

Ele estava encostado numa cadeira Adirondack, com os pés esticados à frente, o violão apoiado na barriga. E uma garrafa de bebida ao lado.

—Você não deveria estar descalça — ele disse, começando uma melodia lenta e cadenciada.

Não respondi. Uma segunda cadeira estava a alguns metros de Colton, então ele segurou o violão pelo braço com uma mão, e com a outra alcançou a cadeira e a trouxe para perto. Sentei nela, percebendo a tensão da mão dele, estendida para me ajudar a qualquer instante.

— Como está o pé? — Ele pegou a garrafa para dar um longo gole e, em seguida, entregou-a para mim.

— Dolorido. — Dei um gole pequeno. O uísque queimou minha garganta. — Minha nossa, o que é *isso*? — reclamei com a voz rascante e tossindo.

Colton riu entre dentes.

— Uísque Jameson Irish, meu bem. O melhor uísque que existe. — Ele esticou a mão para o outro lado da cadeira e me entregou uma cerveja. — Aqui. Começa com isso aqui.

Peguei a garrafa, tirei a tampa e dei um gole.

— Está tentando me deixar bêbada?

Ele encolheu os ombros.

—Você pode recusar quando quiser.

— Isso ajuda? — perguntei.

Ele deu um gole da própria cerveja.

— Sei lá. Ainda não estou bêbado o bastante. — E deu outro gole do Jameson. — Eu te aviso.

— Talvez eu descubra sozinha.

— Talvez sim. Só não conte aos nossos pais que você pegou essa bebida comigo. Você é menor de idade.

— Que bebida? — Tomei outro gole ardente do uísque.

Senti a cabeça leve, solta. A pressão da culpa e do luto não sumiu, mas pareceu se esconder em algum lugar por conta do uísque.

— Se não está acostumada, é melhor segurar a onda. Ele sobe sem você perceber.

Entreguei a garrafa de volta e segurei a cerveja gelada.

— Como sabe que eu não gosto de beber?

Colton gargalhou.

— Bem, eu acho, não tenho certeza. Mas você não gosta mesmo.

— Como adivinhou?

— Você é uma garota do bem. Kyle não teria namorado uma garota festeira. — Ele levantou os quadris para tirar o maço de cigarros do bolso de trás da calça jeans. — Além do mais, a reação que você teve ao tomar o primeiro gole já disse tudo.

— Tem razão. Não sou de beber. Kyle e eu ficamos bêbados só uma vez. Foi horrível.

— Pode ser divertido se souber fazer direito. Mas as ressacas são um saco. — Ele soprou uma nuvem de fumaça que se dissipou no céu estrelado.

Ficamos sentados em silêncio por um tempo e Colton continuou bebendo. Deixei a tonteira tomar conta de mim, e colaborei ainda mais tomando uma segunda cerveja.

— Não pode ficar prendendo isso para sempre — disse Colton, do nada.

— Posso sim. — Eu precisava.

— Você vai enlouquecer. E uma hora isso vai sair daí, de um jeito ou de outro.

— Melhor louca do que devastada. — Não sei bem de onde tirei essa; não havia pensado no assunto e nem estava a fim de pensar.

— Você não está devastada. Você está sofrendo. — Ele se levantou meio cambaleante e caminhou até a beirada do píer. Ouvi um barulho de zíper, então o som da urina.

Fiquei ruborizada na escuridão.

— Você tinha mesmo de fazer isso na minha frente? — perguntei, com a voz trêmula de irritação misturada com risada.

Ele subiu o zíper e virou o rosto para mim, quase perdendo o equilíbrio.

— Desculpe. Acho que foi meio grosseiro da minha parte, não é? Eu não pensei direito.

— Claro que foi grosseiro.

— Eu já pedi desculpas. Mas também não achei que fosse do tipo pudica.

— Não sou pudica. É que eu também tenho de fazer xixi e não dá para eu fazer igual a você.

Ele riu.

— Bom... não sei o que dizer. Você podia tentar esguichar lá na beirada?

Eu bufei.

— E como... Isso ia dar *muito* certo. Ou iria cair ou fazer xixi no meu tornozelo. Bem provável que os dois.

— Eu não deixaria você cair.

— Não duvido mesmo. — Levantei da cadeira, lutando para me equilibrar sem pôr muito peso no tornozelo. Colton me segurou pelo ombro para me ajudar a me firmar de pé.

— Vai subir? — perguntou Colton. Eu acenei com a cabeça. — Vai voltar?

Encolhi os ombros.

— Acho que sim. Não conseguiria dormir mesmo que tentasse.

Colton saiu do meu lado para rosquear a tampa da garrafa de Jameson. Esperei até que ele voltasse e, então, pudéssemos caminhar lado a lado. Quando comecei a virar para a esquerda, na direção da minha casa, Colton cutucou meu braço.

— Na casa dos meus pais tem um banheiro no porão. Fica no térreo, então você não precisaria subir as escadas.

Eu sabia disso porque usei muito aquele banheiro em todos esses anos, mas preferi não falar nada.

Ele foi na minha frente e acendeu as luzes. Esperou por mim do lado de fora e me ajudou a voltar para as docas, caminhando em silêncio, até que meu pé escorregou na grama molhada.

Nós voltamos para nossas cadeiras, ele pegou o violão, ensaiou alguns acordes e começou a tocar uma música. Logo identifiquei a música: "Reminder", do Mumford & Sons. Achei que ele só fosse tocar, então fiquei impressionada quando ele tomou fôlego e começou a cantar com uma voz baixa, rouca e melódica. Ele não só a tocou, como era originalmente. Ele fez variações, mudou alguns acordes, transformou a música numa composição própria. Já era uma música bonita e instigante, mas a versão de Colton mexeu com alguma coisa dentro da minha alma.

Fechei os olhos e ouvi, sentindo a pressão diminuir, só um pouco. Não abri os olhos quando ele terminou.

— Você vai tocar outra coisa? Por favor...

— Claro. O que quer ouvir?

Encolhi os ombros, encostando a cabeça na cadeira. Colton brincou um pouco com as notas, então pigarreou para limpar a garganta. Ouvi o som do líquido descendo quando ele tomou mais um gole da garrafa. Senti o tato do vidro frio na minha mão, e tomei da garrafa sem nem abrir os olhos. A ardência agora era bem-vinda. Eu precisava daquela paz, leve e flutuante. A culpa e o sofrimento ainda estavam lá, como brasas escondidas queimando por baixo do álcool.

Colton começou outra música, que também reconheci logo de cara.

— Essa aqui se chama "Like a Bridge Over Troubled Waters", do Simon & Garfunkel.

O jeito que Colton apresentou a música e o artista me fez pensar se ele já tinha feito isso, se isso era um hábito. Será que ele era algum artista? Ele parecia muito grande, muito rude, muito primitivo e grosseiro para se sentar em casas noturnas atrás de um microfone e se apresentar como músico. Mesmo assim... ouvi-lo tocar e soltar a voz para cantar as notas mais agudas, parecia muito natural para ele.

Fiquei maravilhada com a beleza áspera da voz dele. Ele transformou a música num poema. Desejei desesperadamente, naquele momento, encontrar minha própria "ponte sobre as águas revoltas" do meu sofrimento.[3]

Mas não encontrei nada. Só o rio de lágrimas não derramadas.

Quando a música terminou, Colton emendou em outra música, uma que eu não conhecia e ele não havia apresentado. Ele cantarolou em alguns trechos, com uma voz grave e arrastada que vinha do fundo da garganta.

[3] Trata-se de um trocadilho com o título da canção "Bridge Over Troubled Waters".

Algo naquela canção fez sumir o efeito do álcool e a minha armadura de letargia em volta do meu luto. Não havia palavras, todavia era uma elegia. Era impossível de explicar, mas a música exalava sofrimento, falava de luto.

Senti um calor no fundo da minha garganta, e percebi que não conseguiria me conter dessa vez. Eu tentei. Tentei segurar como se fosse um vômito, mas veio assim mesmo, jorrando como um choramingo entre os dentes. Ouvi meu suspiro, e, então, subiu pela garganta, um longo e torturante gemido.

Colton pousou as mãos sobre as cordas para silenciá-las.

— Nell? Você está bem?

A voz dele foi a gota d'água para que eu explodisse. Levantei da cadeira, saí mancando pelo píer e corri, arrastando-me desesperadamente. Cheguei até a grama e continuei andando. Não para a minha casa, nem para a estrada, só... indo. Para longe. Qualquer lugar. Acabei chegando na areia, onde meus pés afundaram e escorregaram. Caí de joelhos, os soluços engasgados na minha garganta, a boca não parava de tremer.

Engatinhei pela areia até chegar à beira da água. A dor irradiou pelo meu braço assim que escorreguei pela areia. O líquido gélido tocou a ponta dos meus dedos. Sentia lágrimas correndo pelo meu rosto, mas eu ainda estava em silêncio. Ouvi os pés de Colton se aproximando, vi seus pés descalços pararem perto de mim, com os dedos afundando na areia e o peso do corpo tendendo a ficar sobre os calcanhares, que afundaram ainda mais quando ele se agachou ao meu lado.

— Deixe-me em paz. — Tratei de proferir aquelas palavras entre os dentes.

Ele não respondeu, mas também não saiu do lugar. Forcei respirações profundas, lutando contra aquele ímpeto.

— Relaxa, Nell. É só deixar sair.

— Não posso.

— Ninguém vai saber. Esse vai ser o nosso segredo.

Apenas consegui mexer a cabeça e sentir o gosto de areia nos meus lábios. Minha respiração ficou desesperada, descontrolada, bufando no cascalho da praia. A mão dele tocou as minhas costas.

Eu me contorci, mas sua mão não saiu do lugar. Aquele toque simples e inocente parecia fogo na minha pele, penetrando e destrancando as portas do meu sofrimento.

Foi só um soluço no princípio, uma inspiração rápida e histérica. Depois veio o segundo. Depois eu não conseguia mais parar. Lágrimas, um mar de lágrimas. Senti a areia ficar mais fria e enlameada embaixo do meu rosto, senti o corpo tremer incontrolavelmente. Ele não disse que ia ficar tudo bem. Ele não tentou me abraçar ou me colocar no colo dele. Ele só manteve a mão ali no meu ombro e permaneceu em silêncio ao meu lado.

Eu sabia que não conseguiria parar. Eu me libertei e agora o rio não teria o seu fluxo represado.

Não. Não. Balancei a cabeça, cerrei os dentes, fiquei de pé e me joguei com força no chão, gerando uma dor lancinante que tomou conta do meu braço inteiro. A dor era uma droga, e eu a aceitava avidamente. Era uma represa que estancava essa avalanche de lágrimas. Fiquei ofegante, um gemido saiu pela minha garganta. Forcei meu corpo a ficar de pé, rolei na areia como uma mulher maluca, o cabelo embolado no cascalho. Colton ficou de pé, pegou meu braço e me levantou. Ergui com força, força até demais, e não conseguia parar de chorar de dor por causa do meu tornozelo. Caí para frente, nos braços de Colton.

Ele me segurou, é claro.

Ele cheirava a álcool, colônia e cigarro. Os braços dele afagavam meus ombros e me mantinham imóvel. Os soluços só cresciam, estimulados pela minha culpa de sentir prazer e conforto.

Deixei minha testa tocar seu queixo, só por um instante. Só um instante. Só até eu recuperar meu fôlego. Não significava nada.

É só um momento de conforto, Kyle. Agora eu estava falando com ele, como se ele pudesse me ouvir. *Não significa nada. Eu amo você. Só você.*

Mas depois ele se moveu, olhando para baixo. Então, é claro, eu tive de levantar minha cabeça e olhar para ele. Caramba, que olhos, tão carinhosos, tão penetrantes, brilhantes, azuis e lindos. Seus olhos... me sufocaram. Eu fui sugada. Safira negra misturada ao azul celeste, azul glacial, muitos tons de azul.

Caí para frente, nos braços dele. Senti o cheiro de uísque em seu hálito, o calor dele em meus lábios, um calor úmido e suave. Foi só por um momento, um contato muito breve. Um beijo, um instante de fraqueza tão inevitável quanto a força da gravidade.

O peso na consciência bateu em mim como se uma adaga tivesse me atravessado o coração.

Joguei o peso do meu corpo para trás, longe de seus braços, longe do conforto tentador de seus braços e lábios.

— O que estou fazendo? — Tropecei ao me recuar. — O que estou fazendo? Que *merda* eu estou fazendo? — Virei e saí mancando o mais rápido que pude, praticamente sem lucidez, ignorando a culpa que me corroía por dentro.

Colton me seguiu, correu e parou na minha frente, com as mãos nos meus ombros.

— Espere, Nell. Espere. Apenas espere.

Desvencilhei-me de suas mãos.

— Não me *toque*. Aquilo... aquilo foi errado. Muito errado. Sinto muito... muito mesmo.

Ele balançou a cabeça, com os olhos transbordando de emoção.

— Não, Nell. Apenas aconteceu. Também sinto muito. Apenas aconteceu. Está tudo bem.

— Não está nada bem! — Eu quase gritava. — Como posso beijá-lo com ele morto? Quando o homem que eu amo se foi? Como posso beijar você quando... quando eu... quando Kyle...

— Não é culpa sua. Eu também deixei acontecer. Não é culpa sua. Apenas aconteceu. — Ele continuava dizendo isso, como se pudesse ver a culpa, o peso oculto sobre os meus ombros.

— Pare de dizer *isso*! — As palavras foram arrancadas de mim antes que eu pudesse refletir sobre elas. — Você não *sabe*! Você não estava *lá*! Ele está morto e eu... — Mastiguei as últimas duas palavras.

Pensar naquilo e saber que aquilo era verdade era uma coisa; dizer aquilo em voz alta para o irmão de Kyle, quem eu havia acabado de beijar, era outra.

Ele estava mais ou menos perto de mim. Sem me tocar, mas apenas alguns centímetros nos separava. Aquele espaço entre nós era intenso e soltava faíscas.

— Não falemos mais do beijo, certo? — A voz grave dele vibrou, cheia de paixão e compreensão.

Balancei a cabeça, minha única resposta para tantas coisas.

— Não posso... não posso... não posso...

Apenas me virei e, dessa vez, Colton Calloway me deixou partir. Ele me observou; eu pude sentir seus olhos fixos em mim. Eu pude senti-lo ler meus pensamentos, mergulhando fundo na minha alma oculta, onde a culpa e o luto agravavam mais a ferida.

Fui para o meu quarto e deitei-me na cama. Meus olhos fecharam e tudo o que vi foi Kyle morrendo, várias vezes seguidas. Entre as imagens de seu último suspiro, via Colton. O seu rosto aproximando-se cada vez mais; sua boca na minha.

Eu queria chorar, gritar, soluçar. Mas não consegui. Porque se o fizesse, nunca mais pararia. Nunca, jamais. E provocaria um oceano de lágrimas.

O sangue quente do meu coração escorria pelo meu rosto. Dos meus olhos, nariz e boca. Não lágrimas, porque essas nunca parariam. Era apenas sofrimento líquido saindo pelos meus poros.

A montanha de pressão, o peso do sofrimento e da culpa... era só o que eu sentia. Era só o que eu iria sentir. Eu sabia disso. Eu também sabia que aprenderia novamente a ser normal, algum dia. Viver, ser, parecer bem.

Mas o "estar bem" seria apenas superficial.

O bilhete estava sob o meu travesseiro. Eu o desdobrei e o olhei por um bom tempo.

... E agora estamos aprendendo a nos apaixonarmos juntos. Não me importa o que os outros digam. Eu amo você. Eu sempre vou amar você, não importa o que aconteça conosco no futuro. Amo você hoje e sempre.

Vi a mancha onde minha lágrima havia caído, embaralhando a tinta da caneta. Outra gota caíra no papel, pouco abaixo da escrita dessa vez. Deixei-a penetrar e manchar. A caligrafia inclinada do "Y" na assinatura dele tornou-se um borrão.

Enfim, as gotas lentas pararam e eu adormeci. Sonhei com olhos castanhos e azuis, com um fantasma ao meu lado, que me amava, e com um homem de carne e osso sentado no píer, bebendo uísque, tocando violão, e lembrei do beijo ilícito. No sonho, ele se perguntava o que havia significado. No sonho, ele invadiu meu quarto e me beijou de novo. Acordei daquele sonho, suando e tremendo, enjoada de tanta culpa.

Parte DOIS

O presente

Colton

Capítulo 6

O bom e velho Jack

Dois anos depois

Estou sentado num banco do Central Park, fazendo um espetáculo de rua. O *case* do meu violão está no chão perto dos meus pés, alguns trocados em notas verdes contrastam com o veludo marrom. Não me apresento na rua há meses. A oficina tem estado muito ocupada, muitas encomendas, muitas restaurações e consertos. Mas isso aqui, o ar fresco e a falta de perspectivas, isso sim é vida. É aqui onde minha alma voa livre. Assim como a minha apresentação semanal no Kelly's Bar, não se trata de dinheiro, embora dê para ganhar uma grana boa.

É tudo uma questão de deixar a música fluir do meu sangue para o violão, deixando-a sair pelas cordas vocais.

Aperto a tarraxa mudando o tom para a próxima canção. Minha cabeça está baixa, inclinada de lado, prestando atenção se todas as cordas estão afinadas perfeitamente. Aceno com a cabeça, pois fico satisfeito.

Começo a tocar "I and Love and You", dos Avett Brothers. É uma música que sempre atrai a plateia. É mais pela música, para falar a verdade. Trata-se de uma brilhante composição. A letra é repleta de significados. Olho para cima após o primeiro verso e observo a calçada à minha frente. Um homem mais velho veste um terno executivo, um celular está no ouvido e o outro preso ao cinto de couro. Uma jovem com cabelos loiros bagunçados ao lado de um garotinho com o rosto imundo, que segura a mão dela, ambos parados para me ouvir; um casal de rapazes gays, de mãos dadas, com cabelos atraentes e chamativos, usando cachecóis coloridos; três garotas adolescentes, dão risadinhas, cochichando entre si com a mão na frente, achando que eu sou bonitinho.

E ela.

Nell.

Eu poderia compor uma canção, e o nome dela seria o título. Eu poderia cantar e tocar violão, mas o corpo dela seria a melodia. Ela está atrás do restante da plateia, parcialmente escondida, encostada num parquímetro, com uma bolsa de retalhos a tiracolo; um vestido verde até os joelhos delineando suas curvas; o cabelo loiro acobreado formando uma trança pendurada num dos ombros. A pele pálida como um marfim, incólume e implorando para ser tocada. Beijada.

Não sou nenhum santo. Eu fiquei com outras garotas desde então, mas elas nunca foram o bastante. Nenhuma era a garota certa. Não fiquei com nenhuma delas por muito tempo.

Agora ela está aqui. Por quê? Fiz de tudo para esquecê-la, mas seu rosto, seus lábios, seu corpo sob um vestido preto molhado... ela me assombrava.

Ela morde o lábio e seus olhos verdes me penetram. Merda. Por alguma razão que desconheço, aquele hábito dela de morder o lábio... não dá para aguentar. Quero jogar o violão de lado, correr até ela, tomar aquele lábio carnudo perfeito em minha boca e nunca mais soltá-lo.

Quase evito olhar para ela, mas não. Meus olhos olham dentro dos dela e continuo a música.

Canto para ela os acordes finais. "I... and love... and you."

Ela sabe. Ela vê nos meus olhos. É um absurdo cantar essa música para ela, mas não dá para voltar atrás. Vejo os lábios dela se movendo, articulando a letra. Seus olhos estão sofridos, assombrados.

A pessoa na frente dela se mexe e vejo um *case* de violão apoiado na sua coxa, com a parte inferior arredondada na calçada e a mão segurando a parte superior mais estreita. Não sabia que ela tocava.

A música termina e a multidão se afasta, algumas pessoas jogam notas de um e cinco. O homem de negócios, ainda no telefone, joga uma nota de cinquenta e um cartão de visitas, apresentando-se como um produtor musical. Faço um aceno para ele com a cabeça e ele faz o gesto universal de "me liga" com a mão livre. Talvez eu ligue. Talvez não. Música é expressão, não negócio.

Ela se aproxima, curva-se sobre os joelhos e levanta o *case*, apoiando-o sobre o banco ao meu lado. Ela não para de me olhar enquanto senta, abre o *case* e tira um belo violão Taylor. Ela morde o lábio de novo, puxa algumas cordas, dedilha um pouco e começa "Barton Hollow".

Ri um pouco e vi que a dor nunca a deixou. Ela a carrega consigo o tempo todo. Quando ela chega à minha parte, começo a cantar. A letra sai fácil pela minha boca, mas mal presto atenção na minha voz. Ela toca bem e com facilidade, mas é claro que ela não toca há muito tempo. Ainda olha para os dedos ao mudar de acordes e erra algumas notas. Mas sua voz... é pura magia; melodiosa, cristalina, tão doce.

Atraímos uma plateia grande à nossa volta. Dúzias de pessoas. A rua fica bloqueada pelos corpos, e ela fica visivelmente incomodada por causa da atenção. Ela cruza a perna, balança com o ritmo, mexe a cabeça como se quisesse que o cabelo caísse em seu rosto para escondê-la. Ela vacila num acorde, perde o ritmo. Mudo de posição no banco para olhar para ela, fixo meus olhos nos dela e gesticulo para que ela diminua e acentue as batidas do violão. Ela respira fundo, avolumando o peito por trás do Taylor e reencontra o ritmo com a minha ajuda.

Por fim, a música termina... antes do tempo. Eu meio que espero que ela se levante, guarde o violão e saia correndo de novo, sem dizer uma palavra, simplesmente partindo tão misteriosamente quanto aparecera. Mas ela fica. Graças a Deus. Ela olha para a plateia em volta, mastiga o lábio, olha para mim. Eu espero, com a mão pousada sobre as cordas.

Ela respira fundo, brinca com alguns acordes, como se decidisse o que tocar, então acena para si mesma com um gesto de cabeça como se dissesse: "Sim, vou tocar essa". Em seguida, ela começa a tocar uma música que eu sei que conheço, mas não consigo me recordar direito. Então ela começa a cantar "Make You Feel My Love", da Adele. Novamente, sua falta de técnica com o instrumento é superada pela voz estonteante.

A música original é singular, mas poderosa, só o piano e a voz única de Adele. Quando Nell canta, ela faz improvisos e acréscimos que a torna melancólica, quase um *country*. Ela canta em um registro mais grave, quase sussurrando as palavras.

E ela canta para mim.

O que não faz sentido algum. Mas, ainda assim, ela não tira os olhos de mim enquanto canta, e posso notar os anos de dor e culpa em seu olhar.

Ela ainda se culpa. Sempre soube que sim, mas tinha a esperança de que o tempo iria curá-la. Porém, vejo, sem sequer ter falado com ela, que ela ainda carrega aquele peso. Há escuridão na aura dessa garota agora. Estou quase não querendo me envolver. Ela vai me magoar. Eu sei disso. Posso ver, sentir isso chegando. Ela tem tanta dor, tantas fissuras, cacos e pontas na alma dela, que tenho certeza de que vou me cortar se não for cuidadoso.

Não tenho como curá-la. Sei disso também. Nem vou tentar. Já fiquei com muitas garotas boazinhas que achavam que podiam dar um jeito em mim.

Mas também sei que não vou conseguir ficar longe. Vou me apegar a ela e me deixar ser cortado. Sei bem aguentar dores. Sei bem como é sangrar, emocional e fisicamente.

Deixo que ela cante. Não me junto a ela; apenas concedo a ela o momento, deixando-a seguir. A plateia assobia, bate palmas e joga dinheiro no *case* aberto de seu violão.

Agora ela espera, observa. É minha vez. Sei que tenho de escolher bem minha canção. Estabelecemos um diálogo aqui. Estamos no meio de uma conversa musical, uma discussão com acordes de violão, palavras cantadas e títulos de canções. Eu dedilho e cantarolo qualquer coisa enquanto penso. Eis que surge uma música na minha cabeça:

"Can't Break Her Fall", de Mat Kearney. É uma música que me toca, é única, uma música de que as pessoas irão se lembrar. E eu sei que ela vai me ouvir. Ouvir minhas palavras não ditas, mas, sim, cantadas. É uma música meio cantada, meio falada. Os versos contam uma história vívida e intensa e, de repente, posso ver a mim mesmo e Nell na letra da canção.

Ela ouve com muita atenção. Seu olhar endurece, os dentes cravam com força no lábio inferior. Isso aí. Ela me ouviu. Percebo que ela treme ao guardar o violão, fechar o *case* e tenta não tropeçar ao fugir de mim. A trança balança de um ombro para o outro, e suas panturrilhas pálidas refletem a luz do sol de Nova York. Deixo-a partir, termino a música, mais dois acordes, então guardo o violão e corro atrás dela. Atravesso a rua, os táxis amarelos buzinam impacientes; cruzo os barulhos da cidade e desço até o metrô. Ela passa um cartão e se atrapalha com a catraca, com dificuldade para passar o *case* do violão. Ela passa o cartão de novo, mas a catraca não colabora. Então ela começa a xingar, já sem fôlego. Um grupo de pessoas aglomera-se atrás de nós, mas ela não dá a mínima para eles, e ignora minha presença, a poucos centímetros de distância. Ela vira a cabeça para trás, desiste de lutar com a catraca e respira fundo. Naquele momento, eu a ultrapasso, deslizo meu cartão e gentilmente a empurro pelo portão. Ela agradece, encantada, permite que eu tome o violão de sua mão e passa a faixa sobre meu ombro, segurando meu *case* pela alça. A palma da minha mão toca suas costas, preparando-a para subir no vagão. Ela não olha para mim e nem questiona se sou eu mesmo. Ela simplesmente sabe. Ela ainda respira fundo, procurando se recompor. Deixo que ela respire e que o silêncio se estenda. Ela não se vira para me encarar, mas chega com as costas para perto do meu corpo. Não chega a pousar o peso dela sobre mim, mas permite que haja um leve contato.

Ela desembarca do trem depois de algumas paradas, e eu a sigo. Depois, pega outra linha e prosseguimos em silêncio. Não trocamos olhares desde que ela saiu correndo do banco do Central Park. Sigo seus passos o tempo todo. Caminho junto dela até um prédio em Tribeca, subo as escadas atrás dela, tentando não olhar para seu bumbum mexendo à medida que caminha. Mas é difícil evitar. É tão perfeito; arredondado, firme e rebola de um jeito provocante sob o vestido curto de algodão.

Ela destranca a porta do número trezentos e catorze, abre-a com o pé e vai direto para a cozinha, sem ver se eu havia entrado sem ser convidado, o que acabei fazendo. Fechei a porta, apoiei o violão dela no chão embaixo de um interruptor, pouco depois do hall de entrada; próximo a uma pequena mesa quadrada cheia de partituras, livros de música e pacotes de cordas de nylon. Meu *case* ficou no chão perto de mim, logo na entrada da cozinha. Sem falar nada, ela abriu o armário próximo à geladeira, pegou uma garrafa de uísque e a jogou em cima do balcão com a tampa desenroscada. Os punhos dela tremiam, mas bebeu três goles longos direto da garrafa. Caramba. Ela pousa com violência a garrafa de volta no balcão e apoia a cabeça entre as mãos, com um pé esticado para trás e o outro próximo ao balcão, como se estivesse se alongando para correr. Ela suspira, espreguiça e enxuga os lábios com o dorso da mão. Dou um passo a frente e percebo sua tensão ao me aproximar. Ela para de respirar quando sente meu braço passar por cima do seu ombro, então estico a mão para pegar a garrafa e tomo os mesmos três longos goles direto do gargalo. Sinto a queimação, uma dor bastante conhecida.

Finalmente, ela vira-se de frente, recosta na borda do balcão e olha para mim, com olhos arregalados, analisando. Chega a parecer um personagem de *anime* de tanto que abre os olhos e tamanha a emoção. Quero muito beijá-la, mas não faço nada. Nem mesmo a toco, embora esteja a poucos centímetros dela. Seguro a garrafa, minha outra mão se apoia no balcão ao lado do cotovelo dela.

— Por que você está aqui? — ela pergunta. Sua voz está áspera, corroída pelo uísque.

Deixo escapar um sorriso de canto de boca.

— Aqui no seu apartamento? Ou aqui em Nova York?

— No meu apartamento. Em Nova York. Na minha vida. Aqui. Por que você está aqui?

— Eu moro em Nova York. Moro aqui desde que tinha dezessete anos. Estou aqui no seu apartamento porque a segui desde o Central Park.

— Mas por quê?

— Porque não tínhamos acabado a nossa conversa.

Ela coça o nariz confusa, um gesto tão absurdamente adorável que quase perco o fôlego.

— Conversa? Nenhum de nós disse sequer uma palavra.

— Ainda assim era uma conversa. — Trago novamente a garrafa aos lábios e dou outro gole, sentindo a bebida atingir meu estômago.

— Sobre o quê?

— Você é quem me diz.

— Não sei. — Ela pega a garrafa de mim, dá mais um gole, coloca a tampa e a põe de lado. — Sobre... aquela noite no píer.

Encolho os ombros, balanço a cabeça de um lado para o outro.

— Talvez, mas não exatamente.

— Então sobre o que acha que estávamos falando?

— Sobre nós.

Ela me tira do caminho dela, mexe a cabeça de lado, solta a trança do cabelo e joga longe o elástico que o prendia.

— Não existe "nós". Nunca houve e nunca haverá.

Fiquei calado, pois ela estava certa. Embora muito errada. Haverá um "nós". Ela somente não viu ainda. Mas ela irá resistir, porque é errado de muitas formas. Sou o irmão mais velho do seu namorado que agora está morto. E ela não sabe nada a meu respeito. Sou péssimo para ela. Ela é menor de idade e eu não deveria encorajá-la a beber. Claro que ela está usando o bom e velho Jack para lidar com a situação, o que eu entendo perfeitamente. Mas ela só tem vinte anos ainda, é muito cedo para estar bebendo daquele jeito, direto da garrafa, como uma alcoólatra.

Ela termina de desfazer a trança e chacoalha o cabelo com os dedos.

— Você deveria ir embora — ela diz, entrando no quarto. Ouço o barulho de roupas caindo no chão. — Eu tenho aula agora.

Que canalha descarado que eu sou. Eu sei disso, porque só um canalha iria dar a volta no balcão para olhá-la dentro do quarto. E é o que faço. Ela está usando um conjunto de calcinha e sutiã, rosa com pontinhos pretos. De costas para mim, vejo aquele bumbum tão incrivelmente perfeito. Meu Deus, meu Deus. Ela percebe minha presença e vira o pescoço para me olhar.

— Você é um idiota.

— Deveria ter fechado a porta.

— Eu disse para você ir embora. — Ela abre uma gaveta e pega uma calça jeans.

Assistir uma garota se vestir é quase tão sexy quanto vê-la se despir.

— Mas eu não fui e você sabia disso.

— Mas não achei que você na cara dura ficaria me olhando trocar de roupa. Tarado de merda.

Sorrio para ela com o sorriso que meus amigos chamam de "baixa, calcinhas".

— Não sou tarado. Só sei apreciar a beleza.

Ela ri ironicamente.

— Sutil, Colton. Muito sutil.

Eu sorrio. Ninguém me chama de Colton. Ninguém. Só me chamam de Colt.

— Não foi uma cantada, Nell. Foi a verdade. — Aumento a intensidade do sorriso, caminhando em sua direção.

Ela fica tensa, apertando a camisa azul entre os dedos pálidos.

— O que você está fazendo?

Não respondo. Continuo a andar até ela, um passo de cada vez. Eu me sinto um predador, um leão atrás da presa. Os olhos dela ficam arregalados. Suas narinas estão enfurecidas, as mãos amassam a camisa, os seios inflam toda vez que respira, como se fossem pular do sutiã. Deus, como eu queria que isso acontecesse. Como eu disse, um canalha. Ela está dentro do quarto, que é minúsculo. Mal tem espaço para a cama e o armário. Agora estamos tão próximos que eu posso até ver seus mamilos. Pelo menos, eu vejo um decote bem ousado. Mas não baixo os olhos. Prefiro olhar em seus olhos, deixo meu desejo primitivo de lado, minha confusão de emoções ao me aproximar dela. Minhas mãos tocam seu ombro, ao lado da alça do sutiã. Estou muito perto agora. Os seios dela tocam o meu peito, meu braço toca seu ombro e sua orelha. Os olhos dela se fecham, quebrando o contato, e ouço sua respiração travar. Ela esmorece um pouco e sinto sua tensão transbordar. Em seguida, ela inclina a cabeça e descansa sobre o meu braço.

Seus olhos se abrem novamente, mostrando uma determinação renovada, então ela contrai o corpo para não me tocar. Fecho a porta entre nós. Logo em seguida, saio pela porta da frente, tiro um dos meus cartões de visita da carteira e o coloco na mesa, em cima das cordas de violão. Bato a porta do seu apartamento para que ela saiba que eu saí.

A caminhada ao metrô e o trajeto subsequente até meu apartamento no Queens são longos, proporcionando tempo suficiente para que eu me perguntasse em que merda exatamente eu estava me metendo. A Nell não faz bem para mim. Ela guarda danos, e em uma bagagem do tamanho de um trem. E eu também.

Jogo meu violão na cama e desço até a loja. Encaixo o telefone na base e o coloco no volume máximo "Stillborn", de Black Label Society para afogar meus pensamentos enquanto mergulho num motor 396 big block que estou restaurando. É para um clássico Camaro 1969, o que não tinha nenhum significado para mim até Nell aparecer, fazendo-me lembrar do Camaro do Kyle, que restaurei a partir de um monte de ferro que tirei de um ferro-velho, e depois deixei para trás quando me mudei para cá.

Eu adorava aquele carro, e me doeu muito tê-lo deixado para trás, mas o papai tinha pagado por ele, então não poderia aceitar. Não importava que cada centavo das partes reformadas tivesse saído do meu bolso, ou que eu tivesse dedicado sangue, suor e lágrimas para restaurá-lo. O dinheiro que deu origem a ele era do papai, e se eu me mudasse para Nova York em vez de entrar para Harvard, então eu não levaria nada além do que tinha comprado com meu próprio dinheiro. Esse era o acordo.

Pelo menos Kyle tomou conta dele.

Bufei de raiva ao pensar que o meu pai queria que eu fosse para Harvard. Ele pensou mesmo que isso fosse acontecer. Ridículo. Até hoje, quase dez anos depois, não consigo imaginar o que se passa na cabeça dele. Eu me adaptaria a Harvard como um boi numa loja de porcelanas.

Meus pensamentos se voltam para Nell. Lixar anéis de pistão é um trabalho entediante, então, é claro, que eu não conseguia parar de pensar nela. Na sua voz doce e cristalina, seus penetrantes olhos verdes e aquele corpo maravilhoso. Caramba, estou com um problema sério. Principalmente quando penso em seu olhar sofrido, no jeito desesperado com que bebia uísque, como se a letargia fosse sua companheira, como se a queimação fosse um descanso merecido da realidade. Conheço aquela dor, e eu queria tirá-la dessa. Queria ler seus pensamentos, saber o que tanto a persegue.

Digo, claro que eu sei. Kyle morreu e ela viu tudo acontecer. Mas não é só isso. Tinha alguma outra coisa ali. Algo que a corrói por dentro, alguma culpa. E eu queria saber o que era, para poder livrá-la desse sentimento. O que, óbvio, é impossível, estúpido e sem sentido.

Encaixo a lixa 400 na máquina e verifico o anel, achando que ele não está baixo o bastante para o meu gosto. Os cabeçotes eram os próximos, e eles, também, só ocupam parte da minha atenção, portanto meus pensamentos voltam sem demora ao jeito com que ela havia apoiado a cabeça no meu braço por uma fração de segundo, como se ela quisesse se libertar, tirar aquele peso de dentro de si. Mas ela não o fez, e não posso fazer nada além de respeitar sua decisão, mesmo sabendo que sua força é ilusória, guiada falsamente pelo bom e velho Jack.

Em breve, essa ilusão vai desaparecer e seu mundo irá desabar, e eu sei que terei de estar por perto quando isso acontecer.

Capítulo 7

Cortes; Dor pela Dor

Uma semana depois

Estou sentado no banquinho de um boteco qualquer, entoando no violão uma composição de minha autoria. Ninguém ouve, mas eu não ligo. Para mim é suficiente tocar pelo amor à música, pela chance de sentir as notas voarem e penetrarem mentes e corações. Retiro o que eu disse, há uma pessoa ouvindo: a garçonete, uma garota que eu conheço há bastante tempo e acabei ficando com ela há alguns meses. Nós não éramos muito compatíveis e nossa relação se tornou um tipo estranho de amizade, em que ela vem para me ver tocar na noite por cem pratas e bebida à vontade, e depois flertamos um pouco sem ir a lugar algum. O nome dela é Kelly. Uma menina linda, boa de cama, engraçada e prepara uma Coca-Cola com Jack como ninguém. Mas nós não nos demos bem debaixo dos lençóis. Nunca entendemos bem o que era, só... não funcionava. Mas nós gostamos da companhia um do outro e damos boas e necessárias risadas. Então ela me ouve e eu canto e toco para ela. Para falar a verdade, é uma música sobre ela, sobre uma garota com longos cabelos pretos, olhos castanhos brilhantes e pele cor de café, com um sorriso doce e um corpo escultural, mas que nunca será nada além de uma boa amiga. É uma música esquisita, meio solitária e triste, mas com uma pitada de humor.

Então *ela* entra. Toco uma nota errada e Kelly olha torto para mim, do outro lado do bar. Assim que ela segue meu olhar, seus olhos se arregalam, sorrindo com o canto da boca, pois sabe da história toda. Nell está cercada de outras pessoas, quatro garotas que pareciam irmãs, quadrigêmeas ou algo assim, porque todas são idênticas, com aqueles cabelos loiros amarrados num rabo de cavalo, usando calças de yoga e bolsas a tiracolo. Cada uma está de braços dados com um garoto, que são parecidos com elas à sua moda: cabeças de bagre musculosos com tatuagens tribais sem sentido, olhos de peixe morto e uma marra sem tamanho. Aqueles caras seguram suas garotas de forma possessiva e elas parecem gostar.

Nell está ao lado de um também, e isso me irrita profundamente. Ele é imenso. Quer dizer, eu sou um homem grande, mas esse cara é gigante. E os olhos dele não são de peixe morto. São rápidos e alertas, cheios de violência latente. Ele está de braços dados com a garota mais gostosa do bar, sabe disso e apenas aguarda que algum cara faça algum tipo de gracinha para que ele possa destruí-lo.

A mão dele está apoiada na lombar dela, na bunda dela, na verdade, envolvendo seus quadris para guiá-la até o bar. De repente, começo a ferver de raiva. O que é uma estupidez.

É péssimo.

Vou acabar parando na prisão. Toco a música, mal e porcamente, até o fim. Kelly manda para mim uma dose de Jameson pela garçonete. Viro tudo e agradeço Kelly a distância. Ela faz um sinal de positivo como se perguntasse: *Está melhor?* E aceno positivamente com a cabeça, mentindo.

Eu não sou uma boa pessoa. Sou uma pessoa terrível. Vou começar uma briga hoje à noite. Vou me machucar feio, Nell vai ficar irritada e Kelly também vai ficar irritada.

É melhor eu ir embora. Não tenho nenhuma relação com Nell. Nada. Não tenho por que ficar possessivo. Claro que ela nunca disse nada sobre ter um namorado, mas, naquela vez, não falamos muito e eu não perguntei. Isso nem passou pela minha cabeça.

Começo um cover de "Come On Get Higher", de Matt Nathanson, porque posso tocar essa música sem pensar. Apenas observo, na espreita. Ela vai perceber quem está tocando a qualquer momento, aí as coisas vão ficar interessantes.

Ele a empurra impacientemente na direção do bar e ela encolhe as costas para que ele não a toque, girando o corpo para jogar alguma coisa nele. Não consigo ler os lábios dela, mas posso imaginar. Ela se afasta dele, mas ele a segue e a abraça de lado, sussurrando alguma coisa em seu ouvido. O que quer que ele tenha dito a deixa perplexa, mas tem seu consentimento. Com isso, ela permanece colada com ele. Vejo no rosto dela sua infelicidade, mas um sofrimento de longa data. Não há nada de novo nisso.

Mas isso só faz a minha raiva aumentar.

Assim que termino a música, decido partir para o ataque. Pigarreio no microfone e faço uma introdução. Normalmente, apenas toco as músicas, uma após a outra, sem falar nada, principalmente porque a maioria ali não está prestando atenção, mas essa é uma situação singular.

— Olá, pessoal. Espero que estejam curtindo essa noite. Eu estou gostando bastante. Meu nome é Colt e vou tocar agora alguns covers e músicas de minha autoria. — Ela virou ao som da minha voz como se tivesse sido puxada por um fio. Seus olhos ficam arregalados e sua respiração para. — Acabei de cantar uma música de Matt Nathanson. Se vocês não o conhecem, acho que vale a pena ouvi-lo. Ele é ótimo. Bom, agora vou tocar outra música. Chama-se "I Won't Give Up", de Jason Mraz.

É um pouco aguda para a minha voz, mas dou um jeito. Não tiro os olhos dela, e naquele momento, quando surgem motivos reais para eu cantar, a plateia começa a voltar a sua atenção para mim. Talvez minha voz tenha mudado um pouco, mas as conversas param e as cabeças se voltam em minha direção.

Acho que ela não está conseguindo respirar. Ela ainda está presa à lateral daquele mamute com cara de merda, e está ficando cada vez mais impaciente. Ela tenta se desvencilhar dele, mas ele resiste. Enfim ela lhe dá uma cotovelada com força e ele a solta, franzindo a testa. Ela corre até o banheiro; quando volta, enxuga os lábios com o dorso da mão, e sei exatamente o que ela foi fazer lá dentro. Não tiro os olhos dela no decorrer do repertório. Chega um ponto em que preciso fazer uma pausa, então agradeço à plateia e saio do palco. Ela tenta me ignorar, tomando doses de Jack seguido de Rolling Rock. Óbvio que ela está com uma identidade falsa, ou ela é mais velha do que eu pensei. Então ouço o grupo de garotas, acompanhadas de seus brutamontes, juntarem-se em torno dela para cantar "Parabéns Pra Você" completamente desafinados. O ogro do namorado dela puxa-a para lhe dar um beijo, ao que ela resiste, mantendo as mãos junto ao corpo, sem beijá-lo de volta. Em seguida, ela o empurra e vira para o bar. Sento-me ao lado dela, então vejo-a enxugar os lábios novamente, como se estivesse enojada, suprimindo um arrepio. O ogro não vê nada, já que está muito ocupado dando em cima da garçonete, que por sua vez se debruça para que ele possa ver seu decote.

Fico confuso com essa troca, principalmente quando ele passa a mão — aquela que não está mais nos quadris de Nell — na bunda da garçonete, sem pudor algum. E fico ainda mais confuso quando Nell ao virar o rosto observa tudo, dando sinais de contentamento e nojo, fazendo caras e bocas.

Nell vira-se novamente, balançando a cabeça, mas não afasta a mão dele. Ela olha para mim e eu levanto a sobrancelha. Seus olhos assumem uma expressão quase de culpa por uma fração de segundo, mas então desvia. Chamo Kelly e digo para ela servir duas doses de Jameson, uma para mim e outra para Nell.

Quando Nell pega a dose, levo a minha aos lábios e faço um gesto de "saúde". Nell faz o mesmo. O ogro observa isso, e fica irritadíssimo. Ele inclina sobre ela e fala em seu ouvido. Ela dá de ombros. Ele a agarra pelo braço, vejo que ele a aperta com força, e Nell se contorce de vergonha.

Foda-se.

Viro meu copo para dentro e passo pela multidão. Nell olha para mim, balançado a cabeça para que eu não me aproxime. Eu ignoro seus avisos. O ogro estufa o peito quando me vê chegando perto e sua boca arma um leve sorriso. Ele flexiona o punho e dá um passo à frente de Nell.

— COLT! — Ouço o grito de Kelly da parte de trás do bar. — Eu acho que não. Não no meu bar.

Viro-me para Kelly, que me dá um olhar fulminante. Kelly me conhece um pouco e sabe com quem eu costumava andar. Ela sabe do que eu sou capaz, mas não quer fazer parte de nada disso. Eu não a culpo.

Ela estica o braço e pega um cassetete de policial extensível, depois aponta o bastão para o ogro e seus amigos.

— Saiam daqui. Todos vocês. Agora. — Ela também tira o celular da bolsa e disca um número, mostrando em seguida a tela para eles. — Eu dou uma surra em todos vocês e depois ligo para a polícia para que sejam presos, porque eles são meus amigos. Então sumam da minha frente.

É bom não mexer com Kelly. Ela conhece as pessoas com quem eu costumava andar, porque ela também andava com eles. O que ela não conta é que a bandana vermelha amarrada nos cabelos *dreadlock* não é nenhuma moda. São cores. O tipo de cor que diz que basta ela fazer uma ligação e o Ogro e companhia desaparecem do mapa. Para sempre.

Nell olha para mim uma última vez, então os acompanha até a saída, jogando uma nota no bar. Seus amigos fúteis e o namorado idiota a seguem, mas o ogro para na entrada e me encara. Eu o encaro de volta até que ele dá meia-volta e vai embora.

Volto para o palco e passo um tempo afinando o violão.

Kelly sai de trás do bar e olha para mim:

— Que diabo foi aquilo, Colt?

Encolhi os ombros.

— Alguém que eu conhecia.

— Você estava pronto para acabar com ele.

— Ele a machucava.

— Ela deixava.

— Mas isso não está certo de qualquer forma. — Tiro a pestana do *case* e a coloco nas cordas.

Kelly olha para mim com cautela.

— Não, não está. Mas se ela deixa, é problema dela. Não quero encrencas no meu bar. *Você* não precisa de encrenca, ponto final. — A mão de Kelly toca meu braço, um momento raro de contato entre nós; parte de nosso acordo de amizade é "não tocar". — Colt... você está indo muito bem. Não estrague tudo, está bem?

— E como eu faria isso?

Kelly dá um olhar do tipo *como assim, seu idiota?*, com a mão em seus quadris largos.

— Nunca vi você tão puto, Colt. Você não fica puto. O que significa que ela tem algum valor para você.

— É complicado. — Arranho a palheta nas cordas, sem olhar para Kelly.

— Sempre é complicado. Meu ponto é... sua vida está sossegada agora. Você deixou tudo para trás — ela aponta para o bar, para a rua lá fora, referindo-se ao nosso passado de violência —, e agora não precisa de problemas para si por causa de uma garota.

— Ela não é só uma garota. — Ai, que merda. Eu *não* queria ter dito aquilo.

Kelly estreita o seu olhar para mim e diz:

— Eu não disse isso. — O sotaque dela das ruas começa a voltar, o que eu sei como é difícil para ela disfarçar. — Só estou dizendo... só estou dizendo. Não estrague tudo. Faça o que tem de fazer, mas... quer saber, deixa pra lá. Faça o que quiser.

Suspiro e, enfim, olho para ela.

— Ouvi tudo o que você disse, Special K. — Tirei um sarro de seu antigo apelido.

Kelly mexe o pescoço como se dissesse "não" acredito nisso.

— Você *não* acabou de me chamar disso.

— Chamei sim, irmãzinha. — Destilo sobre ela o olhar baixa calcinha, o que sempre funciona.

Kelly finge desfalecer e depois me dá um soco forte no braço. Forte o bastante para fazer meu braço doer.

— Cale a boca e toque alguma coisa, seu idiota. — Ela sai rebolando e faço questão de olhar. A gente pode até não transar mais, mas apreciar aquela vista não tira pedaço.

Logo após esse pensamento, sinto um quê de culpa. Vejo o rosto de Nell na minha cabeça, como se eu precisasse ser fiel a ela. O que não é o caso. Mas não consigo me livrar daquele sentimento. Então começo a tocar e tento esquecer Nell, o ogro dela, Kelly, encrencas e lembranças de brigas antigas.

Eu ando muito pelas ruas. Sempre andei. Quando eu era um adolescente de dezessete anos com raiva, sem-teto e perdido no meio das ruas do Harlem, era tudo o que eu tinha a fazer. Eu não sabia como era morar nas ruas, então eu andava. Andava para ficar longe de problemas, para ficar acordado, para me aquecer. Quando eu conheci T-Shawn, Split e os outros caras, as ruas se tornaram nosso meio de sobrevivência, nossa vida, nosso território. Então eu andava pelas ruas para fazer negócios. Agora ando nas ruas porque é familiar, reconfortante. Quando tenho de acalmar a cabeça, eu ando. Enfio meu violão no *bag*, amarro meu tênis de caminhada e começo a andar. Começo no meu apartamento, em cima da oficina no Queens, e vou parar no Harlem ou em Astoria ou em Manhattan. Ando por horas a fio, sem iPod, sem destino, só quilômetros e quilômetros de calçadas cheias de gente, asfalto rachado, arranha-céus, prédios de apartamentos, becos escuros onde velhos amigos ainda traficam, fumam e brigam. Velhos amigos, velhos inimigos, pessoas com quem não me relaciono mais. Mas eles me deixam em paz, seja amigo ou inimigo, e eu continuo minha caminhada.

São duas da manhã, estou praticamente sóbrio, e não tenho para onde ir, então continuo andando. Não estou pronto para ir para o meu apartamento frio e silencioso, não estou pronto para terminar o motor. Tento me convencer de que eu deveria esquecer a Nell. É o que tenho feito nos últimos dois anos, só que agora é ainda mais difícil, porque tenho imagens recentes dela, o cheiro de seu perfume em meu nariz, a memória do toque de seda de seu sutiã em minha camiseta. Lembranças recentes de sua beleza sedutora e o imenso abismo de dor em seu coração.

Não fico surpreso quando às três da manhã chego perto do prédio dela em Tribeca. A porta do edifício está estranhamente destrancada. Por motivos que nem me importo em analisar, empurro a porta e subo as escadas. Primeiro, ouço a voz dela.

— Dan, eu vou entrar. *Sozinha*. Estou cansada.

A voz dele é baixa, mas audível.

— Que isso, meu bem. Vamos ver um filme juntos.

Ela suspira de irritação.

— Não sou idiota, sabia? Eu sei o que você quer. E a resposta é não. Nada mudou.

— Mas eu continuo na esperança. — A voz dele estava bem-humorada, mas nervosa. — Então por que estamos namorando?

— Não faço ideia. Nunca encorajei você. Nunca disse que estávamos namorando. *Não* estamos. Mas você não vai embora. Eu não vou dormir com você, Dan. Nem hoje, nem amanhã.

— O que posso fazer para convencê-la?

— Ser outra pessoa? — A voz dela foi cortante e mordaz.

Paro no primeiro lance de escadas, com as mãos no corrimão, a cabeça virada para cima, como se eu pudesse vê-los pelas escadas.

Ele começa a gargalhar com a discussão.

— Você é tão provocativa, Nell. — A diversão acabou.

— Não sou, não.

— Você é sim. Você me beija, deixa que eu agarre você, sai comigo, mas quando chegamos aqui, você se fecha toda. — A sua voz aumenta o tom, demonstrando sua indignação. — Eu tenho aguentado essa baboseira há três meses. Estou cansado disso.

— Então pare de aguentar isso. Me deixe em paz. Nunca prometi nada a você. Você é um cara legalzinho. Sabe ser engraçado quando não age como um idiota. Mas isso não vai a lugar algum, nem nunca foi. — Dá para sentir o silêncio na pele. Ele está bem revoltado; até eu sinto isso a um andar de distância. Ouço uma chave na fechadura e um girar de maçaneta. — Adeus, Dan.

Então ela suspira, contendo a dor.

— Eu acho que não, meu bem. Eu não investi três meses de trabalho árduo com você, pagando bebidas, almoços, cafés, só para tomar um pé na bunda agora, sem nada para compensar.

— Sinto muito, Dan. Nunca pedi que fizesse nada disso. Na verdade, eu dizia para você não pagar, mas você insistia.

— Chama-se ser cavalheiro.

— Não, chama-se achar que eu iria dar alguma coisa a você em troca de algumas bebidas. Agora me deixe em *paz*.

Ouço um pé bater na madeira e a porta abrir; depois, passos embaralhados, tropeçados.

— Como eu disse, Nell. Eu acho que não. Eu quero ver um filme. Até deixo você escolher.

— O que quer dizer com isso, Dan? — A voz dela ficou firme e sem medo.

— É assim que você quer que seja? Então tudo bem, meu bem. Nós vamos entrar e curtir um momento juntos. Você vai me mostrar como seu corpo é gostoso e como ele vai me dar muito prazer.

— Não. Vai embora.

Uma briga. Um bater de mão na pele.

A risada de Dan era zombeteira e cruel.

— Bater em mim não vai ajudar, sua vadia.

Um gemido de dor e medo, então fico vermelho de raiva e subo as escadas batendo os pés. É difícil esquecer velhos hábitos; eu coloquei meu soco inglês, o qual nunca precisei de verdade, mas eles são úteis e sempre os levo comigo, porque nunca se sabe o que pode acontecer nas ruas de Nova York, até mesmo comigo.

Chego à porta dela, agora fechada. Ouço sons de luta abafados.

— Pare de resistir e eu vou ser bonzinho.

Esse filho da puta vai morrer.

Giro a maçaneta silenciosamente, as dobradiças rangem, mas o som é superado pelos gemidos de Nell e pela risada dele, que a segura com força e tenta de maneira atrapalhada puxar a saia e a calcinha dela.

Ela me vê e seus olhos arregalam. Dan vê a reação dela, vira-se e vem na minha direção, a tempo de tomar um soco meu. Que filho da puta durão! Isso era mesmo. Poucos aguentam se manter de pé depois que eu lhes dou um soco na cara, principalmente com um soco inglês para dar ainda mais força. O rosto dele parecia uma máscara de sangue, e o osso dele fica aparente em sua testa. Uma ferida se abre em sua boca.

— Colton! NÃO! Ele vai matar você! — Nell entra em pânico e começa a gritar.

Ele limpa os olhos com o braço e dá um passo a frente, assumindo uma postura de luta.

— Você não assiste UFC, não é? — Ele sorri para mim e percebo que o bicho vai pegar nessa briga que acabei de arranjar. Agora eu o reconheço. Dan Sikorsky, lutador peso-pesado de UFC. Um filho da mãe cruel. Dizem por aí que ele matou um cara numa luta ilegal num beco.

Sorrio de volta para ele. Eu também fui sondado pelo UFC. Porém preferi recusar. Não luto mais por dinheiro. Coloco o soco inglês de volta no meu bolso.

Olho para Nell e digo:

— Vai ficar tudo bem. Mas que merda você foi fazer ao se envolver com um cara desses?

Ela parece confusa, pois não acredita na minha tranquilidade diante de um brutamonte como o Dan. Dou um sorrisinho para ela, mesmo estando um pouco preocupado.

Ele corre até mim e Nell começa a gritar. Mas ele corre lento e desajeitado. Com isso, acaba entregando com os olhos o soco e toda sua tática. Ele está acostumado a acabar a luta no primeiro golpe, e pronto. Eu também sou assim, então sei como é quando essa tática não funciona. Levei algumas surras feias até aprender a contra-atacar.

Esquiva... *ufa*. Não estou lutando de forma justa. Aqui não é UFC. Enfio o joelho em seu diafragma, agarro o rosto dele entre as mãos e puxo sua cabeça na direção do meu outro joelho. Empurro-o para trás. Chuto duas vezes em suas bolas, com força. Detono o rim dele com alguns socos rápidos e esmago seu nariz já quebrado com a minha testa.

Ele se agarra na minha camiseta e sei que vou sentir dor. Ele está furioso. Bloqueio os primeiros golpes, mas eles vêm muito rápido, e, *caramba*, como esse cara bate forte. Nell continua a gritar. A cara do ogro é puro sangue, e agora a minha também. Mas ele luta com raiva e fúria desenfreada, o que logo vai acabar com seu gás. Estou na fase de fúria controlada. Estou com dor, mas já tomei surras muito piores e ainda venci a luta no fim. Por vencer, quero dizer que consegui fugir com as minhas próprias forças.

Mas esse aqui não.

Por fim, consigo tirar a mão dele da minha camiseta, arrancando um pedaço dela.

Olho bem fundo para ela.

— Nell. Cale a boca.

Ela se cala imediatamente, engole o ar e se dá conta de onde está e o que está acontecendo. Então ela dá meia-volta, abre uma gaveta na cozinha e se aproxima de Dan por trás com uma faca gigante na mão. Ela coloca a lâmina na garganta de Dan.

— Já chega. — Ela não precisa gritar. A faca fala por si só.

Dan fica paralisado.

—Você não vai querer fazer isso, Nell. — Os olhos dele são mortíferos.

O vestido dela está rasgado na frente, o que deixa a sua calcinha parcialmente à mostra. O lábio dela sangra, e ela está com cortes nos braços e na garganta.

Não quero que ela o mate. É uma encrenca da qual não precisamos.

— Estranhamente concordo com o ogro aqui — eu digo. — Deixe que eu dou um jeito nisso.

Nell ri sem graça com o apelido.

— Ogro combina bem. — Ela olha para mim, então relaxa a faca.

O que foi um erro, pois assim que ela afasta a lâmina, Dan empurra a mão dela para o lado, gira e dá um soco nela, mandando-a para os ares.

— Sua vaca — ele rosna, virando-se novamente para mim.

Evidentemente não fico parado nesses instantes. Coloco de volta o soco inglês e não pego leve dessa vez. Quando noto aqueles machucados nela, eu perco a cabeça.

Viro de novo um bandido das ruas, um delinquente. Só que agora é diferente — ele machucou a Nell.

Ele não tem a menor chance. Em instantes, ele se transforma num saco de pancada, todo ensanguentado no chão do apartamento da Nell.

Eu estou com algumas costelas machucadas, o nariz quebrado, lábios e bochechas cortados, além de ter perdido um dente. Tem sangue por toda parte.

Pego meu telefone, disco um número e limpo o rosto com um papel toalha.

— Oi, Split, é o Colt. Estou com um problema. — Explico o problema e passo o endereço. — É, em Tribeca. Cale a boca. Vem pegar esse filho da mãe e faça com que ele não a incomode outra vez. Valeu.

Nell está de pé, dando batidinhas na boca, meio atordoada. Dou um pulo para segurá-la antes que ela caia.

Apoio Nell no balcão, como uma criança, embrulho um pouco de gelo num papel toalha e pressiono seu rosto no lugar da batida. Felizmente, ele não foi idiota o bastante para bater nela com força total, só um tapa para calar sua boca. Ela vai ficar com um hematoma, mas só isso. Talvez fique tonta, sonolenta, mas logo vai passar.

Dan geme atrás de mim, lembrando-a de que existe um problema em seu apartamento. Ela fica dura de medo ao ouvir o som da voz dele, olha por sobre o meu ombro e vê o lixo humano ensanguentado que Dan Sikorsky virou.

Ela olha lentamente dele para mim.

— O que você fez?

Abaixo a cabeça, envergonhado.

— Perdi o controle.

— Ele vai morrer? — Ela diz calmamente.

Encolho os ombros.

— Não na sua sala.

Ela fixa aqueles olhos maravilhosos em mim.

— O que quer dizer? — Uma batida rápida na porta a faz tremer. — Quem está aí?

Puxo os restos do vestido rasgado.

— Um amigo meu. Vá tomar um banho, ok?

— Um amigo? — Ela desliza do balcão e vai atender a porta.

Eu a impeço.

— Eu vou dar um jeito nisso, ok?

Ela olha para mim de novo, vai para o quarto e fecha a porta. Faço Split entrar. Ele não é um cara grande, mas mete medo. Estatura mediana, magro e forte, pele negra como a noite, dentes muito brilhantes e olhos castanhos tão claros que são de um tom quase cáqui. Olhos nos quais não se pode olhar por muito tempo, ou senão irão incomodar. Olhos que verão seus segredos e ameaçarão tornar seus pesadelos realidade. Ele irradia intensidade e exala ameaça. Ainda bem que ele é meu amigo, principalmente porque já vi o que acontece com os seus inimigos: eles simplesmente desaparecem.

Ele olha para Dan no chão.

— Que porra aconteceu aqui?

Nell sai do quarto com uma camiseta limpa e calça de ginástica.

— Colton me ajudou.

— Quem é você? — diz Split.

— Nell Hawthorne. Esse é o meu apartamento. — Ela estende a mão para cumprimentar Split.

Ele olha para a mão dela estendida como se fosse um inseto, então abre um raro sorriso ao cumprimentá-la.

— Split. — Ele olha para o rosto de Nell, para o hematoma que torna-se cada vez mais roxo, as marcas de dedo em sua garganta, o jeito como ela cruza os braços no meio do corpo. — Ele tentou estuprar você?

Nell confirma com a cabeça.

— O nome dele é Dan Sikorsky — eu digo, sabendo que Split vai ligar o nome à pessoa.

Os olhos de Split arregalam levemente, que era o equivalente a um engasgo de surpresa de qualquer outra pessoa.

— Eu o vi lutar com Hank Tremaine há algumas semanas no Harlem. Acabou com a raça do Hank. Você fez isso? — Ele se ajoelha, cutuca Dan nas costas, examina os ferimentos com olhos de profissional. — Você arrasou o cara, Colt. Ele precisa de um médico ou não vai sobreviver.

— Ele tentou estuprá-la, Split. E depois deu um soco nela.

— Para ser justa — Nell acrescenta —, ele só me socou depois que coloquei uma faca na garganta dele.

Split dá uma gargalhada.

—Você o quê? Garota, você é maluca. Não se ameaça com uma faca um cara como Dan Sikorsky se não pretende matá-lo. É querer encrenca fazer uma merda dessas.

— Ela é dos subúrbios de Detroit, Split. Onde eu cresci. Ela é normal.

Ele acena com a cabeça.

— Saquei. Só estou dizendo que se tiver uma próxima vez, não ameace se não for terminar o serviço. Não com filhos da mãe como Sikorsky. Ele vai matar você, mesmo que seja uma vadia branca riquinha.

— Como é? — Nell protesta.

Split olha para mim e ri.

— Ele só quis dizer uma menina branca. Que não é da área.

— Da área? — ela repete como se fosse uma palavra desconhecida. — E *você* é da área, Colton?

Split ri mais uma vez.

— Colton? — Ele repete o nome dele do mesmo jeito que ela disse, pronunciando claramente cada sílaba. — Cara, essa menina é uma piada. Onde você a encontrou? — Ele olha para Nell. — É, ele é da área sim. Colt, meu garotão, é meu BD de muito tempo.

Nell faz uma expressão confusa.

— BD?

Split gargalha dessa vez, dando uma bufada.

—Você é uma figura, cara.

Ele pega o telefone, manda uma mensagem, depois olha novamente para Nell.

—Você vai ficar bem, branquela?

O rosto dela fica impassível.

— Eu estou bem.

Split acena, mas percebo que ele não acredita no que ela diz. Caminho para perto de Nell e percebo que ela fica tensa, mesmo sabendo que sou eu.

—Vá tomar um banho, Nell. Isso vai ajudar.

— Eu não preciso de ajuda. — Sua voz é dura, teimosa.

Eu rio, mas não de forma indelicada.

— Então quer dar um jeito nele sozinha? — Aponto para Dan, que está sufocando no próprio sangue. Split emborca-o para baixo fazendo com que ele cuspa tudo no piso de madeira.

Nell fica pálida, com as pernas trêmulas.

— Talvez um banho faça bem.

— É. E não vai mais ter nada disso quando sair de lá.

Percebo um sinal de pânico em seu rosto.

— Você não vai sair, vai?

— Você quer que eu vá embora? — Ela balança a cabeça, com um movimento curto e vulnerável, que faz meu coração sofrer ainda mais por ela. — Então eu fico. Só... vai tomar um banho quente.

Ela concorda com a cabeça e entra no quarto. Ouço o som do chuveiro sendo ligado e tento não imaginá-la lá. Ninguém precisa disso agora.

Split se agacha aos pés de Dan.

— Pegue os ombros dele, Colt.

Eu me curvo para erguê-lo, e nós o carregamos pelas escadas até o carro de Split que está lá embaixo esperando. Um casal passa por nós, olha com estranheza, mas já que é Nova York, eles não dizem nada. Nós o jogamos de qualquer jeito no banco traseiro e fechamos a porta. Split abre a porta do passageiro e o puxa mais para dentro, mas a porta não fecha.

— Ela não pertence a esse mundo, Colt. — Ele não olha para mim ao dizer isso.

— Eu sei.

— Nem você. Nunca pertenceu.

— Também sei disso.

— Eu gosto de você, branquelo. Não volte para essa vida. Você vai acabar morto, aí quem vai consertar meu carro quando ele quebrar? — Split liga o carro, e num grande ronco emerge à vida.

É um Bonneville 73 verde-limão com motor original, restaurado pelo seu queridinho aqui. É uma belezinha, e sempre tive um pouco de inveja. Ele o comprou de uma senhora em Rochester por mil dólares, então eu e ele passamos um verão inteiro restaurando aquele carro. Não foi muito difícil, pois a senhorinha mal o dirigiu depois que o seu marido morreu. Ele o traz para mim quando precisa fazer umas melhorias, mas, na verdade, é o jeito dele de se manter em contato comigo.

— Não vou, Split.

— O que você quer que eu faça com esse merda?

— Não sei e não quero saber. Ele merece sufocar até a morte com os próprios dentes, mas não quero esse peso na minha consciência.

— Nem pensar. Você já derramou sangue o suficiente por hoje por causa daquela vadia.

Eu rio.

— Obrigado por me lembrar.

— Só para você se ligar. — Ele fecha a porta e abre a janela. — Eu dou uma passada na oficina e falo para você se ele sobreviveu.

— Não. Apenas se certifique de que ele não voltará mais aqui.

Split sorri para mim.

— Acho que isso não será um problema. — Ele engata a marcha, mas faz uma pausa antes de ir embora. — O problema é que ele iria lutar contra Alvarez na semana que vem, e eu tinha apostado mil pratas no Alvarez.

Eu rio outra vez.

— Alvarez não tinha chance nenhuma, então eu ajudei você a economizar mil dólares. Ele era um idiota, mas era durão, o filho da mãe.

— Você perdeu a chance, Colt. Devia ter entrado para o UFC.

Balancei a cabeça.

— Estou bem longe de tudo aquilo.

— Eu sei, eu sei. Só falei por falar. — Ele estica o punho cerrado e eu dou um soquinho como despedida. — Me liga. Já passou da hora de a gente tomar umas geladas.

— Claro. Talvez na quinta-feira.

— Pode ser na quinta. Tenho umas coisinhas para fazer cedo, mas é só isso.

Aceno com a cabeça e ele vai embora. Abro a porta do apartamento da Nell e entro cantando uma música para que ela saiba que sou eu. O chuveiro ainda está ligado, mostrando que ela ainda deve estar se esfregando para tirar toda aquela porcaria em sua pele. Tentando arrancar aquela sensação. Ela vai ficar lá até a água esfriar. Já vi muitas amigas passarem por isso; amigas que não pude estar no local para salvá-las.

Pego um novo rolo de papel toalha do gabinete da pia e um frasco de limpador multiuso. Ainda bem que o piso dela é de madeira. É mais fácil de tirar sangue de madeira do que de carpete. Umedeço o sangue, espirro o produto e esfrego a madeira. Depois encontro uma velha garrafa de lustra-móveis que ela deve ter usado na mesa da cozinha. Espirro no chão e esfrego mais um pouco. Depois enxugo as paredes e todos os outros lugares.

Por fim, ela desliga o chuveiro e eu termino de limpar a bagunça. Nell sai com o cabelo molhado usando apenas uma camiseta da Disney que mal chegava até o meio da coxa. Travo a mandíbula e penso em cãezinhos mortos, freiras e no tempo em que eu fugia da minha avó para entrar no banho. Só ajuda um pouco. Ela parece mais vulnerável do que nunca, e eu, que estou do outro lado da sala, vou logo abraçá-la antes de refletir sobre este meu ato.

Dessa vez ela não fica tensa. Ela respira profundamente várias vezes.

— É bom chorar — eu digo.

Ela balança a cabeça.

— Não, não é.

— Você acabou de ser agredida. Você pode.

— Eu sei. Mas não vou. Não posso. — Ela se afasta de mim e vai até a cozinha.

Pego a garrafa de uísque da mão dela antes que ela possa beber.

— Não acho que essa seja a melhor maneira. — Ela arranca a garrafa da minha mão e leva aos lábios, mas eu a tomo de volta. — Essa dor nunca vai passar assim. Ela vai continuar voltando.

— Eu sei. — Ela estica a mão para pegar de novo, mas eu seguro a garrafa fora de seu alcance, pego dois copos do armário e sirvo doses generosas. — Eu preciso de mais.

— Não precisa, não.

Ela se vira na minha direção, com os olhos sérios, sentindo muita raiva.

— Não me diga o que eu preciso! Você não me conhece.

— Mas eu entendo de afogar as mágoas com uísque. Deixa de funcionar depois de um tempo. E depois não haverá uísque no mundo que dê conta.

— Não foi você quem acabou de ser estuprada.

— Quase estuprada. Eu o impedi. Desculpe não ter chegado antes, mas há uma grande diferença entre estuprada e *quase* estuprada. — Os olhos fervem, mas eu logo explico. — Não estou dizendo que esteja bem. Não está nada bem. Você pode sentir o que está sentindo. Só estou dizendo que secar garrafas de uísque não vai apagar o que aconteceu.

— E o que você sabe sobre isso? — Ela vira com tudo o copo e o pressiona contra a testa, depois o estica pedindo mais.

Foi quando eu vi as cicatrizes. Um padrão de linhas brancas e vincos de cortes nos punhos e antebraços. Sem disfarçar, sem esconder. Algumas antigas, outras nem tanto. E algumas mais recentes. Tão recentes que ainda formam casca.

Ela percebe que eu vejo, levanta o queixo e me desafia a perguntar. Não pergunto nada. Ainda estou sem camisa, então aponto para o meu peito e para a barriga, para um conjunto de cicatrizes que parecem um campo de trigo. Eu cobri algumas com tatuagem, utilizei outras em algumas tatuagens e deixei outras visíveis. Ela quer tocar com o dedo, traçá-las, uma cicatriz após a outra. Algumas pequenas, outras que parecem marcas de contas. Algumas *são* marcas de contas: dias sobrevividos na cadeia, partidas vencidas. Ela acompanha as cicatrizes, as longas que foram feitas só para sentir mais dor, para me libertar.

É. Eu sei por que ela se corta. Só não sei qual é o motivo principal. Está enterrado dentro dela e, se eu quiser saber, vou precisar de paciência. E vou acabar tendo de contar os meus motivos para ela.

O que eu não estou muito a fim.

Ela olha para mim e seus olhos ficam doces, cheios de compreensão.

— Você se corta?

— Costumava.

— Por quê?

Balanço a cabeça.

— Essa é uma história para outra noite, e vem com um preço.

Ela fica nervosa.

— Um preço?

— Sua história.

Ela respira aliviada.

— Você conhece a história.

— Não inteira. Não as merdas que ficaram escondidas aí dentro, nas sombras do seu coração.

— Ninguém conhece. — Sua voz parece quase um sussurro, e como é sedutor, ardente e vulnerável ao mesmo tempo.

— É, bom, ninguém sabe sobre isso aqui também. — Eu bato no peito com o polegar.

— Um preço, uma troca. — Ela fica imóvel, a dois centímetros de mim, cada respiração fazendo com que seus seios tocassem meu peito, as cicatrizes, as tatuagens.

Eu assinto com um leve movimento de cabeça.

— Mas não agora. Agora, você vai tomar mais uma dose de uísque comigo e assistir a alguma bobagem na televisão. Depois vai dormir e ficar em casa amanhã.

— Não posso. Preciso ir à aula. Preciso trabalhar.

— Ligue e diga que está doente.

— Eu...

Eu a interrompo.

— Ligue, Nell.

— Você não pode ficar aqui a noite toda comigo.

— Por que não?

Ela olha para os dedos do pé pintados de rosa.

— Você simplesmente não pode.

— Eu fico no sofá. Você estará no seu quarto, com a porta fechada.

— Não. — Outro sussurro.

— Por que não?

— Faz... parte do acordo.

Um segredo, ela quer dizer.

— Então vou dormir no chão do lado de fora do apartamento. Você não vai ficar sozinha hoje.

— Estou bem, Colton.

— Conta outra. Você não está bem.

Ela encolhe os ombros.

— Não. Mas estou bem.

Eu rio do que ela diz.

— Olhe para mim.

Ela balança a cabeça com um sinal de "não", morde o lábio e eu quero pegar aquele lábio com a boca e sugá-lo até que sumam as marcas de dente. Quero eu morder aqueles lábios. Quero provar aquela língua. Quero passar minhas mãos por baixo daquela camiseta boba, infantil e gigante do *Lilo e Stitch* para sentir sua pele, suas curvas, sua doce maciez.

Mas eu não faço nada disso. Só fico olhando para ela, toco seu queixo com o dedo indicador e levanto sua cabeça para olhar para mim. Ela fecha os olhos e noto as lágrimas. A respiração dela começa a ficar profunda mais uma vez e vejo que suas mãos se agarram aos punhos opostos, cravando as unhas na pele com força. Dor substituindo dor. Tento ser o mais gentil possível para que ela solte a sua pele e então crave as unhas em meu antebraço.

Trago o corpo dela para perto, nossos braços ficam entre nós e as unhas dela penetram cada vez mais a pele do meu braço. Ela relaxa após alguns instantes e segura meu antebraço em suas mãos.

— Não é a mesma coisa. Causar dor em você não ajuda a minha — ela sussurra as palavras no meu ombro, o ombro certo, aquele com o dragão japonês cuspindo fogo em *kanji*.

— Não era para isso. Era só para você parar de se machucar.

— Ajuda se...

— Não, não ajuda. Só faz você esquecer por um tempo. Igual ao porre.

— Mas eu preciso...

— Você precisa se deixar sentir. Sinta, viva intensamente. Depois siga em frente.

— Você faz parecer tão fácil. — Cada sílaba dela parece uma gota de amargura.

— Não é. É a coisa mais difícil que uma pessoa pode fazer. — Eu tiro um fio de cabelo do rosto dela e da minha boca. — É a coisa mais difícil que existe. É por isso que nós bebemos, usamos droga e brigamos. É por isso que eu toco música e monto motores.

Ela se afasta de mim e pergunta:

— Você monta motores?

Eu rio e respondo:

— Monto. Música é um hobby. Uma paixão. Eu reformo motores e restauro carros clássicos. Isso é o que paga as contas. Não me leve a mal, sou apaixonado por carros também, mas é diferente.

— Você trabalha para alguém?

— Não, eu tenho a minha própria oficina no Queens.

— Sério? — Ela parece surpresa, o que acho grosseiro da parte dela, mas não digo nada.

— É sério.

— Posso ver sua oficina? — A voz dela fica animada.

— Agora?

— Sim, agora. Não consigo ficar aqui. Fico lembrando toda hora do Dan. Continuo... continuo sentindo as mãos dele em mim, continuo vendo o corpo dele estendido no chão, sangrando. — Ela aponta para onde ele estava caído. Depois fica calada por um bom tempo, e sei o que ela vai me perguntar logo a seguir. — Ele... ele está morto?

— Não. Não precisa mais se preocupar com ele. Ele teve o que merecia.

— Você o machucou muito.

— Eu deveria ter acabado com ele. Poderia tê-lo matado. Se ele... — Balancei a cabeça. — Já foi. Vamos esquecer isso.

— Eu já deveria ter imaginado. — As palavras não me surpreendem, mas me irritam.

Eu a afasto e olho em seus olhos.

— Não se atreva, Nell Hawthorne. Não se atreva a se culpar por isso. Você nunca poderia adivinhar uma merda dessas.

Ela dá alguns passos para trás, chocada e com medo da intensidade dos meus sentimentos.

— Colton, só digo que ele sempre demonstrou...

— Pode parar. Vamos parando por aí. Claro que você nunca deveria ter se envolvido com um bosta daqueles, mas isso não é desculpa para o que ele fez. — Puxo as costas dela contra o meu corpo. Ela resiste. — Você está com medo de mim agora? — pergunto, para mudar de assunto.

— Um pouco. Você estava... transtornado. Você... você *acabou* com ele. Mesmo depois de ele ter acertado você. E eu já havia visto ele lutar.

Olho para ela estupefato.

— Quer dizer na TV?

Ela balança a cabeça.

— Não, as outras lutas. Aquelas lutas ilegais. Aquelas que o seu amigo falou. No Harlem.

— Você foi para aquelas lutas? — Fiquei em estado de choque. Embasbacado. Horrorizado. Aquelas lutas eram sangrentas, repugnantes, cruéis. Homens nervosos e desalmados destruindo uns aos outros. Eu deveria saber.

— É. Eu não gostava muito delas.

— Espero que não. Elas são demoníacas. — Tento manter minha voz o mais neutra possível.

Infelizmente, ela percebeu a minha reação de choque.

— Você lutava nelas.

— Costumava lutar.

— Por quê? — Ela fala quase sem mexer os lábios.

Balanço a cabeça.

— Isso faz parte do nosso acordo, meu bem.

Ela fica nervosa.

— *Não* me chame de "meu bem". — Sua voz é baixa, mas intensa.

— Desculpe.

— Tudo bem. É que o Dan...

— Eu sei. Eu ouvi. — Afasto-a novamente para que possamos nos olhar. — Mas você não me respondeu. Você está com medo de mim?

— Eu respondi. Disse que um pouco. Tenho medo do que você pode fazer. Digo, eu me sinto segura ao seu lado. Eu sei que você nunca me machucaria.

Tomo o rosto dela nas minhas mãos. É muito íntimo, muito afetuoso, muito cedo. Mas não consigo evitar.

— É exatamente o oposto. Eu irei protegê-la. Dos outros e de você mesma. Sempre.

— Por quê? — ela diz, quase inaudível.

— Porque eu quero. Porque... — Eu luto para encontrar as palavras certas. — Porque você merece, você precisa.

— Não, não mereço nem preciso.

— Merece e precisa, *sim*.

Ela balança a cabeça.

— Não, não mereço.

Eu suspiro, sabendo que não vou vencê-la na discussão.

— Cala a boca, Nell.

Ela ri, uma risadinha que soa como um sino que me faz sorrir entre os seus cabelos.

— Então, vai me levar para conhecer sua oficina?

— São quatro da manhã. Estamos em Tribeca e minha oficina é no Queens. O lado mais distante do Queens. Além do mais, eu estou sem carro. Vim a pé do bar até aqui.

— Você *andou* até aqui? Você é louco! Dá umas vinte quadras.

Encolhi os ombros.

— Eu gosto de andar.

— Então vamos pegar um táxi.

— Você quer mesmo ver minha oficina?

— Quero. E não quero mesmo ficar aqui dentro.

Ela treme novamente com a lembrança.

— Bom, então você vai precisar vestir uma calça.

Ela ri de novo, do mesmo jeito, e eu decido chamar aquela risada de "Fada Sininho".

— Que isso! Calças são para mariquinhas. — Ela sai correndo e entra no quarto. — Sem espiar dessa vez, seu tarado.

— Então feche a porta, sua boba.

A porta bate e eu acho graça. Fico feliz por ela conseguir rir. Significa que ela está enfrentando a dor. Sei que boa parte está internalizada. Em breve ela fará novas cicatrizes nos punhos.

Ela sai do quarto com uma calça jeans e uma camisa roxa com gola em V. Tenho de me forçar para não ficar encarando. Ela não precisa do meu desejo agora. Talvez nunca venha a precisar. Ela pega a bolsa do balcão, onde a apoiei para limpá-la.

Estendo minha mão para ela.

— Venha cá, Sininho.

Ela pega a minha mão, e para por um instante quando ouve o apelido.

— Sininho?

— Seu riso. Aquela risadinha que você faz. Ela me lembra a Fada Sininho. — Eu encolho os ombros.

De repente, ela faz a risada de novo sem querer, e leva a mão à boca.

— Caramba. Agora você vai me deixar sem graça. Mas pode me chamar de Sininho.

— Não fique sem graça. Eu acho bonitinho.

Ela entorta o nariz para mim ao trancar a porta.

— Bonitinho? Isso é uma coisa boa?

Levanto uma sobrancelha para ela.

— Existem muitas palavras na minha cabeça quando penso em você. Mas, por ora, fiquemos com bonitinho que é melhor.

— O que isso significa? — Ela segura na minha mão, no estilo platônico, palma com palma.

Sinalizo para um táxi e ele para. Digo o endereço e observo o motorista inseri-lo no GPS. Quando o carro começa a andar, com aquela música árabe de fundo, viro-me para Nell.

— Tem certeza de que quer perguntar isso?

Ela levanta o queixo.

— Sim.

— Você é muitas coisas, Nell Hawthorne. Você é complexa. Você é fofa. Você é amável. Você é engraçada. Você é forte. Você é linda. — Ela parece lutar com as palavras e emoções, mas continuo a lista. — Você é torturada. Você é magoada. Você é maravilhosa. Você é talentosa. Você é sexy pra cacete.

— Sexy pra cacete? — Ela tomba a cabeça para o lado, com um pequeno sorriso no canto dos lábios.

— Isso aí.

— Isso seria mais ou menos que sexy pra caramba?

— Mais, muito mais.

Ela acena com a cabeça.

— Você é um doce, mas acho que não enxergamos a mesma pessoa quando olhamos para mim.

— Talvez seja verdade. — Olho para nossas mãos dadas, então volto a olhar para os olhos dela. Mexo os dedos, entrelaçando os meus com os dela. — O que você vê quando olha para si mesma?

— Fraca. Medrosa. Bêbada. Nervosa. Feia. Fujona. — Ela vira o rosto e olha ao longe. — Eu não vejo nada. Ninguém.

Sei que não existem palavras para mudar o que ela sente, então não digo mais nada. Apenas seguro a mão dela e deixo o silêncio pairar entre nós durante o trajeto.

Em dado momento, ela se volta para mim e pergunta:

— Por que você não discute comigo quando falo essas porcarias? Por que não tenta me convencer do meu valor e de toda aquela baboseira?

— Funcionaria? — pergunto. Ela quase fecha os olhos e balança a cabeça. Eu encolho os ombros. — Bom, viu só?! É por isso. Posso dizer o que vejo, posso dizer o que sei sobre você, posso dizer o que sinto por você. Posso mostrar o que você realmente é. Mas discutir com você não vai levar a lugar algum. Acho que já tivemos gente demais tentando nos consertar. Não é assim que a banda toca. Apenas nós mesmos podemos nos consertar, nos curar.

— Mas eu não sou nada daquilo que você disse que eu sou. Não sou. E não consigo me curar. Não consigo... não consigo ser consertada.

— Está comprometida a ser miserável para o resto da vida?

— Que merda, Colton. Por que está fazendo isso? Você não me conhece.

— Mas quero conhecer. — É a resposta para as duas afirmações dela.

Capítulo 8

Sofrimento Fermentado

Chegamos à oficina, uma velha garagem com a porta voltada para um beco, com um pequeno apartamento na parte de cima. Tiro as chaves do bolso, abro a porta de correr da oficina e acendo as luzes.

O chão é de concreto manchado e com rachaduras; luzes fluorescentes, penduradas e cintilantes, enroscadas em grades tortas; pilhas e mais pilhas de ferramentas vermelhas e prateadas nas paredes; bancadas com mais ferramentas penduradas em ganchos; correntes presas ao teto com motores suspensos; a carcaça de um Mustang Shelby GT 1966; alguns imensos latões de lixo de plástico cinza e cinzeiros cheios de bitucas, garrafas de cerveja largadas e caixas de pizza vazias...

— Não é muita coisa, mas é meu. — Eu rio. — Não é nada demais *mesmo*. Nem acredito que trouxe você aqui. É tão sujo e feio.

De certo modo, é a primeira vez que vejo aquele lugar de verdade. Nunca trouxe nenhuma garota aqui antes. Já levei algumas garotas para o meu apartamento, mas elas nunca quiseram ver a oficina; só estavam interessadas na cama. Olho em volta e vejo o que ela deve estar vendo.

Então ela me surpreende.

— Adorei! Tem um quê de... casa. É um lugar que você deve amar muito.

Olho para ela e digo:

— É *casa*. Eu posso dormir lá em cima, mas essa garagem é a minha casa. Mais do que você imagina.

Penso nas tantas vezes que passei a noite aqui no chão, num saco de dormir, onde hoje está o Mustang, antes do meu apartamento ser reformado o suficiente para ser habitável. Comprei esse lugar por uma ninharia, porque estava um lixo. Rejeitado, abandonado, indesejado. Como eu. Eu consertei tudo. Fiz do meu jeito.

Ela solta a minha mão e sai para desbravar o lugar, abrindo gavetas e examinando as ferramentas, que parecem volumosas, esquisitas e sujas naquelas mãos limpas e delicadas. Ela sempre coloca as ferramentas no mesmo lugar de onde as tirou. Eu me pergunto se ela sabe como sou paranoico com essa coisa de devolver as coisas para o mesmo lugar ou se ela apenas está sendo educada. Provavelmente seja apenas educação. Realmente, nós não nos conhecemos. Ela não teria como saber sobre o meu TOC com as ferramentas.

— Me mostra o que você faz — diz ela.

Encolho os ombros e aponto para o motor.

— Aquele motor ali. — Ando até ele e passo o dedo pela abertura do pistão. — Comprei esse aqui num ferro-velho há algumas semanas. Estava enferrujado, sujo, detonado, basicamente. Estava num carro velho que tinha sofrido um acidente, com a traseira toda destruída. Um Barracuda 1977. Peguei o motor, consertei as partes que podiam ser consertadas, substituí aquelas que não havia como consertar. Desmontei ele todinho, até as menores partes.

Levanto a lona que está sobre uma mesa larga e comprida que fica no canto da oficina, mostro um motor todo desmantelado, cada parte disposta num padrão muito específico.

— Assim. Depois coloco tudo de volta, uma peça por vez, até que as partes estejam em seu devido lugar. Está quase pronto. Só preciso instalar mais algumas partes e está pronto para ser colocado num carro.

Ela olha da mesa para o motor que acabei de remontar.

— Quer dizer que você transformou aquilo... — ela aponta para as peças na mesa —, *naquilo*?

Encolhi os ombros.

— Isso. São motores completamente diferentes, mas sim.

— Que coisa incrível! Como você sabe onde se encaixam todas aquelas partes? Como consertá-las?

Eu rio.

— Muita experiência. Agora eu sei como é porque já fiz e refiz milhões de vezes. Todos os motores são praticamente iguais, com apenas pequenas diferenças que tornam cada motor único. Eu desmontei meu primeiro motor quando eu tinha... treze anos? É claro que quando terminei de desmontá-lo, não consegui remontá-lo, mas isso faz parte do processo de aprendizado. Remendei aquele maldito motor durante meses, tentando descobrir como ele funcionava, quais partes iam onde, o que elas faziam e como colocá-las no lugar certo. No fim, consegui montar e colocar aquela geringonça para funcionar de novo, mas levei mais ou menos um ano, mexendo todos os dias, para entender como ele era montado. Fiz o mesmo processo várias vezes seguidas, até não precisar mais parar para pensar no que viria depois.

Ela balança a cabeça.

— Onde conseguiu esse motor?

Olho para o teto, tentando me lembrar.

— Humm... acho que o comprei do meu professor de mecânica no colégio. Economizei meses de mesada. — Ela ainda parece confusa, e eu rio. — Eu tive um tutor no colégio, logo após o fim do primário. Um dia, eu caminhava pela oficina e vi o motor, e alguma coisa estalou em mim quando vi o instrutor de mecânica, o sr. Boyd, mexer nele. Ele acabou se tornando um dos meus melhores amigos até eu me mudar para cá.

Nell me observa como se me visse pela primeira vez.

— Você teve um tutor?

Fico envergonhado, pois tive a esperança de ela não ter prestado atenção naquele detalhe.

— É... Eu não era muito bom nessa coisa de escola.

Eu me viro e jogo a lona para cobrir a mesa de novo, e a guio pela escada secreta que leva ao meu apartamento. É a minha maneira educada de dizer que não quero falar sobre aquilo, e ela entende a mensagem.

Dizer que eu não era muito bom nessa coisa de escola é pouco, mas ela não precisa saber disso. Espero evitar o assunto ao máximo.

Meu apartamento não é grande coisa. Uma cozinha na qual mal consigo entrar — bom, não dá para abrir o forno e o armário oposto ao mesmo tempo, não que eu use o forno, mas ainda assim —, uma sala, na qual posso praticamente tocar as quatro paredes, ao ficar parado no centro, e um quarto que tem a minha cama *queen-size* e nada mais. Todas as minhas roupas ficam no armário situado na sala, e o armário também dobra de tamanho quando assisto à TV. Não que eu veja muita TV.

Estendo o braço num gesto que apresenta o apartamento.

— É ainda menor que a oficina, mas é o meu lar. Eu até ofereceria um tour de dez centavos pela casa, mas eu teria de devolver nove centavos e meio.

Ela ri a risada Sininho, e meu coração se enche de felicidade. Mas mesmo com toda a normalidade, as perguntas, o interesse, posso vê-la lutando para encontrar paz. Ela esconde bem os sentimentos; parece até profissional no assunto. As coisas estão enterradas e bloqueadas bem lá no fundo, abaixo da superfície.

Respeito muito o esforço dela para ficar bem. Só queria que ela me deixasse mostrá-la como relaxar, como se deixar magoar. Quero tirá-la daquela dor.

Ela se joga no meu sofá e vejo o cansaço dela em seus olhos e em sua postura. Deixo que ela se sente no sofá, recoste a cabeça e estique as pernas. Para evitar que meu quarto não pareça um chiqueiro, eu troco os lençóis e coloco um cobertor extra, depois volto e digo que ela pode dormir na minha cama. Ela já dorme na mesma posição em que se sentou. Carrego-a facilmente. Ela é leve como uma pena, como uma fada de verdade, feita de vidro e mágica, feita de porcelana frágil e força enganosa. Ponho Nell na cama, cubro-a e, depois, entro em um debate interior se tiro ou não as calças dela.

Só pensando em mim, decido fazer isso por ela. Eu sei que detesto dormir com calças, então não consigo imaginar que ela possa gostar. Abro o botão, desço o zíper, seguro no jeans na altura de seus quadris e puxo. Ela se retorce, levanta o bumbum e consigo puxar até os joelhos. A visão de suas coxas e de sua pele pálida é quase impossível de resistir, principalmente com aquela minúscula calcinha amarela que quase não disfarça o belo V no qual quero, desesperadamente, enterrar meu rosto, meu corpo. Não consigo deixar de traçar com os dedos uma linha por suas coxas, só um toque breve, mas já foi muito. E nem chega perto de ser o bastante.

Eu me afasto e esfrego com as mãos o meu rosto, meu cabelo e luto para me controlar.

Viro-me novamente de frente, fecho os olhos e tiro o restante de seu jeans.

Durante o processo de terminar de tirar a calça, ela fala, tonta, sonolenta e absurdamente linda.

— Você já me viu de calcinha. Por que ficar tímido agora?

Levo os cobertores até seu pescoço e ela os aperta contra si com os cotovelos, olhando para mim com aqueles longos cílios e seus cabelos loiros emaranhados que cruzam seus traços perfeitos. Saio de perto rapidamente antes que eu ceda à tentação de alisar seu cabelo com meus dedos calejados. Não consigo ler a expressão em seu rosto. Ela parece vulnerável pra cacete, como se toda a dor voltasse à tona, fervendo dentro dela, e ela mal conseguisse suportar, agora que estava caindo de sono.

— Foi muito idiota da minha parte — eu digo. — Não deveria ter feito isso. Você estava dormindo, eu não queria...

— Foi fofo — ela diz, interrompendo minhas desculpas.

— Sou muitas coisas, Sininho. Fofo não é uma delas. — Esfrego minha mão no cabelo, demonstrando nervosismo. — Só fechei meus olhos para não comer você enquanto dormia.

Ela arregala os olhos.

— Você queria me comer?

Não consigo conter o riso, sem acreditar no que acabei de ouvir; ela não compreende o quanto eu a desejo. Bom para ela. Ela não pode saber.

Chego mais perto dela, ao lado da cama, e não consigo juntar forças para resistir. Um fio de cabelo cruza seu rosto, acima da bochecha. Passo a mão em seu rosto para tirá-lo e condeno mentalmente minha fraqueza.

— Você não faz ideia, Nell. — Afasto-me antes que minha boca ou minhas mãos me traiam. — Durma e pense no azul.

— Pensar no azul? — ela resmunga, sem entender.

— É uma técnica que aprendi para evitar pesadelos — conto a ela. — Todos os dias, antes de dormir, eu penso na cor azul. Não em coisas com a cor azul, apenas... em um infinito e abrangente azul. Oceano azul, céu azul.

— Azul como os seus olhos. — Sua voz é uma indecifrável ternura.

Balanço a cabeça, dando um pequeno riso maroto.

— Se isso tranquilizar você, então fique à vontade. O negócio é pensar numa cor calmante. Imagine-a penetrando sua pele, entrando em você, envolvendo você, até que você *seja* a própria cor. — Encolho os ombros. — Pelo menos foi isso que me ajudou.

—Você costuma sonhar com o quê? — Os olhos dela estão acordados e penetrantes.

Levanto e apago a luz, afastando meu rosto do dela.

— Nada com que você precise se preocupar. Coisas ruins. Coisas antigas. —Viro novamente para vê-la e seus olhos estão pesados de novo. — Durma, Nell.

Fecho a porta e vou para a cozinha. São quase cinco da manhã a essa altura e me sinto absurdamente exausto. Ontem eu acordei às sete para terminar a restauração de um Hemi, e o pessoal vai chegar para começar a mexer no Mustang por volta das oito. Acabo escrevendo um bilhete e o prendo no batente da porta, dizendo que não vou poder trabalhar hoje. Eles sabem o que fazer. Privilégios de ser o chefe. Subo as escadas me arrastando e me jogo no sofá, com os olhos pesados, mas o cérebro a mil.

Não há como dormir com a mente a essa velocidade. Suspiro reclamando, tentando afugentar as imagens das coxas de Nell, implorando para serem acariciadas. Não funciona.

Momentos de desespero requerem medidas desesperadas. Na primeira gaveta do meu armário fica uma pequena caixa branca de remédios. Sempre a tenho em mãos em momentos como esse, quando não consigo dormir, não consigo parar de pensar. É um remanescente dos velhos tempos. Enrolo um pequeno baseado e o fumo bem devagar, saboreando. Raramente fumo erva, hoje em dia. Para ser sincero, não me lembro da última vez que fumei.

Parei de beber como um louco, parei com o cigarro, parei de fumar maconha, deixei um monte de porcaria para trás quando decidi endireitar minha vida. Mas muito de vez em quando, um pouco de erva é necessário. Apago a brasa com o dedo e guardo o *kit*. Enfim deito no sofá, apagando aos poucos, quando ouço uma voz.

Um gemido cansado e estridente. Um barulho esquisito, tenso e amedrontado. Como se ela estivesse lutando com todas as suas forças para não chorar, travando os dentes. Vejo que ela se debate e depois se encolhe em posição fetal.

E num abrir e fechar de olhos, entro no quarto e a pego em meus braços. Ela se deita no meu colo, se apoia no meu peito acomodando-se perfeitamente em meus braços. Ela treme de medo e nervosismo, com todos os músculos contraídos. Puxo seu cabelo para trás com os dedos, pouso a mão em seu rosto e sinto a tensão na mandíbula. O barulho vem de dentro dela, sua alma está sendo corroída pelo passado. Isso corta o meu coração. Acaba comigo.

— Nell. Olhe para mim. — Levanto o queixo dela e ela recua com violência, enfiando o rosto no meu peito, como se quisesse penetrar minhas costelas e se esconder entre o coração e os pulmões. — Tudo bem. Não olhe para mim. Mas me ouça.

Ela sacode a cabeça e seus dedos cravam tão fundo no meu bíceps que sei que ficarei com hematomas mais tarde. Ela é muito forte.

— Não está tudo bem — digo a ela. Isso atrai sua atenção; não era o que ela esperava. — Você não tem de estar bem.

— O que você *quer* de mim? — A voz dela está cansada e desesperada.

— Quero que se permita sofrer. Deixe a dor tomar conta.

Ela balança a cabeça de novo.

— Não posso. Se deixar a dor sair, ela nunca vai parar.

— Vai sim.

— Não, não vai. Não vai. É muita dor. — Ela vibra os lábios, inspira rapidamente e nega com a cabeça. — Nunca vai parar de sair de mim, e depois vou ficar vazia.

Ela tenta se afastar de mim e eu deixo. Ela se joga da cama, caindo de quatro no chão, e se arrasta até o banheiro. Eu a ouço vomitar e reprimir o choro. Levanto e a observo da porta. Ela crava as unhas nos braços com tanta força que vejo gotas de sangue escorrendo pelas mãos.

Dor substituindo dor.

Fico na frente dela, tomo seu queixo em minhas mãos e a forço a olhar para mim. Ela fecha os olhos e me empurra. O sangue que escorre de sua carne me faz entrar em pânico. Não posso vê-la se machucar daquele jeito. Luto contra suas mãos, mas ela não larga; e quando a puxo, ela se fere ainda mais.

Preciso saber o que está acontecendo com ela. O que a corrói por dentro.

— Conta para mim — sussurro essas palavras em seu ouvido sem pestanejar, na escuridão do banheiro, enquanto o alvorecer cinzento infiltra-se através de uma vidraça suja.

— Ele está morto.

— Não é o bastante.

— É tudo.

Suspiro profundamente e observo os seus cabelos. Ela percebe e olha para cima com os olhos vermelhos. Tristes, amedrontados, raivosos.

— Não me venha com essa lenga-lenga, Nell. — As palavras são muito agressivas, e sinto por ter falado aquilo, mas continuo. — Fala para mim.

— *Não!* — Ela me empurra tão forte que eu caio para trás.

Em seguida, ela se joga para trás, se encolhe na frente da privada, ao lado da banheira. Eu me ajoelho e me aproximo devagar, como se quisesse acudir um pássaro ferido. É isso mesmo o que faço. Ela crava as unhas nas coxas, deixando marcas vermelhas de arranhão. Seguro as mãos dela para impedi-la. Deus, como ela é forte. Dou outro suspiro e então tomo-a novamente nos braços, carregando-a para o quarto.

Coloco-a na cama, depois de embalá-la, e me cubro junto com ela, aconchegando sua cabeça em meu peito, segurando-a com força, prendendo seus punhos com uma das mãos.

Ela está travada, tensa. Respiro lenta e profundamente, acaricio seus cabelos com a minha mão livre. Pouco a pouco ela começa a relaxar. Conto sua respiração, sinto o ar entrar e sair, então ela se solta em cima de mim, dormindo, dando pequenos espasmos à medida que mergulha no sono profundo.

Espero, continuo acordado, sabendo o que vem por aí.

Ela geme, contorce o corpo e começa a reclamar; então ela acorda e faz de novo aquele maldito gemido estridente com a garganta. Seguro-a firme e me recuso a soltá-la. Ela luta contra mim, acordando.

— Me solta! — ela rosna.

— Não.

— Me deixa em paz, Colton. — A voz dela está minguada, amedrontada, vulnerável e veemente.

— *Você* é que precisa se deixar em paz.

— Por quê? — Ouço um nó em sua garganta.

— Porque apegar-se a isso está matando você.

— Ótimo. — Ela continua se debatendo em meus braços.

— "Há uma escassez de seios perfeitos neste mundo. Seria uma pena se arruinasse os seus."

Ela para de me empurrar e começa a rir.

—Você acabou de citar *A Princesa Prometida*?

— Possivelmente...

Ela ri, mas o seu riso se transforma num soluço, que ela rapidamente prende na garganta.

Eu suspiro.

— Muito bem. Que tal eu começar? — Não queria mesmo fazer aquilo. — Quando cheguei em Nova York, eu tinha dezessete anos. Tinha cinco dólares no meu bolso, uma mochila cheia de roupas, um pacote de biscoitos, uma lata de Coca-Cola e nada mais. Não conhecia ninguém. Só tinha um diploma do colegial mal cursado, e sabia que podia consertar qualquer motor que colocassem na minha frente. O primeiro dia depois que desci do ônibus, passei procurando oficinas mecânicas, tentando encontrar um emprego. Ninguém me deixava nem tentar. Eu não comia há dois dias. Dormi num banco do Central Park naquela noite, pelo menos até os policiais me tirarem de lá.

Sinto que prendi a atenção dela agora. Ela ainda está nos meus braços, olhando para mim. Falo com o teto, pois os olhos dela são muito intimidadores.

Então continuo:

— Quase morri de fome, para falar a verdade. Não entendia nada da vida. Cresci rodeado de privilégios, você conhece o meu pai, sabe como eles são ricos. Nunca cheguei a ter de cozinhar ou lavar minhas roupas. De repente, me vejo sozinho nessa cidade insana, onde ninguém liga para ninguém. É um engolindo o outro.

— Como você sobreviveu?

— Entrei numa briga. — Eu ri. — Eu tinha encontrado um lugar legal para dormir embaixo de uma ponte. Então um velho mendigo se aproximou e disse que aquele lugar era dele e que era para eu ir embora. Bom, eu não dormia direito há dias, e eu não estava nem um pouco a fim de sair dali. Aí começamos a brigar. Foi uma luta desajeitada e esquisita, já que eu estava faminto, cansado e com medo, e ele era velho e durão, mas eu acabei vencendo. Acontece que tinha um cara vendo tudo de longe. Ele chegou e perguntou se eu queria ganhar cem pratas. Não pensei duas vezes. Ele me levou para um velho armazém que ficava num lugar de merda que eu nunca tinha visto na vida. Acho que era um beco em Long Island. Ele me deu comida e uma cerveja gelada. Depois daquilo, eu era um novo homem. Em seguida, ele me levou para o porão desse armazém, onde tinha um monte de gente formando um círculo, gritando e tal. Ouvi os sons de uma luta.

Nell engasga e vejo nos olhos dela que ela já sabe onde isso vai parar.

— É. Eu venci. O cara com quem eu lutei era gigante, mas lerdo. Eu tinha me metido em várias encrencas no colégio, então eu sabia como me virar. Aquele cara só era grande e forte, mas sem nenhuma técnica. Lutei três vezes naquela noite, uma atrás da outra. Levei uma surra feia na última, mas consegui ganhar. Ganhei quatrocentos dólares, e foi assim que eu comecei. Foi aí que eu conheci o Split. Ele me viu numa das lutas e me ofereceu uma espécie de emprego. Disse que precisava de alguém que o protegesse, cobrasse as dívidas, botasse medo nos outros. Bom, eu sabia meter medo nos outros. Então fui trabalhar com o Split... pois é, não era bem um campeonato de luta. Intimidação na maior parte das vezes. Tinha gente que devia a ele favores, devia drogas... Eu estava lá para resolver qualquer problema. Foi assim que eu acabei entrando para Os Cinquenta e Um Bispos.

— Uma gangue?

— Sim, Nell, uma gangue — disse, suspirando. — Eles eram a minha família. Meus amigos. Eles me alimentavam e me davam uma cama para dormir. Eles me davam bebidas, erva para fumar e garotas para transar. Desculpe, mas é a verdade. Não tenho orgulho de nada do que fiz, mas esses caras eram bem unidos. Honrados do jeito deles, pelo menos a maioria. Eles jamais me traíram, não importava o que fosse. Simplesmente me davam apoio, sem fazer perguntas. Até hoje, anos depois de ter saído desse mundo, vivendo de forma limpa e honesta, dono do meu próprio negócio, se eu precisar de alguma coisa, eles virão, e sem vacilar farão o que eu pedir.

— Como o Split hoje.

— Exatamente. — Concordo com a cabeça.

— Agora me diz a verdade, Colton. Para onde ele levou o Dan?

Encolho os ombros.

— Sinceramente, não faço ideia. Eu falei que não queria saber. Disse ao Split que não queria um morto na minha consciência, mas também não queria que você precisasse se preocupar com o Dan, nunca mais. Então, esqueça ele.

Paira um longo silêncio e eu sei que ela está formulando uma pergunta.

— E você?

— Eu o quê?

— Tem mortos na sua consciência?

Prefiro não responder.

— Isso importa?

— Sim. Para mim, importa.

— Tenho. Tenho sim. — Fico quieto por um longo momento. — Você não entende aquela vida, Nell. Não tem como. Era uma questão de sobrevivência.

— Acho que dá para entender.

— Mas?

Ela suspira.

— Não entendo por que veio para cá sozinho, sem dinheiro nenhum. E a faculdade? Por que os seus pais não ajudaram você? Eles sabem como você sobreviveu?

Balanço a cabeça e olho para os ossos dos meus dedos.

— Essa é uma conversa para outro dia.

— Minha vez?

— Sim — eu digo. — Sua vez.

— Você conhece a história, Colton. Kyle morreu.

Resmungo baixo.

— Tem mais coisas aí. — Levanto seus punhos e aponto para as cicatrizes. — Não é o bastante para fazer *isso*.

Ela fica quieta por tanto tempo que acho que ela dormiu. Enfim ela fala, mas era um sussurro sério. Mal respiro para não interrompê-la.

— Fomos para o norte. Para a cabana dos seus pais. Vínhamos namorando há mais de dois anos e ficamos animados com a ideia de tirar umas férias juntos, como adultos. Os nossos pais convocaram uma reunião para falar comigo e com o Kyle sobre precaução, apesar de estarmos transando há quase dois anos, na época. Havia uma espécie de "dito pelo não dito". Sei lá. Mas nós nos divertimos muito. Nadamos, fizemos uma fogueira, transamos muito. Eu... ai, meu Deus... eu não consigo.

Ela luta com unhas e dentes contra suas emoções. Enfio os dedos em seus cabelos e faço um cafuné nela. Então ela continua, com voz baixa, mas um pouco mais forte:

— Domingo, o último dia, caía uma tempestade daquelas. Chovia tanto que não dava para ver nada, e ventava muito. Eu nunca tinha visto ventos como aqueles, jamais. Os pinheiros imensos que cercavam a casa quase se dobravam ao meio.

Ela faz uma pausa, respirando ofegante, como se estivesse exausta, e então continua com uma voz muito mais suave e vulnerável.

— Uma árvore caiu. Deveria ter me acertado... quase me acertou *para valer*. Vi o galho caindo na minha direção e não consegui me mexer. Em alguns dos pesadelos, essa é a cena que vejo, repetidas vezes, a árvore vindo até mim. Esses são os pesadelos mais leves. Uma fração de segundo antes do galho me acertar, Kyle me tirou do caminho. Digo, ele pulou na minha direção, como um bom jogador de futebol. Chegou a me tirar do chão. Caí em cima do braço. Não me lembro do momento em que bati no chão, mas lembro de levantar com uma dor absurda e ver pedaços de ossos saindo pelo meu antebraço, o osso entortou quase noventa graus. — Mal ouço as palavras seguintes. — Eu deveria ter morrido. Ele me salvou. A árvore caiu nele. Acabou com ele. Ela o destruiu. Um galho quebrado que... o atravessou. Ainda vejo o sangue saindo por sua boca... borbulhando em seus lábios, como espuma. A respiração dele... parecia um apito. Ele... eu o vi morrer. Eu nem sequer sabia o endereço da casa, e ele, ele que me falou o endereço enquanto morria à espera da ambulância, que só chegou lá depois que ele já estava morto. Arranquei todas as unhas da mão tentando tirar aquela merda de árvore de cima dele. Virei ainda mais o osso do meu braço quando caí na lama. Essa é a pior lembrança que tenho: cair na lama e vê-lo morrer. Ver... ver a luz dos olhos dele se apagar. Aqueles lindos olhos cor de chocolate que ele tinha. Suas últimas palavras foram "Eu amo você".

Não ouso falar. Ela treme tanto que parece ter uma convulsão. Parece que vai desmaiar a qualquer momento.

— A outra coisa que eu vejo todas as noites é o sapato dele. Nós fomos jantar num restaurante italiano chique. Ele usava um sapato social. Couro preto. Com umas franjinhas ridículas na frente. Eu odiava aquele sapato. Quando a árvore caiu, bateu nele com tanta força que arrancou o sapato do pé dele. Vejo aquele sapato na lama. Besuntado de lama, igualzinho a cocô. Sempre vejo aquele sapato de franjinha ridículo.

Agora eu preciso falar. Sei que ela vai ficar furiosa, mas preciso dizer.

— Não foi culpa sua.

— *NÃO FALA ISSO! VOCÊ NÃO SABE DE MERDA NENHUMA!* — Ela berra tão alto em meu ouvido, que ele começa a zunir.

— Então me conta o resto — eu sussurro.

— Não posso. Não posso. Não posso. — Ela balança a cabeça, mexe de um lado para o outro, recusa-se a ceder. — Foi minha culpa. Eu o matei. — Primeiro um soluço, depois veio outro mais forte.

— Que nada. Ele salvou você. Ele amava você. Você não o matou.

— Você não entende. Eu o matei sim. Nós estávamos discutindo. Se eu tivesse dito sim, ele estaria vivo. Você não entende. Você não... não... Não tem como você saber. Ninguém sabe. Se eu tivesse dito sim, ele estaria vivo. Mas eu disse não.

— Dizer sim para quê?

Tremendo em meio a respirações entrecortadas, ainda negando a se entregar àquele sofrimento, ela murmura palavras; palavras que a farão se abrir, de uma vez por todas.

— Ele me pediu em casamento. E eu disse não.

— Você tinha dezoito anos.

— Eu sei. Eu sei! Por isso que eu disse não. Ele queria que eu fosse a Stanford e eu queria ir para Syracuse. Eu iria para Stanford com ele, só para estar ao lado dele, mas... Eu não podia me casar com ele. Eu não estava pronta para ficar noiva. Para me casar.

— Totalmente compreensível.

— Você não entende, Colton. Você não... não tem como entender. — Mais soluços, e agora as palavras saem por partes. — Ele fez o pedido dentro do carro. Eu saí de lá, irritada por ele não entender os meus motivos. Ele me seguiu e ficou discutindo comigo parado na garagem; eu fiquei na varanda. Foi uma questão de minutos: ele na garagem, eu na varanda. Nós deveríamos ter entrado, mas não entramos. A chuva tinha parado, mas o vento aumentou ainda mais. Eu ouvi a árvore quebrar. Parecia um tiro de canhão.

— Você não o matou, Nell. Não matou. Ter dito "não" não quer dizer que...

— Cala a boca. Apenas... *cala a boca*. Eu disse não. Ele achou que era porque eu não o amava, e nós ficamos um tempão lá fora, no caminho da árvore. Se eu tivesse aceitado, teríamos entrado juntos e a árvore não teria acertado nenhum de nós. Nem eu, nem ele. Ele estaria vivo. Eu hesitei e ele morreu. Se eu não tivesse travado, se eu tivesse saído da frente... um pulo para a esquerda ou para a direita. Eu poderia. Mas eu travei. E ele me salvou... e ele... ele morreu. Ele morreu e é tudo culpa minha.

— Não é.

— CALA A BOCA! — Ela grita dentro do meu peito. — Eu o matei. Ele se foi e é culpa minha... culpa minha. Eu quero ele de volta. — Esse último suspiro foi a gota d'água, e sinto, finalmente, lágrimas molhando o meu peito.

No início, são silenciosas. Talvez ela esteja esperando ser punida por sua fraqueza. Eu não acho que ela mereça isso. Eu a seguro. Eu não digo que está tudo bem.

— Fique irritada — eu digo. — Sinta dor. Sofra. Chore.

Ela balança a cabeça de um lado para o outro, num gesto de negação, fugindo inutilmente. Digo inutilmente, porque ela já está chorando. Primeiro, ouço o grito estridente que vinha lá da garganta. Muito agudo.

Uma vez, vi um filhote de gato ao lado da mãe. A mamãe gata estava morta, de velhice ou algo parecido. Sei lá. O gatinho dava pequenas patadas no ombro da mãe e miava com um som incessante, que dava muita pena. Era o som que dizia: *o que eu faço agora? Como vou viver? Como posso seguir em frente?*

É exatamente esse som que emana de Nell. Mas infinitamente pior. É de cortar o coração, mal consigo respirar tamanha a dor provocada em mim ao ouvi-la. Porque também não posso fazer nada a não ser abraçá-la.

Ela começa a se mexer no meu braço, e aperta com tanta força meus ombros que acabará por arrancar a minha pele, mas eu não ligo, porque, pelo menos, ela não está se machucando. Agora são soluços longos e entrecortados que destroem seu corpo inteiro, e imagine: são dois anos de lágrimas reprimidas que escapam de uma só vez. É violento.

Nem sei por quanto tempo ela está soluçando. O tempo deixa de passar, e ela chora, chora, chora. Ela me agarra e faz sons de como se sua alma estivesse sendo rasgada ao meio, um luto, um sofrimento, há muito tempo ignorado.

Sofrimento fermentado é muito mais potente.

A camisa gruda na minha pele por causa das lágrimas. Meus ombros estão machucados. Estou dolorido por tê-la segurado, sem me mover por tanto tempo. Também estou exausto. Nada disso importa. Vou segurá-la até ela desmaiar.

Enfim, os soluços diminuem, e ela só chora suavemente. Agora é hora de reconfortá-la.

Só conheço um jeito: cantando.

"Acalme o choro, minha criança.

Não deixe a tristeza tomar conta.

Agora passou.

Agora passou.

Não chore mais, enxugue os olhos.

Enrole a dor, ponha-a no chão e deixe os pássaros comerem.

Não sofra mais, minha criança.

Aguente firme e pegue a estrada, siga em frente e deixe a dor para trás.

Não está tudo bem, não está nada bem.

Eu sei, eu sei.

A noite é longa, é escura, é cruel.

Eu sei, eu sei.

Você não está só. Você não está só

Você é amada. Você é querida.

Acalme o choro, minha criança.

Agora passou.

Agora passou.

Aguente firme só mais um dia.

Aguente firme só mais uma hora.

Alguém virá te ajudar.

Alguém vai te abraçar.

Eu sei, eu sei.

Não está tudo bem, não está nada bem.

Mas se você aguentar mais um pouco,

Mais um dia, mais uma hora.

Vai ficar. Vai ficar."

Nell fica em silêncio, olha para mim com seus olhos verdes, como ardósia. Ela ouviu cada palavra, ouviu a súplica de uma criança perdida.

— Você escreveu? — ela pergunta. Confirmo, em um menear da cabeça, esfregando o queixo em seu cabelo. — Para quem?

— Para mim.

— Nossa, Colton. — A voz dela está rouca de tanto chorar, áspera. Sexy. — É tão triste.

— Era como eu me sentia na época. — Encolho os ombros. — Não tinha ninguém para me reconfortar, então escrevi uma música para eu mesmo me acalmar.

— E funcionou?

Eu bufo com o absurdo da pergunta.

— Quando eu cantava muitas vezes, eu acabava dormindo, então sim, mais ou menos.

Finalmente, baixo a cabeça e olho nos olhos dela. Cometo um erro. Ela está com os olhos arregalados, atentos, cheios de sofrimento, tristeza e compaixão. Não pena. Eu perderia as estribeiras se eu visse pena nos olhos dela; assim como ela, se visse nos meus.

Compaixão e pena não são iguais: pena é olhar "para baixo" para uma pessoa, com um sentimento de piedade por ela, sem nada oferecer para ajudar; compaixão é ver a dor e retribuir com compreensão.

Meu Deus, ela é linda demais. Perco-me em seus olhos, não consigo parar de olhar para eles. Seus lábios, vermelhos, rachados, fazendo biquinho, como se implorassem para serem beijados, estão muito próximos para que eu ignore. De repente, lembro que o corpo dela pesa sobre o meu; seus seios fartos estão comprimidos contra mim; sua perna, com uma coxa forte, pálida como a neve, está enlaçada com a minha. Sua mão, com longos dedos levemente curvados, descansando no meu ombro e sinto choques toda vez que ela toca minha pele. Não consigo respirar. Literalmente, minha respiração está presa na garganta, bloqueada pelo meu coração, que agora resolve se instalar na altura da minha traqueia.

Quero beijá-la. Eu preciso beijá-la. Ou talvez jamais volte a respirar.

Como sou um canalha, eu a beijo. Ela merece toda a gentileza do mundo, e meus lábios são como penas, como uma energia que a acariciasse. Sinto cada vinco e cada onda daqueles lábios; eles estão rachados e quebradiços de tanto chorar, de desidratação. Eu os umedeço com meu beijo; molho cada lábio separadamente. Primeiro o superior, acaricio, sinto seu gosto, sinto seu toque. Ela suspira.

Acho que não sou tão ruim assim, acho que ela também quer isso. Eu estava amedrontado de verdade, no início; ela vai pirar, vai me bater, vai sair correndo. Ela vai dizer que não tem estômago para beijar um monstro sanguinário como eu. Eu não a mereço, mas sou só um canalha, um maldito egoísta, então aproveito o máximo que posso com ela, e tento garantir que ela tenha o melhor tratamento possível.

Porém, ela não me beija de volta. Ela se mexe no meu corpo, os dedos curvados fincam no meu peito, mas sua boca? Ela apenas espera, e me deixa tomar a sua boca com a minha. Tomo o lábio inferior, sempre muito gentil. Minha mão, minha pata grosseira e calejada, raspa sua bochecha e alisa seu cabelo por trás da orelha. Ela me deixa à vontade. Menina boba. Deixar um bruto como eu beijá-la, tocá-la. Temo que a graxa embaixo das minhas unhas irá danificar a pele dela, e fico preocupado com o sangue que está impregnado nos meus ossos, achando que eles irão sair pelos meus poros e manchar sua pele de marfim.

Ela enfia o rosto na minha mão. Em seguida, abre sua boca na minha e me beija de volta. Oh, céus! Tipo, *caramba*, a menina sabe beijar mesmo. Minha respiração trava na garganta, e agora sai de mim de uma só vez, sem acreditar que ela permite que isso aconteça, que ela é parte ativa daquele momento.

Não sei por quê. Não que eu fosse um cara legal. Não sou bom. Eu só a segurei quando ela chorou. Não podia ficar ali sem fazer nada.

Termino o beijo antes que ele possa se tornar outra coisa. Ela só olha para mim, com os lábios levemente separados, úmidos como cerejas e muito, muito vermelhos. Puta merda, sou forçado a dar-lhe outro beijo, tenho de transparecer em meu beijo um pedaço da minha ânsia por sua beleza. Ela me retribui com o mesmo fervor, vindo para tão perto que ela, de repente, está em cima de mim, e ela não impede que minhas mãos desçam por seus cabelos, sua nuca, suas costas, pousem sobre a pequena elevação, um pouco acima de seu bumbum. Não ouso tocá-la ali.

Isso é insano. O que estou fazendo? Ela gritou até não aguentar mais e chorou por horas. Ela tenta encontrar conforto, tenta esquecer o que aconteceu. Não posso tê-la desse jeito.

Eu a afasto novamente e saio debaixo dela.

— Aonde você vai? — ela pergunta.

— Não consigo respirar quando você me beija desse jeito. Quando me deixa beijá-la. É que... eu não sou bom. Não sou bom para você. Eu estaria tirando vantagem de você. — Mexo a cabeça e me recuso a olhar para a confusão em sua expressão, a decepção. Recuo, apertando meus punhos cerrados, irritado comigo mesmo. Ela precisa de alguém melhor que eu.

Pego meu violão, tiro-o do *case* e vou até a escada enferrujada e barulhenta do lado de fora, que leva até o telhado, carregando comigo uma garrafa de Jameson. Jogo-me na poltrona reclinável azul, toda surrada pelo tempo, que deixei aqui para esse propósito, abro a tampa da garrafa e tomo um gole grande. Ponho o peso para trás e meus pés sobem, e observo a névoa rosa acinzentada do começo da manhã, com o violão sobre a barriga, dedilhando algumas cordas.

Enfim, exploro mais a melodia e começo a trabalhar na música que venho aprendendo: "The Girl", de City & Colour. Eu me arrependo na mesma hora, porque a letra me lembra de coisas que não mereço com Nell. Mas como é uma música hipnotizante, começo a devanear em suas notas e mal percebo que ela está subindo as escadas.

— Você é *tão* talentoso, Colton — ela diz, quando termino.

— Obrigado — digo, virando os olhos para trás.

Ela veste novamente a calça jeans e pega um dos meus violões reserva na mão. Há uma namoradeira surrada na cor laranja, perpendicular à minha poltrona, onde ela se senta de pernas cruzadas e apoia o violão em seu colo.

— Toque alguma coisa para mim — eu digo.

Ela encolhe os ombros de vergonha.

— Eu sou muito ruim. Só conheço algumas músicas.

Fico bravo com ela.

— Você canta como um anjo. É sério. Você tem a voz mais doce e bela que já ouvi.

— Mas não toco muito bem. — Mesmo depois de dizer isso, ela toca um pouco.

— Não — eu concordo. — Mas ninguém presta atenção quando você começa a cantar. Além do mais, continue tocando, praticando, você vai melhorar.

Ela gira os olhos para trás, mais ou menos como eu fiz antes, e começa a tocar os acordes. Não reconheço a música logo de cara. Preciso que ela chegue ao refrão para que eu identifique qual é a música. É uma canção depressiva e perturbadora, com uma melodia triste e embalada. A letra é... arcaica, mas eu a compreendo; tem um quê doce e nostálgico. Ela canta "My Funny Valentine" da Ella Fitzgerald. Pelo menos, é a versão que eu conheço. Já ouvi uma dúzia de versões dessa música, mas acho que ela foi a única que a tornou famosa.

O jeito que Nell canta... sua voz é um pouco aguda para essa música, que foi escrita para uma contralto, mas o esforço que ela faz para alcançar as notas mais graves só deixa a música ainda mais profunda. Como se o desejo fosse algo palpável, tão denso em seu íntimo que ela não conseguiria cantar as notas perfeitamente.

Ela dá uma desafinada no fim da música, mas eu giro minha mão em círculos, então ela toca algumas notas, pensa, permanece em silêncio, então embala outra canção lenta, em ritmo de blues. Meu Deus, que perfeição. Ela canta agora "Dream a Little Dream of Me". Louis Armstrong e Ella. Caramba, eu amo essa música. Duvido que ela saiba disso. Eu a deixo surpresa quando entro no momento certo da deixa do Louis. Ela dá um sorriso largo e feliz e continua cantando e, puta merda, nosso som fica muito bom quando cantamos juntos.

Eu nunca teria imaginado tocar sucessos do jazz no estilo folk. É tão sexy, tão diferente. Eu conheço a música, então posso fazer alguns improvisos bem legais no violão enquanto ela canta e também durante as pausas.

Terminamos a canção, mas a minha vontade é de nunca mais parar de fazer música com ela. Eu me arrisco e começo "Stormy Blues" da Billie Holiday. É uma canção lenta, só que a voz cristalina de Nell e a minha mais rouca a transformam numa balada. Porém posso ouvir a voz de Billie, na minha cabeça, enquanto canto. Lembro dela vindo da janela aberta do prédio ao lado da oficina, na época em que comprei esse lugar. A sra. Henkel tinha uma paixão por jazz. Ela era mais velha e sozinha, e o jazz a fazia lembrar do sr. Henkel, que havia morrido anos antes. Então ela abria todas as janelas e tocava Billie, Ella, Count Basie e Benny, e ela dançava e recordava os velhos tempos. Eu a ajudava a carregar as compras, e ela beliscava meu bumbum e me ameaçava sexualmente, se ao menos ela fosse meio século mais nova... Ela fazia chá para mim e punha um pouco de uísque, e depois ouvíamos jazz.

Eu a encontrei na cama, com os olhos fechados, uma foto do sr. Henkel no peito e um sorriso no rosto. Fui ao funeral dela, o que causou um grande choque no neto riquinho e idiota dela.

Pode ser que meus olhos revelem meus pensamentos, porque Nell me pergunta em que estou pensando. Então eu conto para ela sobre a sra. Henkel. Sobre as longas conversas que tínhamos juntos, ficando bêbados aos poucos com Earl Grey "batizado". Como ela reclamava das minhas tatuagens e das minhas calças largas. Quando me endireitei na vida e parei de usar aquelas roupas de malandro, ela ficou nas nuvens quando me viu com calças jeans mais justas.

O que não digo é que passar tempo com a sra. Henkel era meu típico momento Colt egoísta. Eu era solitário. Eu me distanciei de todo o pessoal das ruas, exceto do Split, e eu era muito sozinho. A sra. Henkel era uma amiga, uma chance de estar perto de alguém que fosse boa influência para mim. Se bobeasse, ela faria cocô nas calças se soubesse de metade das merdas que eu fiz, apesar de que ela deveria saber, já que nunca havia perguntado nada.

Finalmente, fico calado, pois acabou o assunto da falecida sra. Henkel.

— Explique o que quis dizer — diz Nell.

— Sobre o quê? — Eu sei exatamente do que ela está falando, mas não vou entregar o jogo.

— Por que você não é bom? Por que isso seria tirar vantagem de mim?

Coloco o violão de lado e tomo um gole no gargalo, depois entrego--a para ela.

— Eu sou todo estragado, Nell.

— Eu também.

— Mas é diferente. Eu não sou do bem. Quero dizer, não sou do mal também, tenho algumas qualidades que me redimiram, mas... — Balanço a cabeça, incapaz de encontrar as palavras ideais. — Fiz coisas ruins. Tento me manter longe de confusão ultimamente, mas isso não apaga o que eu fiz no passado.

— Eu acho que você é uma pessoa boa — diz ela, baixinho, sem olhar para mim.

—Você viu o que eu fiz com aquele paspalho do Dan.

Ela dá uma risada.

— Paspalho do Dan. Combina bem com ele. É, eu vi, e sim, aquilo me assustou. Mas você estava me protegendo. Me defendendo. E você parou.

— Só que eu não queria parar.

— Mas parou. — Ela boceja, colocando a mão na frente da boca. —Você está fazendo muito pouco de você, Colton. E você não está me dando o poder de escolha sobre o que eu quero.

— Como assim? — Eu sei o que ela quer dizer, mas quero ouvir de sua boca.

— Eu beijei você de volta. É maluco, insano e me confunde. Mas eu fiz aquilo de olhos bem abertos. Sabendo. Eu não estava bêbada. — Ela olha para mim por um bom tempo, com aqueles cílios escuros; os olhos dizem milhares de coisas, mas a boca não se abre.

Minha boca fica seca.

— Eu não deveria ter beijado você.

— Mas beijou.

— É... e sou um canalha por isso. Não consigo me segurar quando estou perto de você.

— Não acho que seja um canalha. Acho que você é um fofo. Gentil — ela diz com um pequeno sorriso.

Balanço a cabeça.

— Que nada... é você...Você é quem traz à tona essa coisa carinhosa de dentro de mim. Eu sou um malandro, Nell. Endireitado.

— Ex-malandro — ela complementa.

Eu rio.

— Uma vez malandro, sempre malandro. Posso não estar mais nas ruas, mas ainda faz parte de quem eu sou.

— E eu gosto de quem você é.

Fico de pé, já imaginando o que vem por aí.

— Está tarde. Nós deveríamos ir para a cama.

Ela olha para o sol, que já começa a nascer, e infiltra-se por entre alguns prédios altos na rua.

— Está cedo, mas tudo bem. Estou exausta.

Pego o violão e seguro sua mão conforme ela começa a descer as escadas. Gosto do jeito que sua mão toca a minha. Não quero soltá-la, então não a deixo. Nem ela. Nell para na frente do banheiro, e eu coloco um short de corrida. Finalmente, deixo meu corpo sentir as dores da luta com o Dan. Dou uma alongada, sinto as costelas repuxarem; então sinto meu dente frouxo com a língua, fazendo cara feia ao sentir aquela dorzinha chata. Naquele momento, Nell aparece ao meu lado com uma toalha de rosto. Olho para ela com cautela, então me afasto quando sinto ela se aproximar do meu rosto.

— Estou bem — eu rosno.

— Cale a boca e fique quieto.

Giro meus olhos e viro o rosto para que ela me alcance. O toque dela é muito gentil para um grosseirão como eu. Ela toca meu queixo, me vira de lado, limpa os cortes e ferimentos como se estivesse com medo de me machucar ainda mais. Paro de respirar ao senti-la tão perto, ao sentir aquele perfume inebriante de xampu, limões, uísque e mulher. Ela vira novamente minha cabeça, enxuga o outro lado do meu rosto, seus olhos se estreitam quando se concentra em limpar o sangue seco. Eu já tinha limpado um pouco enquanto ela tomava banho, no apartamento dela, mas parece que não tão bem. Ela limpa meu lábio superior, meu queixo, minha testa, minhas maçãs do rosto. Então ela baixa a toalha de rosto e passa os dedos no meu rosto, tocando gentilmente cada corte, explorando cada um deles.

Seguro a onda e deixo que ela me toque. Fico morrendo de medo. Ela olha para mim como se estivesse me vendo pela primeira vez, como se tentasse memorizar meu rosto. Seu olhar é intenso, necessitado. Seus polegares passam pelos meus lábios e acabo dando uma mordida num deles, um pouco forte demais.

Os olhos dela se arregalam e as narinas se inflam... Em seguida, ela respira fundo e rápido quando sente que eu passo a língua pelo polegar.

Que merda eu estou fazendo? Mas não consigo mais parar.

Dessa vez, ela se inclina. Tira o polegar da minha boca e o substitui pelos seus lábios. Sua língua. Isso é tão maluco. Eu não deveria ter deixado isso acontecer.

Mas eu deixo. Meu deus, eu deixo. Eu a beijo de volta com toda a ânsia dentro de mim. Estamos no meu quarto, perto da porta, a centímetros da cama. Seria tão fácil virá-la e deitá-la, tirar suas roupas, e...

Eu me afasto. Ela suspira quando eu faço isso, o que soa como decepção.

— Você sempre para — ela diz.

Com relutância, eu me afasto dos braços dela. Estou confuso, atrapalhado. Eu a quero, mas alguma voz lá dentro de mim diz que é errado tê-la para mim. Parte de mim diz que pertencemos um ao outro, me diz que é para abraçá-la e jamais soltá-la. Ela parece me querer e eu a quero... mas eu sei — eu *sei* — não sou bom o bastante para ela.

— Precisamos dormir — eu digo. — Você pode ficar com a cama.

Viro de costas, mas sua mão segura o meu cotovelo.

— Não quero dormir sozinha — ela diz. — Dormi sozinha por muito tempo. Eu só... eu quero ser abraçada. Por favor? — De repente, ela fica vulnerável de novo.

Eu não deveria. É tentador, e eu não sei direito o que é certo ou errado. Mas não consigo dizer não.

— Pode ser — eu digo. — Para ser sincero, é o que eu mais quero no mundo.

Nell
Capítulo 9

Fantasmas; Uma respiração por vez

Cada célula do meu corpo está gritando comigo. Sinto-me líquida nos braços dele. O sangue ferve em minhas veias. Culpa e paz estão em guerra dentro da minha cabeça.

Eu contei para ele. Contei a Colton a culpa secreta que guardo. Eu chorei. Solucei por horas. Horas e mais horas. Nem sei por quanto tempo. E, Deus, como aquilo foi bom. Mas o remorso permanece. Sei que é ridículo. *Sei* disso, mas, caramba, não consigo me livrar desse sentimento.

Agora está tudo um milhão de vezes mais complicado por causa dos braços musculosos de Colton à minha volta. Caramba, ainda tento entender como um homem pode ter tanta masculinidade, com aquele ar selvagem e primitivo. Não o vi durante dois anos, então o vejo sentado num banco — cantando *aquela* música, dentre tantas — e ele estava todo malhado. Complicado isso... Ele parecia um monstro no funeral, com aquelas mangas puxadas do casaco. Agora? Minha Nossa. Minha boca ficou seca como um deserto quando o vi se apresentando no Central Park. O cabelo preto caído em volta dos olhos, um pouco encaracolado nas pontas, bagunçado, desgrenhado, perfeito. Mas os olhos não mudaram: duas safiras que penetram a alma. E aquele corpo? *Ai, meu Deus*.

As tatuagens transformam o tronco dele num mural vivo, poesia escrita nas costelas, um dragão no ombro direito cuspindo fogo em caracteres japoneses, as chamas se espalham como um rastro de pólvora por suas costas e dão origem a um sol dourado no meio de sua coluna, uma imagem meio arcaica, quase como uma rosa dos ventos. A silhueta de uma garota moderna no braço esquerdo, mais coisas escritas em outras costelas — parece alguma coisa em latim. Notas musicais espalhadas nos antebraços; estrelas, sóis, crânios, ossos cruzados, cruzes de ferro que se misturam, fundem e se agregam. Ele é uma obra-prima de arte na pele. Uma obra-prima de músculos rígidos, resistentes e imensos.

Ele está em pânico. Uma energia violenta, de pura brutalidade. Ele destruiu Dan. Tomou uma bela de uma surra no processo, mas ele parecia inabalado, mesmo com o nariz quebrado, as pancadas nas costelas e no peito, os cortes no rosto. Dan era um monstro, e Colton acabara com a raça dele facilmente.

Foi a coisa mais sexy que já vi alguém fazer; a coisa mais aterrorizante que já vi também. A fúria de Colton era algo primitivo, tão densa e sensual que dava para sentir no ar. Seus olhos eram os de um guerreiro frio e calculista, com pavor da fúria do gelo.

Não tenho como resistir a ele.

Ele me quer, mas não vai ceder. O que eu entendo, de verdade.

Ele é o irmão do meu namorado que morreu. É simplesmente... errado.

Como vocês dois se conheceram? Ah, nós nos conhecemos no funeral do irmão dele. Seu irmão caçula, meu primeiro amor.

Que maravilha.

Mas Colton é... Eu me sinto segura com ele. Com ele eu posso ser verdadeira. Com ele posso pôr minhas dores para fora. Colton conhece a dor. Ele está intimamente familiarizado com ela. Ele vive com ela. Com a culpa, também.

Colton tem segredos e eu quero desvendar todos eles.

Quero sua boca na minha. Suas mãos nas minhas. Eu preciso dele. Ao lado dele eu me sinto tão viva. Segura. Protegida, querida. Colton, literalmente, mataria alguém que tentasse me machucar. Inclusive, quase matou Dan. Deve ter matado, se bobear.

Eu não quero saber.

Quero saber como é que Colton está sozinho em Nova York, se seu pai é um parlamentar. Por que ele foi forçado a lutar por dinheiro para sobreviver? Por que ele foi parar numa gangue?

Quero entender por que Colton continua evitando me beijar. Por que ele sempre se afasta, por que ele acha que não é bom o bastante. Ele acha que não é bom, quando ele é a pessoa mais incrível que já conheci. Tão talentoso. Fico impressionada com sua voz profunda, grave e áspera; suas habilidades com o violão e sua paixão enquanto se apresenta.

Aquela música que ele cantou para mim à capela? Aquilo foi a coisa mais linda que já ouvi. Dolorosamente triste. A solidão, a saudade naquela música, era de cortar o coração. Acho que não tinha nome; inclusive, acho que ele nunca cantou para ninguém além de mim.

E agora? Ah, agora seus braços estão à minha volta, me abraçando bem forte. Bem forte. Quero me virar em seus braços e me embrenhar, me aconchegar e deixar que a força de seu corpo tome conta de mim. Desse jeito, deitados de conchinha, com o braço dele por cima da minha cintura e sem me tocar de maneira muito íntima, quase platônica. Quase.

Eu quero mais. Será que eu ouso?

Ouso sim.

Viro meu corpo de barriga para baixo e Colton se mexe, relaxando as mãos, e faz um som baixo com a garganta, ainda com sono. Acho graça daquele gemido. Ele está de lado, e não se afasta quando me aconchego nele. Coloco o rosto no espaço embaixo do seu queixo, deslizo minha mão sobre suas costelas para segurar suas costas. Inspiro fundo e sinto seu cheiro, deixo o calor de seu corpo me aquecer. Meu Deus. Talvez fosse um erro, porque parece ser tão perfeito... Nunca mais vou querer dormir de outra forma. Meu outro braço está dobrado, embaixo do travesseiro, sob a minha cabeça, e o corpo dele é um abrigo, uma fortaleza onde posso ser eu mesma. Sinto sua pulsação batendo na garganta contra meu nariz, e conto as batidas, espero para dormir.

O sono vem tão tranquilo. Sem sonhos. Sem sapatos largados, sem lama vermelha e escorregadia, sem espumas de sangue. É só dormir, sentindo a mão de Colton em meus quadris. Será que eu coloquei a mão dele nos meus quadris? Tudo bem, eu coloquei sim. E estou adorando. Não deveria, mas estou.

Eu me entrego a esse sentimento. O tempo cura todas as feridas, certo? Bom, talvez já tenha passado tempo o bastante, e agora eu precise seguir em frente, deixar tudo para trás. Quero ter algo que me faça feliz, depois de tanto sofrimento.

- - -

Acordo lentamente, como se boiasse na superfície de um lago após ter mergulhado profundamente. A primeira coisa da qual me dou conta é o *tum-tum... tum-tum* do coração de Colton sob o meu ouvido. Como eu amo aquele som. Então percebo seu corpo, rígido, mas confortável, embaixo de mim. Estou praticamente sobre ele, com a metade do meu tronco em cima do peito e do estômago dele; minha perna sobre a dele e o meu pé entre os dele. Em seguida tomo consciência da minha mão.

Está em sua barriga. Tudo bem... na verdade, não está bem em cima da barriga. Está um pouco mais para baixo. Muito mais para baixo. E estou envolvendo uma parte de seu corpo que está claramente acordada. Muito, *muito* acordada. E grande. Grossa. Minha mão está *sobre* ele. Segurando com vontade.

Ai, meu Deus. Ai, merda. Ai, meu Deus.

Sua respiração é cadenciada, inspira e expira suavemente. Ele ainda dorme.

O maior problema nessa situação é que não quero tirar minha mão de lá. Eu quero tocá-lo. Faz tanto tempo, e a ideia de estar com ele, do que minha mão está tocando... Sinto uma contração no estômago, um jorro de desejo.

Não consigo evitar aquele impulso. Deslizo minha mão para baixo, depois para cima. Ele se mexe, levanta os quadris, depois relaxa. Faço isso novamente, lenta e suavemente, mas transbordando de culpa. Observo com tremenda fascinação a ondulação de seu abdômen, a tensão que ele faz ao levantar novamente os quadris. Ele geme, quase como um lobo uivando, um som que vem do fundo do peito. Sua respiração fica intermitente, e, em seguida, ele respira profundamente.

Olho para baixo. Um pedaço rosa aparece no alto de seu short de ginástica. Lambo os lábios. Sinto-me péssima. Isso é tão errado, tão estúpido, tão promíscuo. Mas eu não paro. O short dele está em volta das coxas, mas com a barra abaixada por causa do movimento dos quadris. Agora a cabeça toda está para fora, surgindo por debaixo do short.

Olho para cima e vejo seu rosto amassado e lindo, num repouso relaxado e inocente. Ele engole em seco, vira o rosto para o lado, levanta a parte inferior do seu corpo em busca do meu toque. Não sei o que estou fazendo, por quê, onde isso vai dar?! Ele ainda está em sono profundo, respira fundo várias vezes, e sempre que expira faz uma espécie de ronco, leve e adorável.

Seu braço está à minha volta, envolvendo minhas costas e me aconchegando, sua outra mão está em cima do próprio peito. Agora, a mão que está em mim desliza pelas minhas costas, desce sem controle e para no meu bumbum. Sim. Eu gosto disso. Eu levanto um pouco para que a mão dele envolva e aperte minha nádega esquerda.

O que eu estou fazendo? Eu sou uma confusão ambulante. Ele parou de me beijar porque eu estava irritada, para não se aproveitar de mim, e aqui estou eu, acariciando-o enquanto ele dorme, sentindo arrepios por causa da mão dele que toca o meu bumbum, enquanto ronca inocentemente.

Isso é tão errado, mas eu abaixo seu short um pouco mais, o suficiente para ver um pouco mais dele. Agora posso ver melhor a cabeça rosa, grossa e em forma de cogumelo, o pequeno buraco na ponta, as pápulas em volta da cabeça. Fecho com força os meus olhos e digo a mim mesma para parar. Mas isso não funciona. Com o polegar, toco a pele vermelha, mordendo o meu lábio. Sua carne é tão macia quanto um veludo. Não consigo parar de alisar sua virilidade uma vez após a outra, e engulo em seco de prazer. Demoro um tempão para alisá-lo da base até a ponta.

Mordo meu lábio com mais força ainda, só para ter certeza de que não estou dormindo. A dor aguda que sinto confirma que estou acordada. Acordada, e claramente me tornei uma vagabunda sem moral. Quer dizer, não toco ninguém desse jeito desde Kyle. Beijei alguns caras na tentativa de me forçar a seguir em frente, numa tentativa de amenizar a dor da necessidade que carregava comigo há tanto tempo. Mas nenhum dos caras que beijei jamais havia despertado esse tipo de faísca dentro de mim. Eu estava morta, não havia nada. Dan tentou e tentou, e eu, realmente, tentei me envolver com ele, mas nunca consegui.

Não posso dizer que é apenas uma faísca com Colton. Não, está muito, *muito* além de uma simples faísca. Só de olhar para ele sinto um fogo queimando em mim. Tocá-lo, ser tocada, mesmo toques inocentes, até sua mão na minha criam um verdadeiro inferno.

Isso? Tocá-lo de forma tão íntima, tão erótica? Daria até para acender um fósforo só pelas ondas de calor que irradiam de mim, chamas de desejo que se espalham e ficam cada vez mais intensas a cada segundo.

Não consigo parar de alisá-lo. Para cima e para baixo, acariciando toda aquela extensão, explorando sua grossura e arrastando o dorso da minha mão pelo tecido do short. Ele se move junto comigo, e começa a acordar. Geme e se contorce por causa do meu toque. Não consigo parar agora. Acho que ele está perto.

Aperto meu polegar na pontinha de novo e a esfrego em círculos, então sinto seu corpo tenso sob o meu. Olho para seus olhos e observo que ele está confuso, então a respiração fica cortada e, balbuciando algo e piscando forte os olhos, ele goza. Faço questão de ver aquele jato branco cobrindo sua barriga.

— Mas que...? — Sua voz está para dentro, acanhada e lenta.

Ele está desperto, ele está relaxado, mas ainda grosso. Deslizo minha mão para dentro do short e o pego em minha mão, então mordo meu lábio ao sentir a maciez em sua rigidez. Seus olhos encontram os meus, e percebo que ele está se perguntando se está acordado, como deveria se sentir e o que deveria dizer.

— Desculpe — eu sussurro. — Acordei tocando você por acidente. Então não consegui mais parar.

— Eu estou sonhando? — ele pergunta, cauteloso.

— Não. — Balanço a cabeça.

Ele olha para baixo e vê aquela "confusão" em sua barriga.

— Então você...

Eu aceno com a cabeça.

— Sim.

— Enquanto eu dormia?

Aceno de novo, e agora não consigo mais olhá-lo nos olhos.

— Sim, eu não sei... Desculpe. Eu... eu não pude evitar. Eu sabia que não deveria, mas eu só... — Perco a fala, incapaz de completar a frase. Respiro fundo e tento mais uma vez. —Você estava tão grande e duro, e fazia tanto tempo que eu...

— Nell — ele me corta. — Cala a boca.

Então eu calo.

— Olhe para mim — ele manda. Forço meus olhos para os dele.

— Sinto muito — eu sussurro.

— Eu disse para calar a boca.

Franzo a testa ao ouvir seu tom mais rude, mas fico de boca calada e espero para ver o que ele vai dizer.

— Nem sei o que dizer. Achei que eu estava dormindo. — Seus olhos penetraram os meus, azuis e sensuais como uma chama avassaladora. — Quer saber sobre o que eu estava sonhando?

Eu aquiesço.

— Responda-me. Em voz alta.

Esse é um novo Colton. Mandão, direto. Não sei bem se eu deveria ter ficado irritada por causa da maneira com que ele me deu ordens ou excitada pelo gesto. Acho que os dois são verdadeiros.

— Sim, Colton. Quero saber o que você sonhava. — Meu tom é suave e submisso, mas sei que meus olhos entregam a minha ira.

O rosto dele é impassível.

—Você. Eu estava sonhando com você. — Seus olhos se estreitaram. — Eu sonhava que você fazia o que você, aparentemente, estava fazendo.

— E foi um sonho bom? — pergunto, dando uma provocada. — Você gostou do sonho? — Rastejo a ponta dos dedos pelo líquido pegajoso na barriga dele, olhando por baixo de seus cílios.

Ele respira rápida e profundamente, observando meu dedo traçando padrões em sua pele, voltando, então, seus olhos para mim de novo.

— Foi um sonho conflituoso. Eu não tinha o direito de querer que não fosse um sonho. Não tinha o direito de querer que fosse real. Mas eu queria.

Tento ignorar o estrondo que está minha pulsação dentro de meus ouvidos.

— E por que não tinha o direito?

Ele franze a testa.

— Porque... por causa de tudo.

— Diga em voz alta. Tudo. — Eu também sei dar ordens.

— Porque você amava o Kyle.

— Ele morreu. Isso não é traí-lo. — Engulo em seco, porque uma parte de mim diz que é uma razão bem válida para não nos sentirmos culpados. Porque, no fundo, era. Eu estava traindo Kyle.

— Sua vez de contar tudo.

— Contar o quê?

— O que você está pensando.

Começo passando o dedo nos caracteres japoneses em seu peito, as chamas alaranjadas, o olho do dragão.

— Estou mentindo. Eu me sinto, sim, traindo a memória dele. Mas... acho que é bobagem.

Sua cabeça tomba para trás e ele se vira de lado com o rosto para a parede. Vejo sua mandíbula travar e relaxar, observando a barba rala preta em contraste com a sua pele bronzeada.

— Isso é uma merda geral, não é? — diz ele, quase inaudível.

Ele levanta da cama, dá alguns passos no corredor e entra no banheiro. Observo-o molhar uma toalha de rosto e limpar sua barriga. Ele volta e se enfia debaixo das cobertas virado de lado, de frente para mim.

— Eu também pensava nisso — diz ele. — É besteira, mas não consigo me livrar dessa sensação. Você e eu juntos seria... uma afronta à sua memória. Mas isso é bobagem, porque ele está morto e ele iria querer que fôssemos felizes.

— Bom, isso também é uma estupidez. Se ele estivesse vivo, ele iria me querer.

— Mas não está.

— Isso é uma conversa ou uma discussão? — pergunto.

Ele exala numa risada.

— Não faço ideia. — Ele se vira para mim de novo e me olha nos olhos. — O que você fez? Isso muda as coisas.

— Eu sei. — Minhas palavras nem chegam a serem sussurradas. — Você está bravo?

Ele balança a cabeça para frente e para trás.

— Bravo? Não. Não estou bravo. Estou confuso. Não vou mentir, foi meio esquisito. Não sei dizer para você se eu queria ou não.

Eu engasgo.

— Eu sei. Eu sei. Desculpe. Eu... estou com nojo de mim mesma.

— Não. Não faça isso. Eu não sou melhor que ninguém. Você estava dormindo e eu tirei suas roupas...

— Você só estava tentando me deixar mais confortável — eu interrompo.

— Eu queria ver você de novo — diz ele, interrompendo-me também. — Queria ver seu lindo bumbum redondo. Eu toquei suas coxas.

— Mas não me fez... você não fez o que eu fiz.

Ele esfrega o rosto com a mão livre.

— Isso é uma competição? Qual dos dois é mais canalha? — pergunto.

Porém, na minha cabeça, fiquei perplexa pelo que ele disse. Ele queria ver meu "lindo bumbum redondo". Sempre achei que eu tinha muita bunda. É uma insegurança. Normal, eu sei, mas difícil de me livrar dela. Ainda corro como uma condenada, porque é um dos poucos momentos em que fico livre de sonhos, memórias, pesadelos e culpa. Outros momentos são quando fico bêbada e quando toco e canto. Mas não importa o quanto eu corra, minha bunda é grande e meus peitos são pesados.

— Eu ganharia essa competição, sem sombra de dúvida — diz Colton. — Você teve um momento de fraqueza ou algo parecido. Eu sou um canalha o tempo todo.

—Você está errado.— Puxo seu corpo e olho-o nos olhos a alguns centímetros de distância. Beijando a distância.— Não foi um momento de fraqueza. Foi a realização de vários desejos contidos. E você não é um canalha.

— O que você quer, Nell?

— Eu já fiz essa pergunta para você, lembra?

— Então nenhum de nós sabe o que quer? — Seus olhos buscam os meus, e sua mão faz círculos numa parte pequena das minhas costas.

— Não. Sim. Eu sei o que quero, mas não sei se é certo ou errado. Apenas sei que a maneira com a qual eu fiz a coisa acontecer não foi certa. Então, por isso, eu sinto muito.

— Então está dizendo que deveria ter feito isso, porém enquanto eu estivesse acordado? — Sua mão continua a fazer círculos, mas desce um pouco mais.

Arqueio minhas costas sutilmente, mas o bastante. Ele percebe e seus olhos ficam arregalados, as narinas se inflam, os lábios se afinam e a respiração se aprofunda.

— Sim — eu digo.

Eu tenho de assumir o que fiz, o que quero. Ele estava bastante certo quando disse que aquilo havia mudado as coisas. Não posso voltar atrás agora. Sei como ele se sente em minhas mãos. Sei como é o corpo dele embaixo do meu, e eu quero mais. Eu sei como me sinto quando a mão dele está no meu bumbum. E sei também que ele quer isso tanto quanto eu, mas nós dois estamos em conflito.

Viro-me para ele e os nossos olhares ficam fixos um no outro, enquanto ele explora mais para baixo. Mordo os lábios quando ele começa a subir pelo meu bumbum. Quando eu fui para a cama, eu tinha tirado minha calça jeans, então eu só estava usando uma calcinha amarela minúscula. Um triângulo de seda que tampava a frente e cordões que passavam pelos meus quadris e desciam em fio dental. Eu estava sem sutiã também, então só havia uma pequena camiseta, bem justa, azul de algodão com um bolsinho na frente do seio direito, que tinha um coração bordado de *glitter* roxo.

Ele segue as linhas das alças da minha calcinha em volta dos meus quadris, com os olhos fixos nos meus, então lenta e deliberadamente segura a nádega esquerda. Olho para ele e vejo minhas emoções refletidas: desejo conflitante.

— Eu perdoo você — diz ele, com um sorriso leve, nada sutil, com o canto da boca. — Afinal de contas, *foi* um sonho maravilhoso.

Ele analisa o fio dental entre as minhas nádegas. Prendo a respiração e não entendo bem o que ele faz ali. Ele desliza a mão para o outro lado, então volta pelo mesmo caminho, acariciando a minha coxa, depois a outra. Agora ele sobe pela coluna, alisa as minhas costas sob a camiseta. Sua mão e seus dedos na minha pele incendeiam meu corpo inteiro.

Os dedos passeiam entre meu braço e minhas costelas, buscando acesso à frente. Levanto o braço, deslizo a mão até o peito dele, hesito ao chegar ao ombro, então faço o que queria fazer há algum tempo: arranho a barba rala de sua mandíbula. Essa ação proporciona a ele maior liberdade, e sua mão vem até minhas costelas, indo até a curva dos meus seios comprimidos contra o peito dele.

— O que estamos fazendo, Nell? — ele pergunta, com a voz áspera, quase sussurrando.

Balanço a cabeça e levanto um ombro.

— Não tenho nem ideia, mas eu gosto.

— Eu também. — E então me puxa mais para perto e para cima. Deixo-me ser levada, mudando de posição, ficando de lado, com a cabeça apoiada em uma mão, a perna por cima das coxas dele e uma mão livre que está em seu peito.

Agora eu me sinto exposta. Minha camisa está levantada, assim as laterais inferiores dos meus seios ficam à mostra. Silenciosamente o desafio, o encorajo a seguir em frente com a minha imobilidade, meu olhar fixo em seus olhos demasiado azuis.

Ai! A mão primeiro toca a minha barriga, e imagino que ele irá mais para o sul, então acho que ele reconsiderou e foi para o norte, na barra da minha camiseta. Eu já estava com a respiração curta, mas minha garganta fica ainda mais contraída, meus pulmões queimam, meu coração para e bate forte. Eu não consigo me decidir.

Então sua mão grande, grosseira, gentil, segura meu seio por baixo da camiseta. Não respiro há pelo menos trinta segundos. Sua mão é tão maravilhosa! Áspera, firme. Meus seios são razoavelmente grandes, tamanho 42, quase 44, mas sua palma o segura inteiro com facilidade. Sua palma arranha meu mamilo, e minha respiração perde o rumo, acelera e me deixa atordoada.

— Colton... — Inclino a cabeça e enterro minha testa em seu ombro.

— Olhe para mim, Nell — ele manda, suavemente, mas com firmeza. Seus olhos estão sérios e concentrados. — Esse é o momento crucial, aqui e agora. Se não quiser, precisa me falar agora. Levante e vá embora. Vamos esquecer que tudo isso aconteceu. Serei só seu amigo. Mas precisa me falar agora. Porque depois disso, não vamos mais conseguir parar.

Engulo em seco outra vez. Aquiesço. Mordo meu lábio e desvio o olhar.

— Puta merda. Não *faça* isso — ele diz, com uma voz afetada.

Fico sem entender.

— Fazer o quê?

— Morder o lábio. Isso me deixa maluco. É só você morder o lábio que vou até as nuvens. Quero sua boca para mim. — A voz dele está tão rouca agora, tão grossa e arrastada que vibra profundamente em meu íntimo.

— Bom saber — eu sussurro.

Ele afasta sua mão do meu corpo.

— Decida agora, Nell. Se quiser, você será minha, ou então fingimos que isso jamais aconteceu.

— Sou sua? — Minha voz é suave e trêmula.

— Você está perguntando? Ou afirmando?

— Eu... Colton, não consegui esquecer... mas nós... — Interrompo o que digo, sabendo que sou uma incoerência generalizada.

Inconscientemente, mordo de novo o lábio, e Colton dá um rugido.

— Eu já falei para você. Não... *faça*... isso. Eu não aguento. Meu controle já está por um fio, e você ainda me vem com essa de morder o lábio de novo.

— Por que isso deixa você tão maluco? — pergunto, só para passar o tempo.

Tempo para quê? Eu não sei. Eu sei o que eu quero. Mas agora... com Colton agindo de maneira direta e cheia de ordens novamente, me sinto tímida, insegura, com medo. Já não sei mais o que faço. Fiz o que fiz enquanto ele dormia, depois me sinto incapaz de confirmar meu desejo por ele quando ele deixa claro que me quer da mesma forma que eu o quero. Óbvio que sou uma maluca.

— Sei lá — ele diz. — É uma coisa que me dá. Você morde o lábio e me dá vontade de pegar seu lábio na minha boca e chupá-lo como um pirulito. Eu quero lambê-lo, mordê-lo e beijá-lo até você perder o ar e se contorcer no chão.

Bom... *que merda*. Eu quero isso.

Coragem? Já era.

Sinto meu coração estranho, inchado, disparado, vacilante, dolorido, mas eu sei que estou decidida.

Mordo meu lábio e pronto.

— Porra. Você é maluca! — Sua voz parece o urro de uma fera, falando por entre os dentes.

Eu nem mesmo o vejo se mover. Em menos de um segundo ele está em cima de mim e me domina; seus lábios nos meus e, como prometido, ele toma meu lábio em sua boca e o chupa, o lambe. Estou abalada e chocada pela súbita violência de seu beijo, mas, em seguida, fico toda derretida quando ele suga meu lábio. Meu corpo se desfaz por completo, porque ele é incrivelmente gentil; ele toca meu rosto, olha para mim, com os lábios agora levemente afastados... Então ele me beija lenta e completamente, e é tão profundo que eu me sinto... perdida. Sua boca se move na minha, clama por mim, rouba meu coração com os lábios, toma meu corpo com a boca.

Nós já havíamos nos beijado antes, e sempre foram os melhores beijos que eu já havia dado. Meu coração fica apertado quando me dou conta de que esses beijos são, de longe, melhores do que os de Kyle. Não tem comparação. Isso dói em mim, dói mesmo. Dói de uma maneira profunda, estranha, e não sei o que fazer com esse sentimento.

Com esse beijo... fico sem controle. Completamente sem controle. Sei que, a partir de agora, eu sou dele. É exatamente o que ele disse: eu sou dele. Como isso aconteceu, eu não sei. Gostaria *mesmo* de saber.

— Última chance, Nell. — A voz dele soa na minha orelha, sem nem sequer ser um sussurro, apenas uma vocalização aspirada que sinto no ouvido. — Me diz que você não quer isso.

Empurro-o para cima e vejo o sofrimento em seus olhos, antes mesmo que eu possa me explicar. Ele começa a se afastar, mas eu o agarro pelo bíceps e o seguro no lugar. Dobro meus dedos sob a barra da minha camiseta e a tiro de uma vez. Os olhos de Colton se arregalarem e ele lambe os lábios.

— Eu quero isso — digo isso o mais alto que posso, o que deve ter saído como um suspiro sem fôlego. — Eu preciso disso.

O olhar dele se transforma e fica selvagem.

Caramba, aqui vamos nós.

— Tire a calcinha e abra as pernas.

— Diga "por favor". — Encontro forças para entrar no jogo. Meu terror e minha vulnerabilidade desaparecem, e por isso agradeço aos céus.

Ele apenas me encara, mas eu não me mexo para colaborar com a situação. Ele balança a cabeça e não acredita no que está ouvindo. Então ele agarra minha calcinha e a rasga ao meio. Ele não fez com raiva nem despendeu qualquer esforço. Apenas colocou dois dedos na alça lateral, perto dos quadris, dois dedos da outra mão dentro do triângulo que tampava a frente e puxou. *Rasgou.* Já era. Eu estava nua. Fácil assim.

— Eu gostava daquela calcinha — protestei.

— Então deveria ter me ouvido. — Ele desliza os dedos pela minha barriga, que se contrai, e passa por cima do meu púbis, indo direto para minhas coxas que estão bem fechadas.

Então ele diz:

— Agora abra as pernas e fique à vontade para gritar. Ninguém vai ouvir você.

— O q... *ah.* — Nem tenho tempo para processar minha confusão e a língua dele já faz algo perverso com o meu clitóris.

Abro mais as pernas. Bem afastadas. Encaixo os calcanhares embaixo das nádegas e deixo os joelhos caírem de lado. Não tenho mais vergonha nenhuma.

— Isso, Nelly, assim mesmo. — Ele respira com o rosto enfiado na minha boceta. — Doce como mel.

Fico ruborizada ao ouvir aquelas palavras e perco a noção de onde estou, então grito como uma louca. Porque... Nunca senti nada parecido. Jamais. Eu me contorço na cama, arqueio o corpo, sacudo toda vez que sua língua dá uma volta. Então... ah, isso aí, a coisa fica ainda melhor. Ele desliza um dedo para dentro de mim e o pressiona para cima... então eu perco o controle total. Entro em combustão. Grito tão alto que os meus próprios ouvidos doem. Em seguida, travo os dentes e gemo de tanto loucura.

— Confia em mim? — A voz dele é uma surpresa. Estou tão absorta naquela sensação que não chego a compreender suas palavras.

— O q... o quê?

— Você. Confia. Em mim? — Seus dedos não tinham parado de pressionar, passear e explorar.

— Seus dedos estão dentro de mim, então sim.

— Talvez queira morder um travesseiro.

— Por quê...? — Começo a pergunta, mas não consigo terminá-la. — Ah... *porra!*

Ele ri, mas é uma risada de prazer. Agora ele está com dois dedos na minha boceta e um terceiro está... Não consigo acreditar, nem posso compreender aquilo, mas está *lá embaixo*. Num lugar sujo e escuro.

Eu mordo um travesseiro. Minha existência inteira se transforma num vórtice de êxtase feroz. Simplesmente, não consigo me conter. Estou me desfazendo por inteiro, e nem estou gozando ainda. Ou talvez esteja. Talvez isso seja o que se sente depois do limite, e essa é a primeira vez que chego lá. Sei lá. Não consigo me segurar. Eu grito no travesseiro, soluço, arqueio o corpo e me contorço. Meus dedos se enroscam no cabelo dele e o aperto com força contra mim, mesmo implorando que ele...

Implorando o que é que eu não sei.

— Colton... Colton... por favor...

Entende? Estou pedindo a ele que pare? Que nunca pare, nem mesmo para respirar? Não sei.

É só uma pequena intromissão, sério, só a pontinha do dedo mexendo dentro do meu lugar proibido. Mas isso me faz ir às nuvens.

— O que... o que você está fazendo comigo? — pergunto.

— Estou fazendo você gozar. Enfiando o dedo em seu cuzinho apertado e virgem. — Ele volta com a boca para a minha boceta e chupa minha saliência intumescida, e eu grito e rolo na cama. — Estou preparando você.

— Preparando para quê? — Eu quero saber. Mas será que eu quero saber? Tem mais?

— Gozar, e eu vou mostrar para você.

— Achei que já estivesse gozando...

Ele dá uma risadinha.

— Ah, não. — Ele estende sua mão livre e, de repente, sinto-o por toda parte. Pinçando e esfregando meus mamilos, com os dedos dentro de mim, curvando-os e me pressionando, lambendo, chupando... — Goze. Agora.

É uma ordem, e eu não tenho outra escolha senão obedecê-lo. Eu explodo em mil pedaços, água, fogo, gritos e soluços. Soluços de verdade. Quase em lágrimas.

E então... então ele rasteja pelo meu corpo como o predador que é. A barba em torno da boca está molhada. Por mim. Fico morrendo de vergonha.

Ele é tão grande. Todo musculoso, imenso e com traços fortes. Ele vem para cima de mim e sua presença consegue bloquear o mundo. Tudo o que vejo são tatuagens, pele, cabelos negros e olhos de safira. Logo em seguida, olho para baixo e vejo seu... seu... *ele*. Seu pau.

Eu gosto dessa palavra. Nunca a uso. Comecei a xingar sem pudores depois que Kyle morreu. Simplesmente, não me importava mais. Mas sexo? Inexistente. Não fazia mais parte da minha vida depois daquilo. Xingava, falava mal dos outros, bebia até cair dura, mas não podia nem pensar em sexo. Preenchi meu tempo com aulas numa faculdade comunitária e trabalhava com o papai em seu escritório, por isso não via ninguém, não fazia nada e não era ninguém. Eu trabalhava. Eu estudava. Eu tocava um instrumento. Eu era uma morta-viva, uma concha de culpa reprimida.

Agora... estou viva. Muito viva. E estou adorando essas palavras sujas.

Não tenho mais vergonha. E gosto de me sentir assim. Parcialmente porque a culpa pelo que fazemos é um novo tipo de dor, e a dor me ajuda a me equilibrar.

Voltando ao pau dele... É um pau... glorioso. Eu nem... Eu já o havia sentido. Mas ver tudo, cada centímetro de grossura entrando em mim... chego a esquecer de respirar e mordo o lábio.

— Não se preocupe. Vou ser cuidadoso. — Sua voz é tão carinhosa...

Penso que ele deve ter achado que eu estava com medo. De repente, pensando bem, acho que estou sim. Estou apavorada. Então me lembro de outra coisa que toma conta de mim, e isso me traz ondas e mais ondas de sofrimento, culpa, vergonha e lágrimas.

— Nell? O que foi? Por que você está chorando? — Ele cai de lado e cutuca meu rosto com o nariz. — Merda. Merda. Fui eu. Eu machuquei você. Que... *merda*. — Ele pressiona a mão na testa.

— Não... — Engasgo com as palavras depois de uma sequência de soluços. — Não. Não foi você...

— Então o que foi?

— Bom, foi... — Respiro fundo e cravo as unhas no meu antebraço. A dor chama minha atenção e me acalma. — Foi você, mas não foi... não é o que você está pensando.

— Fale coisa com coisa, caramba — ele rosna.

— Desculpe. Desculpe. — Respiro fundo de novo, enfio os dedos por entre os cabelos e puxo até doer. — É que você é muito. *Muito*. Muito mais que... qualquer um. Muito mais que... que o Kyle. — E com essa última palavra, começo a chorar de novo.

— Porra. — Ele fica em cima de mim, sobre um dos cotovelos e olhando nos meus olhos, mas eu mal consigo vê-lo por causa do embaço das lágrimas. — Nell, sou só eu. Eu sei que eu disse que era a última chance, mas... deixa para lá. Está bem? Não... não fique com medo. Não... Eu sou um canalha mesmo. Olha, você está em primeiro lugar, tudo bem? Desculpe eu ter feito você se meter nessa.

Eu rio em meio aos soluços.

—Você é tão idiota. — É o máximo que consigo dizer.

Nisso, ele fica todo tenso, travado por inteiro.

— O quê? Do que você me chamou? —A voz dele agora fica séria e fria.

Eu me viro para olhá-lo e percebo que ele está furioso, com a mandíbula presa e os músculos do pescoço tensos.

— Colton, eu... eu só quis dizer que eu não estava com medo, não de você. E disse que você é um idiota, porque age como se você tivesse me convencido disso aqui. Não foi você. *Eu* arrastei você para esse buraco. — Ele treme muito, porque está muito nervoso, e eu estou confusa e morrendo de medo. — Me desculpe... eu... eu não quis... por favor... eu...

— Cala a boca só por um segundo e me deixa ficar calmo, tá legal?

Aceno e fico parada como uma estátua.

Depois de alguns minutos, ele começa a falar com uma voz muito mais calma.

— Eu tenho certos problemas com essa palavra. Com ser chamado de idiota ou estúpido. Ou qualquer coisa do tipo. Retardado, abobado, merdas desse tipo... é um botão que liga dentro de mim. Não fale isso. Nunca, nem de brincadeira. Entendeu?

Eu aquiesço num movimento da cabeça.

— Sim. Entendi. Desculpe.Você não é um idiota.Você é maravilhoso.Você é... muito. É esse o meu ponto. É...

— Não precisa também exagerar para tentar compensar — interrompe Colton.

Naquele momento, sou obrigada a olhar para ele e perguntar o que aconteceu para que aquilo fosse uma coisa tão importante para ele. Claro que alguém costumava insultar regularmente sua inteligência. Para que isso representasse um problema tão grande para Colton, só havia uma fonte provável para aquilo. Mas eu não consigo ver o sr. e a sra. Colloway fazendo algo do tipo. Eles sempre davam tanto apoio ao Kyle, eram tão amorosos, tão compreensíveis. Rígidos, às vezes, principalmente porque isso gerava boa publicidade, mas isso é compreensível.

— Eu não estava — digo baixinho. — Eu só estava explicando por que eu de repente comecei a choramingar como uma garotinha.

— Você é uma garota — ele lembra.

— Eu sei — eu digo. — Mas até o dia em que você me forçou a falar sobre as coisas, eu não tinha chorado. *Nada de nada.*

Colton muda de posição para olhar para mim.

— Você nunca chorou pelo que aconteceu com o Kyle?

— Não.

— Você nunca ficou de luto? — Ele parecia incrédulo.

— Ficar de luto? — A ideia parecia longe da realidade, mas para ele aquilo parece algo normal.

Ele levanta a cabeça para me encarar.

— É. Luto. Superar os vários estágios. — Ele cai de costas novamente, esfregando entre os olhos com os dedos. — É claro que não. Deve ser por isso que você é tão problemática com esse assunto.

Coloco o braço em cima do rosto para esconder a minha irritação e sofrimento, e também para me proteger do ataque de olhares penetrantes.

— Ele morreu. Eu aceitei.

Colton resmunga.

— Não. Você não aceitou merda nenhuma. Você se *corta*, Nell.

— Não faço isso há semanas. — Tenho noção de que estou esfregando minhas cicatrizes com o polegar, mas não consigo evitar.

Ele pega as minhas mãos e me força a separá-las, notando que estou tocando as linhas brancas com a ponta dos dedos. É um gesto carinhoso que corta meu coração e faz minha mandíbula tremer. Seus olhos são compassivos.

— Ótimo — ele diz. Seus olhos se encontram com os meus e ficam sérios, firmes. — Se você se cortar outra vez, eu vou ficar bravo. Tipo, muito, *muito* irritado. Você não vai querer saber como fico.

Não, com certeza não quero. Mas não chego a responder. Não posso prometer. Já não me corto há algum tempo, pelo simples fato de que tenho Colton na cabeça, e isso já é confusão o bastante para me fazer pensar em outras coisas que não sejam sangrar até não poder mais.

Só que Colton não é facilmente enganado. Ele pega meu queixo com dois dedos fortes e vira minha cabeça para que eu o encare.

— Prometa para mim, Nell. — Seus olhos têm a intensidade da cor do céu. — Me prometa, porra. Chega de se cortar. Se sentir vontade, ligue pra mim. Você me chama e nós resolvemos juntos, está bem?

Gostaria tanto de fazer aquela promessa. Mas não posso. Ele não entende como é profunda essa necessidade. Odeio isso, de verdade. Minha culpa aumenta toda vez que me corto, o que piora ainda mais a situação. É um hábito do qual não consigo me livrar, mas não é apenas um hábito, como um vício do qual tenho vergonha, tipo fumar, tomar remédios ou o que quer que seja. Sei que ele compreende a necessidade de se cortar, mas o que ele não entende é como isso está entranhado em mim.

Eu não respondo. Eu olho fixamente para o teto, tremendo. Quero fazer essa promessa a ele. Quero me curar disso e nunca mais ter de fazer cortes em meus punhos e antebraços.

Colton se senta, ainda nu, mas sem estar duro, e fico fascinada por seu pau não ereto. É uma distração, ainda que momentânea. Colton me segura pelos braços e me levanta, colocando-me em seu colo e me envolvendo com seus braços, forçando-me a encarar seu olhar furioso.

— Promete para mim, Nell.

— Não! — Eu me livro de seus braços, saio tropeçando da cama, longe de sua pele quente, de seus músculos rijos e seus olhos penetrantes. — Não! Você não pode dizer isso pra mim, você não pode exigir isso de mim. Você não entende! Não pode, simplesmente, aparecer na minha vida e tentar mudar isso.

— Eu posso sim. — Sua voz é calma, mas intensa.

Ele ainda está na cama, apenas observando. Vasculho a pilha de roupas no chão, tentando achar as minhas, mas não consigo encontrar nem a camiseta nem minha calcinha, então visto uma camiseta do Colton. Ela chega até o meio da coxa, e fica confortável, pois tem o cheiro dele, o que é confuso, reconfortante e incrível.

— Não. Não pode. Você não me conhece. Você não sabe pelo que eu passei. Você não sabe como eu me sinto.

— Você está certa. Mas eu estou tentando.

— Por quê?

— Porque você nunca deveria ter passado por tudo isso sozinha. Você nunca poderia ter deixado isso envenenar você por dentro. A morte do Kyle é uma ferida aberta dentro de você. Ela nunca sarou, nunca cicatrizou. Está toda apodrecida e gangrenada, Nell. Está destruindo você. Você precisa de alguém para ajudá-la. Você precisa da minha ajuda.

— Não posso... não posso... — Agora saio correndo. Para fora do quarto e entro na cozinha.

Vou beber ou me cortar. Ele traz tudo à tona, força toda essa porcaria que enterrei dentro de mim sair para a superfície. Ele sabe bem o que é e faz isso de propósito.

Mantive isso fechado por tanto tempo que, sempre que ameaçava vir à tona, sair de mim, eu bebia até me acalmar ou me cortava e sangrava em vez de sentir a dor, em vez de gritar, chorar ou ficar com raiva.

Sei que ele tem uísque em algum lugar por aqui, mas não consigo encontrar. Não está na geladeira e não tenho altura para alcançar o armário acima dela, onde sei que deve estar. Eu escalo o balcão, estico meu corpo todo e perco o equilíbrio. Caio e bato com força no chão, e fico completamente sem ar.

Está vindo à tona. Veio à tona quando ele me levou às lágrimas, quando ele me fez admitir que matei o Kyle. A culpa veio e saiu, e aquilo dói, como facas retalhando meu coração.

Isso?

Isso é o luto. A perda. A compreensão de que Kyle se foi. Claro que ele se foi, eu sempre soube. Mas isso é luto. O sofrimento. A solidão. É pior que a culpa. Sempre soube que a culpa não tinha cabimento. Eu não posso justificar a culpa, não posso mudá-la, nem explicá-la ou enterrá-la por mais tempo.

Luto contra o choro, luto contra o aperto no estômago e no coração.

Não.

Não.

Não vou deixar isso sair de mim.

Ele forçou aquela culpa sair de mim. Agora não pode forçar o luto também. Eu não quero. É muito para mim. Vai acabar comigo.

Abro uma gaveta com violência e ouço o barulho de talheres tilintando. Não tenho consciência dos meus movimentos, mas sou eu mexendo na gaveta em busca de uma faca. Vou deixá-lo irritado. Não estou nem aí. Ouço seus passos se aproximando. Ele me dava espaço para me acalmar, eu acho, mas agora ele sabe o que estou fazendo.

Ele chega tarde demais.

A dor é um alívio abençoado. Observo com culpa e satisfação a linha vermelha jorrando do meu braço. A faca não estava muito afiada, então precisei pressionar. É um corte profundo.

— Mas que *merda*! — Colton, vestindo um short, corre até mim, irritado e com medo. — Nell... mas que *merda* é essa?

Nem me preocupo em responder. Estou tonta. Sangrando. Olho para baixo e vejo o vermelho se espalhando sem parar. Cortei fundo. Muito fundo. Ótimo. O luto some aos poucos e escorre pelo piso laminado.

Estou em seus braços, e ele pressiona a região do meu corte. Uma toalha branca fica rosa e depois carmesim. Ele aperta com tanta força meu braço que dói mais do que o próprio corte. A toalha está enrolada no meu braço, e em seguida ele amarra um cinto bem apertado.

Estou entre seus joelhos, com as costas no seu peito. Sinto seus músculos e sua respiração ofegante e desesperada, com os braços em volta dos meus ombros. Ele segura o cinto com uma mão e meu punho com a outra. Seu rosto está contra o topo da minha cabeça. Sinto sua respiração esbaforida em meu ouvido, no meu cabelo.

— Caramba, Nell. Por quê?

Encontro minha voz. A dor em suas palavras é evidente, como se o corte fosse nele, e eu quero confortá-lo. Estranho. Não quero que ele sofra, prefiro curar a dor dele em vez da minha.

— Eu não aguento — sussurro, porque é o máximo que consigo. — É muito grande. Ele se foi e não vai mais voltar. Culpa minha ou não... ele se foi. Ele está morto. Ele é só uma porção de ossos numa caixa de madeira, uma memória que está desvanecendo. Nada pode parar essa dor. Nem o tempo.

— Eu sei.

— Você não *sabe*. — A última palavra é rosnada, com fúria. — Você não estava *lá*. Você não está na minha cabeça. Você não sabe.

— Ele era meu irmão caçula, Nell. — Sua voz soa quase tão sofrida quanto a minha.

— Mas... você foi embora quando tínhamos onze anos. Você nem chegou a voltar para visitá-lo. — Essa era uma coisa que eu nunca tinha conversado a respeito com o Kyle, mas sabia que o deixava confuso, magoado. Seus pais nem citavam o nome de Colton.

— É, bom... eu não tive outra escolha. Eu mal conseguia sobreviver. Sentia a falta dele todos os dias. Escrevi umas mil cartas para ele na minha cabeça enquanto tentava dormir nos bancos dos parques ou em caixotes nos becos, coberto por jornais. Mil cartas que nunca pude escrever, que nunca consegui escrever. Não tinha dinheiro nem para comer ou para me proteger do frio, quanto mais para uma passagem de ônibus para Detroit.

Alguma coisa no que ele disse não me desceu, mas não consigo identificar o que é, pois estou tonta, fraca e confusa.

Ele alivia a pressão do torniquete temporário; com muito cuidado, levanta a toalha. Ainda escorre um pouco de sangue, mas bem lentamente. Sou erguida e carregada, e deixo minha cabeça encostar em seu peito. Ele me acomoda na cama, sai do quarto e volta com um rolo de gaze, esparadrapo e uma pomada antibiótica.

— Talvez você devesse levar pontos — ele diz, dobrando uma bandagem e colocando sobre o corte, enrolando a gaze bem apertada em volta do meu braço. — Mas eu sei que você não vai querer ir ao hospital. Então acho que isso deve ajudar.

— Como sabe que não quero? — pergunto.

— Quer ir?

— Claro que não. Mas como você sabia? — Observo ele passar os esparadrapos nas pontas.

— Eu não iria querer, se fosse eu. Teria muita gente para fazer perguntas: assistentes sociais, psicólogos, psiquiatras... E o pior de tudo é que ligariam para os seus pais. — Ele põe dois dedos embaixo do meu queixo e o polegar na minha mandíbula. — E é isso que você vai ter se fizer essa merda de novo. Vou levar você correndo para a porra do pronto-socorro e eu mesmo vou ligar para os seus pais, como deveria ter feito dessa vez, mas não vou.

— Por que não? — eu sussurro.

— Porque eles não vão entender nada. Isso não é para chamar a atenção ou qualquer que seja aquelas baboseiras *psicobobocas*. — Ele toca a testa na minha. — Porque eu posso ajudar você, se você deixar. Nós vamos conseguir tirar você dessa.

"Nós"? Merda. *Merda*. Meus olhos congelam, meu lábio treme e sinto ânsia de vômito. Meu instinto é o de causar mais dor para estancar as lágrimas. Colton sabe disso agora, então ele me abraça e me aperta contra seu peito. Ele está determinado a me curar, com todo o apoio e amor. O que é exatamente o que sempre tive medo de admitir que preciso mais que tudo. Ele não vai deixar, de maneira alguma, eu me esconder, mentir, recuar ou fingir que está tudo bem, e ele já conhece todos os meus truques.

— Põe... para... *fora* — ele sussurra, com a voz firme, vibrando em meus cabelos.

— Não. *Não!* — A última palavra é gritada.

— Você precisa. Não pode continuar morrendo por dentro. Não pode continuar fingindo, mascarando esse sentimento.

Um arrepio, um tremor, os dentes cravando no meu lábio inferior. Meus dedos fincam nos músculos do peitoral dele. Não vou chorar. Não vou.

Caramba, tudo bem, eu vou chorar.

— Dói muito, Colton... — As palavras se perdem num mar de soluços, arrepios, engasgos e dificuldades para respirar. — Eu o quero de volta! Não quero vê-lo morrer de novo.

Eu choro, choro, e ele só me abraça. Enfim, eu me recomponho e deixo as palavras saírem de mim.

— Eu vejo toda hora. Toda vez que fecho meus olhos, eu o vejo morrer. Eu sei que não é culpa minha, sempre soube. Eu me convenci de que era minha culpa, porque isso era melhor do que a dor de ele ter partido.

— Ele se foi. Você precisa aceitar.

— Eu sei. Só que dói demais. — Agora vem a pior coisa a admitir. — Eu percebo que estou me esquecendo dele. Eu o vejo morrer uma vez atrás da outra, mas não consigo lembrar o cheiro dele. Como era ser abraçada por ele. Como era o sexo com ele. Como era o beijo dele. Não consigo mais lembrar. E fico me perguntando se eu cheguei a amá-lo de verdade. Se não foi só uma paixão adolescente. Penso se o amava só porque ele foi o primeiro cara com quem transei. Sei lá. Não me lembro. E agora vem você, e você é... melhor que ele. Mais forte. Você me excita de um jeito que nunca senti com ele. Você me faz sentir coisas que nunca senti ao lado dele. O jeito que você me beija é melhor do que a forma com que ele me beijava. Quando você me fez gozar, percebi que nunca tinha sentido nada parecido. *Jamais*. Em nenhuma das vezes em que transei com Kyle, nos dois anos em que estivemos juntos.

Um grito de dor de pura impotência, autopunição, raiva, luto, sai pela minha garganta; Colton me abraça mais forte e me deixa gritar. Ele não me fala para eu me acalmar, ou ficar quieta, ou sussurra que vai ficar tudo bem.

— Eu o esqueci, Colton! Eu nem cheguei a amá-lo e agora ele se foi! E nunca mais vou tê-lo de volta, e nunca mais vou ficar bem!

— O esquecimento é a ferramenta da mente para ajudar você a se curar. Ajudar você a seguir em frente. Você o amou *sim*, Nell. Ele foi o seu primeiro. Seu melhor amigo antes disso. Isso é tudo o que eu sei sobre vocês dois. Vocês eram inseparáveis desde que nasceram. Claro que você o amou. Eu sei, ele se foi, e é uma grande merda da vida. Ele foi tirado de você muito cedo, de todos nós. Eu não posso fazer com que fique tudo bem. Mas você *precisa* ficar bem. Você precisa permitir se curar e seguir em frente. Você está presa no momento da morte dele, agora mesmo. Presa num ciclo sem saída. É preciso quebrar esse ciclo.

— Mas eu não sei como.

— Sinta. Sofra. Permita-se sentir toda a raiva do fato de que ele foi tirado de você. Sinta a perda dele. Sinta a tristeza e a saudade dele. Não bloqueie, não se corte para impedir a dor, não beba para se sentir dormente. Apenas sente-se e deixe a dor acabar com você. Então levante-se e continue respirando. Uma respiração por vez. Um dia de cada vez. Acorde, e sinta ser destruída. Chore um pouco. Então pare de chorar e siga com o seu dia. Você não está bem, mas está viva, e, algum dia, tudo ficará bem.

— Você faz parecer tão fácil.

— De jeito nenhum! Não tem nada de fácil. É a coisa mais difícil do mundo. Mas é a única maneira. O que está fazendo vai matar você.

Percebo em sua voz o conhecimento pessoal de quem já viveu aquilo.

— Você já fez isso.

Ele suspira e diz:

— Já. Mais de uma vez.

— Kyle?

— Ele também.

— Quem mais?

Ele expira novamente, um suspiro longo e frustrado.

— Amigos, irmãos... Uma garota que... alguém que eu amei.

— Me conta.

— Porra! Sério? Você quer ouvir sobre isso agora?

Confirmo com um gesto da cabeça, ele resmunga, mas continua:

— Tudo bem. A primeira vez foi um dos meus melhores amigos; ele era amigo meu e do Split. T-Shawn. Split foi criado praticamente junto com ele. T-Shawn e Split começaram os Cinquenta e Um Bispos juntos. Houve um desentendimento numa quadra de basquete, uma aposta ou algo assim. Era uma briga de mão principalmente, algumas correias, mas um idiota pegou um bastão. Então a coisa foi ficando pior. Um dos caras puxou uma faca. Esfaqueou o T na garganta. Eu vi... eu vi ele sangrar nas minhas mãos, nos meus braços. Eu vi T morrer, segurei-o nos meus braços enquanto ele sangrava até a morte... então eu matei o filho da mãe. Bati a cabeça dele no chão da quadra até ver os miolos saírem. Não consegui me segurar. T era um cara do bem. Um bom amigo. Um cara gentil, de verdade. Mas ele teve o azar de nascer no gueto. Você precisa fazer o que é necessário para continuar respirando. Para a maioria, nem chega a ser uma escolha. É a vida. A vida nas ruas. É como essa merda funciona. T era um cara esperto. Poderia ter ido para a faculdade, escrito coisas inteligentes, ter sido alguém, se ele tivesse tido a oportunidade. Mas não teve. Agora ele está morto.

— Sinto muito.

— Então outro irmão tomou um tiro. Lil Shady. No início, não éramos amigos. A namorada dele tinha uma atração por mim e ele não gostava muito. Nunca fiz nada com ela, mas... ele não gostava de mim por causa disso. Por fim, nós superamos essas diferenças e protegíamos um ao outro, quando as coisas engrossavam. Shady tomou uma bala na cabeça. Graças a Deus, eu não vi acontecer. Mas ele se foi e não foi nada legal. Simplesmente... se foi. Fumei um baseado com ele uma hora antes de ele morrer, sabe? De repente, Split e Mo batiam na minha porta, carregando o corpo do Shady, gritando sobre uma outra gangue ter passado atirando.

Vejo sua mente e seus olhos distantes, observando o passado passar na sua frente. Então ele prossegue:

— Mais alguns se foram, a mesma coisa, dias diferentes. Mas nenhum tão próximo quanto Shady e T. — Ele desvia o olhar e percebo que ele se perde nas memórias.

Entrelaço meus dedos com os dele.

—Você disse que havia uma garota também? Alguém que você amou?

— Esse foi o pior dia da minha vida. O motivo pelo qual eu decidi largar a gangue e entrar nos trilhos, comprar a loja e tentar me acertar na vida, me livrar de toda aquela merda. — Ele inclina a cabeça, enterra o rosto no meu cabelo e, depois, respira fundo. — Seu nome era India. Linda demais. Sua mãe era negra e o pai era coreano. Os olhos eram amendoados, os cabelos negros chegavam até a cintura, o corpo tipo... um corpo maravilhoso. Uma garota incrível. Incrível demais para estar no gueto, para se envolver nas merdas em que ela se envolveu. Ela era amiga da namorada do Split. Ela sempre estava por perto e comecei a notá-la. Sempre ficava de olho nela, gostava dela. Vi que ela havia olhado para mim. Finalmente, acabamos sendo os dois últimos a estarem acordados numa festa à noite; ficamos conversando à beira da fogueira até o amanhecer. Ela queria fazer faculdade de moda ou ser modelo, mas ainda estava na dúvida. Também teria sido boa em qualquer coisa.

Então, paira um silêncio no ar. Bem longo. Porém não posso preenchê-lo, por isso espero que ele continue.

— Nós namoramos por um ano. Namorar não é o termo certo, porque não era uma coisa do tipo levá-la à Broadway ou a algum bairro chique de Manhattan, sabe? Nós ficamos juntos para valer, durante um ano. Cara, não quero falar sobre isso. — A voz dele engasga, ele inspira fundo, depois expira lentamente, e continua. — Tinha algumas coisas rolando com uma gangue rival, alguns desentendimentos, sei lá. Coisas de sempre. Mas a coisa ficou feia. Eu me separei do Split e dos caras e fui perseguido a pé por muitos quilômetros por mais caras do que eu podia enfrentar. Eu não queria, mas acabei levando todos eles até a India. Ela tinha saído com algumas amigas e uns caras também. Ela me viu correndo pela rua e sabia que eu estava encrencado. Chamou os caras para me ajudarem. Então eu e eles demos um jeito nas coisas e tomei um tiro no ombro, mas não foi nada demais. O último cara estava falando algumas merdas, mas deu para ver que estava prestes a ir embora. Nós o deixamos. Ele saiu correndo, mas parou a cerca de trinta metros de nós e deu um tiro, como se fosse um último "vá se foder". Mas a India estava na porta e o tiro a acertou bem no meio dos olhos. Puro acidente. Deu para ver na cara do sujeito. Ele ficou com uma cara meio que "ih, merda", porque todo mundo conhecia a India. Independentemente da gangue, todo mundo conhecia a India, todo mundo a amava e a respeitava. Ela era uma pessoa doce. Ele foi pego no dia seguinte, não por mim, mas aconteceu. Mas não importava. Ela tinha morrido. Toda aquela beleza, toda aquela doçura, todo aquele amor por todos; não importava quem ela era... simplesmente se foi.

Sinto meus cabelos molhados e ouço lágrimas em sua voz. Mudo de posição, me viro e o puxo para mim. Encosto seu rosto em meu peito e, finalmente, entendo o que ele quis dizer com se deixar sofrer. Colton é durão, fortão, estoico. Mas é uma pessoa... ferida pelas memórias. Mesmo anos depois.

— Ela foi a primeira garota que eu amei. Digo, eu tive outras namoradas antes dela, sabe? Eu até achei que estava apaixonado por algumas delas, mas não era amor. Era *tipo* amor, *quase* amor. Mas quando você sente aquela necessidade por alguém que o consome por inteiro, uma pessoa por quem você faria qualquer coisa no mundo, sabe? Essa pessoa mora dentro da sua pele, dentro da sua alma, como se a essência dela estivesse impressa em você tão profundamente que o próprio ar que você respira e cada molécula de quem você é estivesse interligado com a dela. Isso é amor. Eu a amei desse jeito. — A voz de Colton está... despedaçada. — E ela se foi. É por isso que eu tenho essas coisas no peito, as cicatrizes. Eu não conseguia lidar com essa dor. Eu não podia aceitar que ela estava morta por tanto tempo. Doía demais, de um jeito tão profundo que eu precisava parar aquela dor de alguma maneira, eu precisava sentir alguma coisa além daquela agonia emocional. Foi o Split quem me salvou. Quem me fez encarar o que tinha acontecido e como eu me sentia, para que pudesse superar esse sofrimento. — Ele dá um riso rouco. — Você nunca supera por completo, sabe? Não dá. Não para de doer e você não para de amar aquela pessoa. Nunca vai embora. Você só continua vivendo e, com o passar do tempo, as coisas vão levando você por aí, então aquilo para de consumir você todos os dias. Então um dia, você sabe que está bem. Ainda dói, você ainda sente a falta da pessoa. E sim, você se esquece dos detalhes. O cheiro, o gosto da boca, o tato da pele, o som da voz dela. É como se fosse uma vida diferente, uma pessoa diferente que a amou, que esteve ao lado dela. Mas no dia a dia, você sabe que está bem. Mais ou menos.

— E você aprende a amar outra pessoa? — pergunto, porque eu tenho de saber.

Ele se senta e ficamos cara a cara, com as pernas cruzadas.

— Não sei. — Seus olhos estão vulneráveis e buscam conforto em mim. — Estou lutando para que isso aconteça. Eu te conto quando souber.

Ele fala aquilo do fundo do coração.

— Como competir com um fantasma, Colton? — eu sussurro a pergunta, seguida por um longo silêncio.

Ele encolhe os ombros.

— Não sei.Você não sabe.Você só compreende que existe uma parte de você que precisa deixar para trás, porque ela pertence a essa pessoa morta. Sei lá.

— E nós podemos fazer isso? Eu e você? Você com seu fantasma da India e eu com o meu do Kyle?

Ele pega a minha mão e esfrega com o polegar.

— O que podemos fazer é tentar, dar o nosso melhor. Entregar-se da melhor forma possível, um dia de cada vez. Uma respiração por vez.

— Não sei fazer isso. Estou com medo. — Sou incapaz de olhar para ele, incapaz de encontrar com os olhos dele.

Ele faz aquilo com os dedos no meu queixo, levantando meu rosto na direção dele. Porém dessa vez ele se inclina até mim e toca meus lábios.

— Eu também não sei e também estou com medo. Mas se quisermos viver, sem sermos metade fantasmas, sem estarmos presos à lembrança de ter amado alguém que já se foi, é necessário tentar. — Ele me beija novamente. — Nós nos entendemos, Nelly. Nós dois perdemos alguém que amávamos. Nós dois temos cicatrizes, arrependimentos e raiva. Podemos fazer isso juntos.

Respiro para espantar o medo, o tremor e o desejo de fugir.

— Eu gosto quando você me chama de Nelly. Ninguém jamais me chamou assim.

Ele apenas sorri e me abraça forte.

Capítulo 10

Silenciando os fantasmas

Um mês depois

As coisas voltaram a algo parecido com o normal, só que Colton agora ia até a minha casa e nós ficávamos juntos. As coisas passaram a um estágio menos físico, embora eu ainda sentisse atração por ele, quem sabe até mais do que antes, e sentisse seus olhos me analisando frequentemente. Nós nos beijávamos de vez em quando, mas parecíamos ter colocado uma barreira tácita quanto à afeição física. Não sei bem como isso aconteceu. Nem sei se eu gosto disso. Eu o quero e sinto falta do seu toque.

Frequento aulas na Universidade de Nova York, corro, cumpro turnos como garçonete e toco violão. E vejo Colton, mas não o bastante. Acima de tudo, procuro não pirar por conta da minha possível entrada para a faculdade de Artes Dramáticas. Em meio a toda essa loucura de ter encontrado Colton no parque e todos os eventos subsequentes, eu acabei esquecendo que a carta com a minha aprovação ou não estava prestes a chegar.

Enfim, a carta chega trazida por Colton, junto com o restante da minha correspondência. Estou sentada no balcão da minha cozinha, com os pés na cadeira, treinando uma música, quando Colton bate à porta e entra logo em seguida. Ele me entrega a pilha de envelopes, na qual dou uma olhada. A carta da NYU está no fim, como sempre. Quando eu a vejo, meu coração começa a acelerar e deixo todas as outras cartas caírem.

— O que é isso? — pergunta Colton, notando minha reação.

— Eu me candidatei a uma vaga na faculdade de Artes Dramáticas da Universidade. Não é garantido que eu seja aceita, e essa carta vai me dizer se eu entrei ou não. — Deslizo meus dedos sob a aba e puxo a folha de papel. Nesse momento, minha coragem desaparece e eu perco o chão, sacudindo as mãos e gritando como uma adolescente. — Não consigo olhar! Lê para mim — eu digo, entregando a carta para ele.

Colton pega na mão, dá uma olhadela e me devolve.

— Não, é sua. Você lê. — Há uma expressão esquisita em seu rosto que não consigo interpretar.

— Estou muito nervosa — eu digo. — Por favor? Leia para mim?

—Você mesma deveria ler a carta, Nelly. Não será a mesma coisa que você mesma ler que foi aceita.

— Você não sabe se eu entrei — eu digo, empurrando-a para ele, curiosa e, agora, irritada. — Por favor? Por favor, leia para mim? — Eu sei que não deveria ter forçado tanto a barra. Dá para ver em sua expressão que aquilo é alguma coisa mal resolvida. Um botão. Mas agora eu estou com aquilo na ponta da língua e não vou deixar de perguntar.

— Não, Nell. Não vou ler para você. É a sua carta de aceitação, não a minha. — Ele vira de costas, enfia a mão nos bolsos e fica indiferente.

Ele olha para fora da janela, com os ombros encolhidos e a mandíbula tensa.

— Que isso, Colton? Qual é o problema? Quero dividir esse momento com você.

Ele se vira para mim, com os olhos vermelhos de raiva e ressentimento.

— Quer saber qual é o problema? Eu não consigo ler! Está bem? Esse é o problema. Eu não consigo ler porra nenhuma. — Ele se volta para a janela novamente, com os punhos cerrados ao lado do corpo.

— Co... como é? — Fico chocada com o que ele diz. — Você não sabe ler? Tipo... nada? Como... como isso é possível? — Eu me aproximo dele por trás e, cautelosamente, toco seu ombro.

Seu ombro musculoso é uma rocha embaixo da minha mão. Ele não se vira para falar, e sua voz está tão contida que tenho de me esforçar para ouvi-lo.

— Eu sou disléxico. Tipo, *caso grave*. Eu *sei* ler, mas muito, muito mal, e demoro uma eternidade para conseguir ler uma simples frase. Um garotinho da primeira série consegue ler melhor que eu, ok? Se eu me sentar numa sala em silêncio absoluto, sem qualquer distração, e completamente focado por uma ou duas horas, talvez eu consiga compreender uma matéria de algum jornal, que deve ser legível por qualquer um na quinta série ou sei lá o quê.

Muita coisa faz sentido agora.

— Esse é um dos motivos para você ter vindo para Nova York, não é? Parte do problema que você tem com os seus pais.

Ele balança a cabeça duas vezes, confirmando com um movimento curto e preciso.

— É sim. Isso sempre foi um problema para mim. Quando eu ainda era criança, as coisas eram menos compreendidas do que hoje em dia. Agora existe uma porção de recursos para crianças com "dificuldade de aprendizado" como eu. — Ele usa aspas com os dedos para destacar o termo. — Eles já dão rótulos para as doenças, têm laboratórios de pesquisa, tutores e todo o tipo de coisa complexa. Quando eu era criança, num distrito rural como o local onde crescemos, eu não tive nada disso. Eles simplesmente achavam que eu era burro. E meus pais também. Eles fizeram exames comigo, mas dislexia não era uma coisa da qual as pessoas tinham muito conhecimento, então eles não sabiam o que estavam procurando, e eu não sabia como explicar o que estava acontecendo.

— Só o que sei sobre dislexia é que há dificuldades na leitura. — Esfrego minha mão em círculos em seu ombro musculoso.

Ele acena com a cabeça e, finalmente, se volta para mim. Eu engulo em seco e decido diminuir a barreira entre nós. Dou um passo a frente, aproximo meu corpo do dele, deslizo minhas mãos por baixo dos seus braços e agarro-o por trás. Inclino a cabeça para trás, a fim de olhar para ele, e apoio o queixo em seu peito. Aquele perfume e o calor de seu corpo atlético me inebriam, e logo sinto uma descarga de desejo me atravessando por inteiro.

— É, basicamente, mas é mais do que isso — ele diz. — É que... nada escrito faz sentido para mim. Cartas, números, frases, equações matemáticas... tudo. Consigo fazer imensos cálculos matemáticos avançados de cabeça, tenho bom vocabulário, compreendo gramática, mas é preciso que tudo seja comunicado oralmente. Diga-me uma palavra, o que ela significa, e nunca mais esqueço. Explique para mim um conceito matemático; sem problema nenhum. Pôr no papel? Nada. É como se as coisas se embaralhassem, se rearranjassem sem sentido algum. Olho para esse papel aqui — ele dá um tapinha com o dedo indicador na folha que está em minha mão —, e vejo as letras. Eu conheço o alfabeto, tecnicamente posso ler, sei contar aquelas historinhas de criança. Mas quando olho para o papel, juro que é tudo baboseira, apenas letras que não fazem sentido. Tenho de focar em cada letra por vez, cada palavra, falar em voz alta, acompanhar com o dedo. Depois tenho de voltar tudo e juntar toda a frase, então a mesma coisa com o parágrafo, a página, e isso, geralmente, significa que eu preciso ir e voltar diversas vezes. É difícil pra caramba.

— Todas as músicas que você compõe, as letras...

— Tudo aqui. — Ele toca a cabeça. — Componho as letras, a música, tudo na minha cabeça.

Fico impressionada.

— Você não tem nenhuma delas escrita em nenhum lugar?

Ele ri rascante, quase uma tosse.

— Não, meu amor. Não poder ler já é ruim o bastante. Não consigo escrever merda nenhuma também. É tão difícil quanto. Na verdade, é mais difícil, porque começo escrevendo o que está na minha cabeça, mas outras coisas saem, como se fosse um monte de letras misturadas.

— Então você memoriza tudo?

Ele encolhe os ombros.

— É assim que eu sou. Tenho uma excelente memória e, musicalmente, tenho um daqueles ouvidos absolutos, sabe? Ouço uma peça musical e consigo reproduzi-la. As notas, os acordes, tudo faz sentido tão logo que eu os ouço. Com coisas mecânicas é a mesma coisa. Eu sei tudo aquilo instintivamente. Digo, eu tive de aprender como fazer, assim como tive de aprender a tocar violão e usar direito minha voz, mas é tudo natural para mim.

— E seus pais nunca entenderam nada disso? — pergunto.

Ele suspira e ameaça um rosnado.

— Deus, odeio falar sobre essas coisas. — Ele puxa meu cabelo para trás sem olhar. — Não, não entenderam. Eu fui o primeiro filho deles. Eles cometeram erros. Eu entendo. Mas isso não melhora tudo o que aconteceu.

— O que aconteceu?

Ele olha para baixo, dentro dos meus olhos, de onde ele parece juntar forças para começar a falar.

— Como eu disse, eles não compreendiam qual era o meu problema. Claramente, eu não era lento ou coisa parecida. Eu falava bem, eu interagia socialmente, amarrava meus sapatos, identificava cores e padrões e tudo mais, mas quando as lições no jardim de infância começaram a exigir que eu olhasse coisas escritas, eu simplesmente não conseguia entender. Isso frustrou todo mundo. Meu pai estava em ascensão na época, e ele tinha grandes aspirações. Grandes planos para mim, seu primogênito. Eu seria o seu sucessor, um médico ou um advogado ou algo grandioso. Ele havia decidido que esse seria o meu destino, e nada poderia mudar a cabeça dele. E a coisa ficava cada vez mais complicada, porque minha compreensão de leitura e escrita era praticamente... zero. Nunca passei da primeira série. Eu precisava me esforçar três vezes mais que qualquer outro aluno para terminar meu dever de casa, para fazer uma prova, todas essas coisas. Eu mal consegui sobreviver à escola. O papai achava que eu era preguiçoso. Ele me falava para eu me esforçar mais, para que nada me impedisse. Ele forçava, forçava, forçava, mas ele nunca via como eu *estava* me esforçando para atender às expectativas. Consegui passar com muito esforço pelo ginásio, e digo *muito esforço* mesmo, e isso significava que eu estudava e fazia deveres de casa por, literalmente, quatro ou cinco horas toda noite. Porque *tudo* é voltado para respostas escritas e leitura de livros de estudo. Como eu disse, eu *consigo* ler, é que... é tão difícil que beira o impossível, e leva uma eternidade. Eu era só uma criança. Eu queria jogar futebol, brincar com os amigos, me divertir, todas essas coisas normais.

Só que eu não podia, porque eu estava sempre no meu maldito quarto, tentando terminar de ler as dez páginas da história de *O Doador*.

Apoio minha testa no peito dele, sentindo sua dor.

— Meu Deus, Colton.

— É, foi um saco. E o papai não entendia. Ele não é uma má pessoa. Ele é ótimo, de verdade. Quando não estávamos falando de escola, ele era muito legal comigo. Mas tudo foi ficando para trás à medida que fui crescendo. No colégio, eu tinha muita *raiva*. O tempo todo. Eu odiava a escola, odiava os professores, o diretor, meus pais, tudo. E não ajudou muito na época, quando eu tinha quinze anos, que Kyle já se tornava um garoto de ouro, super bem-comportado, atlético, muitos amigos, charmoso e tudo mais. E eu tinha de estudar seis horas por dia para tirar um C ou um D. E a pior parte é que eu sabia que eu compreendia os conceitos básicos. Eu sabia que não era burro. Ouvia e compreendia o assunto de uma aula. Eu escutava as aulas e provavelmente saberia repetir tudo para o professor. Se tivessem feito provas orais comigo, provavelmente eu teria sido um aluno nota A. Mas isso não era uma opção naquele tempo. — Ele traça a linha da minha mandíbula com a ponta do dedo, indo para trás da minha orelha, descendo pelo pescoço e atravessando meu colo; eu me arrepio toda com o calor do seu toque. — Eu me meti em muitas encrencas porque eu tinha muita raiva e frustração. E as crianças tiravam sarro de mim, é claro, porque eu sempre estava com problemas e mal passava de ano, então me metia em muitas brigas.

— As crianças são terríveis no colégio.

— Não me diga — ele diz, com uma risada amarga. — Mas, para falar a verdade, eu não ligava muito para eles. A coisa com os meus pais é que me matava por dentro. Eles achavam que eu não me esforçava o bastante, que eu exagerava sobre os meus problemas para que pudesse sair da escola ou algo parecido. E eles queriam que eu seguisse a linha deles, cumprisse com o planejado. No entanto, esse plano incluía entrar para a faculdade. E tudo o que eu queria era trabalhar numa oficina, construir carros. Tocar meu violão. Isso não era aceitável.

Então começo a compreender.

— Aí quando veio a época da formatura...

— Meu pai insistiu que eu *tinha* de tentar uma vaga nessas faculdades, na Ivy League[4] e tudo mais. — Ele ri, mas uma risada melancólica, e cheia de amargura e raiva reprimida. — Entrar para a porra da faculdade? Mal tinha conseguido me formar no colégio. Mal conseguia *ler*. Eu *odiava* estudar. Eu já estava de saco cheio. Eu falei isso, mas ele não deu a mínima. Ele deu um jeitinho para que minhas notas ruins não importassem. Finalmente, eu sabia que precisava fazer com que ele entendesse. Lembro-me desse dia como se fosse ontem. Era junho, um dia lindo, claro e ensolarado. Eu estava formado há alguns meses e passava o tempo todo na oficina, trabalhando no meu Camaro. Ele queria que eu tentasse Harvard, Columbia e Brown, mas eu não queria aquilo. Era uma briga constante. Até que tivemos uma discussão feia no píer. Eu disse que não iria para a faculdade, jamais. E a resposta do meu pai? "Então vá cuidar da sua vida sozinho". Ele pagaria meus estudos, meu sustento, o aluguel de um apartamento e tudo mais, *se* eu fosse para a faculdade. Caso contrário, ele não me daria nem um centavo. — Colton faz uma pausa e vejo que essa é a parte mais complicada. — A coisa ficou feia. Ele... nós brigamos, tipo, feio. Ele me chamou de vários nomes, disse que eu era burro e preguiçoso. Ele estava com raiva, eu entendo, mas... ainda guardo essa cicatriz comigo. Tudo o que eu sempre quis foi sua aprovação; que ele visse que eu tinha outras habilidades, que eu era inteligente de outras formas. Mas ele não aceitava. Como eu disse, a briga ficou feia. Virou agressão física. Ele me bateu, eu bati nele. Eu corri. Deixei meu carro, meu Camaro com o qual gastei anos construindo do zero. Deixei todas as minhas coisas. Peguei uma mochila, algumas roupas e todo o dinheiro que eu tinha. Comprei uma passagem para Nova York. Nunca olhei para trás. É claro que a passagem de ônibus custou praticamente tudo o que eu tinha, então, assim que cheguei à cidade, eu estava falido, era um garoto de dezessete anos pra-

[4] Originalmente, trata-se de uma liga de futebol americano da qual apenas participam alunos das universidades norte-americanas localizadas na região nordeste dos Estados Unidos. Hoje, a liga estende-se, além do esporte, à área acadêmica sendo constituída pelas universidades com os maiores níveis de excelência do país. (N. T.)

ticamente analfabeto, com raiva contida e sem plano, sem dinheiro, sem amigos, sem carro, sem apartamento, nada. Só uma mochila com alguns biscoitos e uma muda de roupas.

A dor em sua voz é de cortar o coração. Vejo-o em minha mente, um garoto solitário, com raiva, com medo, forçado a lutar para sobreviver. Orgulhoso demais para voltar para casa, mesmo se pudesse. Com fome, frio, sozinho, vivendo nas ruas.

— Colton... sinto muito por você ter passado por tudo isso. — Ouço minha voz quase chorando.

Ele levanta o meu queixo.

— Ei. Não chore. Não por mim. Eu superei, não é?

— É, mas não precisava ter sofrido isso tudo. — Ele dá de ombros, como se não se importasse, e eu o afasto para olhar bem para ele. — Não, não aja como se não fosse nada. Você conquistou tanta coisa. Você sobreviveu. Você saiu das ruas. Você montou um negócio de sucesso do nada. Você fez isso tudo sozinho, apesar de todos os seus problemas de aprendizado. Acho que isso é incrível. Acho *você* incrível.

Ele encolhe os ombros de novo, virando os olhos para trás, claramente sem graça. Ponho minhas mãos em seu rosto, adorando a sensação de tocar sua barba rala.

— Você é inteligente, Colton. Você é. Você é talentoso. Fico impressionada por quem você é.

— Você está me deixando sem jeito pra caramba, Nelly. — Colton passa o braço em volte de mim e me puxa com força para perto dele. — Mas obrigado por dizer. É mais importante do que você imagina. Agora. Você entrou ou não? Cansei de ficar falando sobre mim.

Levanto a carta por trás dele, lendo-a por cima de seu ombro.

— Sim. Eu entrei.

— Nunca duvidei disso. Estou muito orgulhoso de você, Nelly.

Sorrio no peito dele, respirando seu cheiro.

- - -

Estou morrendo de medo. Não tenho certeza de que vou conseguir. Seguro o violão pelo braço e tento não entrar em pânico.

— Pronta? — A voz de Colton vem do meu lado. Seu joelho toca o meu.

Aceno com a cabeça.

— Sim, sim. Eu vou conseguir.

— Você vai conseguir sim. É só me seguir e cantar a harmonia, ok? Toque o ritmo como treinamos e faça com que todos ouçam sua voz angelical, está bem?

Aceno novamente e dobro os dedos como aquecimento. Nunca me apresentei em público antes. Digo, algumas apresentações de rua, sozinha e com Colton, mas isso é diferente. Isso... isso é aterrorizante. Estamos no palco de um bar e deve haver umas cem pessoas assistindo, esperando por nós. Elas conhecem Colton, todas vieram por causa dele, e estão intrigadas para saber quem sou eu. Pressão nenhuma.

— Olá, pessoal. Meu nome é Colt e essa é a Nell. Nós vamos tocar algumas coisas para vocês, tudo bem? — Muitos aplausos e alguns assobios. Colton olha para mim e, em seguida, para a plateia. — É, eu sei que ela é linda, garotos, mas ela não é para o bico de vocês. Para começar, vamos tocar uma dos Avett Brothers. Chama-se "I Would Be Sad".

Ele começa com um arranjo dedilhado complexo que imita o banjo do original. Eu entro na deixa dele, apenas marcando o ritmo, e aguardo a deixa para a harmonia. O ritmo é fácil, e treinei tanto que nem preciso mais pensar nele, então sigo a deixa sem dificuldades. Todos ficam impressionados. Minha voz combina perfeitamente com a de Colton, meu agudo claro vibrando com a voz rouca dele, e eu sei que eles devem estar encantados.

Ajusto o ritmo ao fazer a transição de uma música para outra, que Colton apresenta.

— Alguém aqui gosta de City & Colour? — Muitos aplausos de aprovação e ele sorri para a multidão. — Ótimo! Então espero que gostem da nossa versão de "Hello, I'm in Delaware".

Dedilho junto com ele a introdução e demonstro tranquilidade ao tocar, mas por dentro me contorço de empolgação. Dentro de mim, recordo o começo, quando Colton basicamente anunciou que eu pertenço a ele. Gostei disso. Além disso, ele disse que eu era linda. Estou me sentindo o máximo.

Curto muito a música do City & Colour, porque Dallas Green é incrível. Solto a minha voz; não prendo nada. Canto e deixo as palavras saírem de dentro de mim, através de mim. Meu nervosismo acabou, e tudo o que sinto é a música vibrando em minhas veias, a pura beleza da canção e a adrenalina de saber que estou arrasando.

A próxima música é só com o Colton. Eu o ouvi treinar bastante, só que agora não vejo a hora de vê-la ao vivo. Nossos violões ficam em silêncio, e Colton ajusta a afinação do dele, enquanto apresenta a próxima canção.

— Ok, essa aqui eu vou fazer sozinho. Vocês já devem ter ouvido essa canção antes, mas não desse jeito. Chama-se "99 Problems", do primeiro e único Jay-Z. Mas esse arranjo foi feito por um cara chamado Hugo. Eu queria levar o crédito pelo arranjo, para falar a verdade, porque é uma sacada de gênio. Então, isso aí. Espero que gostem.

Há alguns aplausos que se dissipam assim que ele começa uma sequência ritmada, como uma batucada de acordes. Fico tonta de tanta animação e orgulho por ouvi-lo cantar. A primeira vez que o ouvi treinando esse arranjo não sabia direito que música era, porque é tão único, mas logo reconheci e fiquei impressionada. Ele tem razão em dizer que essa versão é brilhante, porque é mesmo, totalmente.

Agora chegou a minha vez.

— Vocês são incríveis, galera. O restante do trabalho do Hugo é bem irado também, mas essa é a minha preferida. Então, bom, agora é a vez da Nell fazer um solo para vocês.

Ele insistiu para que eu apresentasse a minha música, então ajustei o microfone para mais perto e dedilhei os acordes da introdução para me preparar.

— Oi, gente. Nunca cantei sozinha assim, então, por favor, sejam bonzinhos. Vou tocar "It's Time" do Imagine Dragons. — Viro-me e olho para Colton. — Dedico essa música ao Colton, porque ela tem tudo a ver com ele.

Quando eu corria e ouvia minha *playlist*, tentando pensar em que música eu apresentaria sozinha essa noite, eu me deparei com esta canção. É uma música maravilhosa, que parece quase uma balada pop dos anos 1980, e que eu sabia que resultaria numa ótima versão indie-folk. Mas foi a letra o que mais despertou a minha atenção, a ênfase em nunca mudar, em ser quem você é. Colton tinha passado por tanta coisa e se manteve autêntico a quem ele era, recusando-se mudar ou desistir só para agradar as expectativas dos outros.

Lutei com isso por um bom tempo. Eu havia escolhido faculdades e carreiras baseadas no que os outros queriam que eu fosse, o que meus pais queriam para mim. Depois da morte de Kyle, eu não conseguia escolher, não conseguia pensar, não conseguia sentir qualquer desejo por nada. Trabalhei com o meu pai e fui para a faculdade comunitária só porque era o caminho mais fácil. Meu pai sempre quis que eu me formasse em Administração e trabalhasse para ele. Nunca cogitei outra possibilidade. Nunca pensei nos meus talentos ou desejos; eu apenas segui o plano dele, sem hesitar.

Então Kyle morreu, e depois de alguns meses, percebi que eu precisava de uma válvula de escape. Precisava de algo que me distraísse da culpa e da dor. O violão apareceu como um golpe de sorte. Vi um anúncio grampeado num mural de madeira sobre aulas de violão. O professor era um cara mais velho, de cabelo grisalho, barrigudinho e genial. Ele era um excelente professor, paciente e compreensivo. O melhor de tudo é que ele parecia entender que eu precisava de algumas horas por semana para ficar longe de tudo. Ele nunca me fazia perguntas, só me fazia treinar, exigia de mim, mantinha meus dedos ocupados, não dando folga para nada além do progresso nas aulas. Ele me deu uma agenda de treino intensa, e ai de mim se eu não a cumprisse.

Cantar parecia uma extensão natural do instrumento. Sempre adorei cantar, cresci ouvindo minha mãe cantar. Mas nunca levei o canto a sério. Era apenas uma coisa que eu fazia no carro e no chuveiro. Então comecei a ter aulas de violão e a música se tornou uma obsessão, um alívio, uma maneira de sentir algo além da dor. Eu aprendia uma música e, com isso, aprendia a letra também. Por fim, percebi que gostava mais de cantar do que de tocar, e a música em si tornou-se minha válvula de escape. Passava horas e horas tocando, cantando, sentada nas docas, vendo o sol se pôr e as estrelas surgindo no céu, recusando-me a pensar no Kyle, recusando-me a sentir falta dele, recusando-me a chorar por ele. Eu tocava até meus dedos sangrarem, cantava até ficar sem voz.

Agora a música é um fio que me liga a Colton. As músicas que cantamos um para o outro são declarações. Uma discussão contínua com notas musicais.

Então canto, e solto tudo que está dentro de mim. Sinto os olhos em mim, sinto o olhar de Colton me devorando. Termino a música e a última nota vibra no ar, minhas mãos trêmulas, meu coração disparado no meu peito. Há um instante de silêncio, todos os olhos em mim, rostos impressionados. Estou prestes a entrar em pânico, já que ninguém aplaude, mas logo surge uma explosão de gritos, assobios, aplausos, e percebo que todos estavam em silêncio por estarem boquiabertos.

Acho que isso é uma coisa boa.

Quando o barulho diminui um pouco, Colton puxa o microfone para ele e fala virado para a plateia, mas olhando para mim.

— *Caramba*, Nell. Isso foi incrível. De verdade. — Ouço a tensão em sua voz, vejo a comoção em seus olhos. Ele sabe esconder bem, mas eu o conheço melhor ainda, e posso sentir essa emoção irradiando dele.

Nós dois deixamos esse momento tenso passar em silêncio. Nós dois sabemos qual é a próxima música, e nós dois estamos nervosos.

— Eu nunca toquei essa música para ninguém — diz Colton, enquanto encaixa uma pestana no violão. — É... uma música muito pessoal, que escrevi muito tempo atrás. A Nell tem me perturbado... quer dizer, *incentivado* para tocar essa canção ao vivo há semanas, e finalmente cedi. Então, pois é. Aqui vai. Nunca dei um nome a ela, mas acho que podemos chamá-la de... "One More Hour". Espero que vocês gostem.

Está na cara como aquilo vai ser difícil para ele. A melodia que ele toca no violão é lenta, pesada, arrastada, melancólica. Então ele começa a cantar essa canção de ninar, e o bar fica tão silencioso que dá para ouvir uma agulha cair no chão entre os acordes e solos. Ninguém se mexe, ninguém respira. Nós treinamos essa música juntos. Ele só tocaria se eu fizesse acompanhamento de voz e ritmo, então eu começo. Canto algumas partes para ele e toco um ritmo básico, mas bem baixinho e calmo para que ele continue sendo o foco. E ele é. Completamente. Vejo olhos se mexendo, gargantas contraindo. Alguns com lágrimas nos olhos. Dá para sentir como essa música é pessoal e íntima para Colton; está claro na paixão em sua voz. Novamente, ele canta para si mesmo. Novamente, ele é aquele garoto perdido, sozinho nas ruas de Nova York. Sinto sua dor, tudo de novo. Quero abraçá-lo, beijá-lo, dizer-lhe que ele não está sozinho.

Mais uma vez, o bar fica absolutamente calado e deixa a última nota vibrar no ar, e, depois, vai todo mundo à loucura.

Tocamos mais algumas músicas populares que Colton me ensinou, e cantamos "Barton Hollow" juntos, nosso último número da noite. Estou muito emocionada, tremendo de tanta empolgação. Entrei para a faculdade de Artes Dramáticas num impulso, como um ato de rebelião, para dizer aos meus pais que eu faria as coisas do meu jeito. Nunca tinha pensado em me apresentar de verdade.

Agora... estou adorando.

Colton pega nosso pagamento e saímos rápido de lá. Não consigo ler o olhar em seu rosto, mas posso ver a tensão em sua linguagem corporal. Fico nervosa ao sentarmos lado a lado no metrô, com os violões dependurados em nossas costas, e as mãos nas barras de segurança. Ele está em silêncio, e não sei direito se ele está incomodado, irritado com alguma coisa, aturdido por conta da apresentação. Não consigo saber o que está acontecendo e isso me deixa nervosa.

Estico minha mão e pego a dele, entrelaçando nossos dedos. Ele olha para mim, para as nossas mãos unidas, depois para mim novamente. Seu rosto então fica mais brando.

— Desculpe, é que... tocar aquela música foi difícil. Estou distraído, eu acho. Não estou uma companhia muito boa.

Ando de lado até ele, pressionando meu corpo contra o dele.

— Sei que foi, Colton. Estou muito orgulhosa de você. Você foi realmente incrível. As pessoas estavam chorando.

Ele solta minha mão e envolve seu braço na minha cintura, puxando ainda mais para perto. Sua mão pousa nos meus quadris e, de repente, esqueço que estamos no metrô, sendo minha atenção substituída pela sensação de estar ao lado dele, de sentir seu calor, seus músculos. O toque dele é como fogo que incendeia as camadas de roupa que existem entre nós, até que quase posso sentir sua pele na minha. Eu preciso daquilo. Preciso de carne na carne, calor com calor. Temos enrolado por muito tempo e, agora, o pouco que rolou entre nós, não era mais suficiente. Eu preciso de mais. Não sei por que ele tem mantido essa distância entre nós, mas eu já estou cansada disso. Eu tenho sido compreensiva, segurado a onda em nossos beijos, sem querer pressioná-lo. Os beijos têm sido quase platônicos ultimamente: toques rápidos de nossos lábios, apenas ocasionalmente passando para algo mais, para o reino do calor e do desejo.

Agora meu corpo canta pela proximidade dele, meu coração e minha mente estão em frenesi pela apresentação; tudo o que penso, tudo o que sinto é ele e esse meu desejo por ele. Seus dedos afundam na carne dos meus quadris, e seus olhos me incendeiam também, como se fossem chamas de cobalto presas a mim. Sei que ele também está sentindo.

Mordo meu lábio, pois sei o que isso causa nele. Seus olhos ficam semicerrados e seu peito infla. Os dedos dele apertam ainda mais até ser quase doloroso, mas excitante.

— Você vem para a minha casa — ele diz.

É uma ordem, não uma pergunta. Eu aceno que sim, sem tirar os olhos dele.

— Eu vou para a sua casa — confirmo. Eu me inclino e aproximo meus lábios de seu ouvido. — Sem se segurar essa noite.

Ouço-o suspirar hesitante.

— Tem certeza? — Sua voz vibra no meu peito.

— Absoluta! — Preciso que ele compreenda. — *Por favor.*

Ele ri, mas não um riso bem-humorado. É um som de predador, repleto de promessas eróticas.

— Nelly, meu amor... você não precisa implorar.

Ruborizo com algo parecido com vergonha.

— Mas eu *estou* implorando. Você me fez esperar por muito tempo. Agora eu preciso de você.

Os olhos dele ficam tão profundos, de um azul tão penetrante que tira o meu fôlego.

— Eu só estava dando espaço e tempo para você. Não achei que estivesse pronta. Eu mesmo não estava, não totalmente.

— Entendo e agradeço a preocupação. Mas agora estou dizendo... chega de espaço. Chega.

As mãos dele descem, deslizando um pouco para o lado, agora ele está quase, mas não exatamente, apalpando minha bunda.

— Só quero que tenha certeza. Sem perguntas, sem hesitações. Quero que esteja tudo bem.

Apoio minha testa no ombro dele, então levanto meu rosto para olhar em seus olhos.

— Estou pronta. Muito pronta. Com medo, sim. Mas pronta.

Ele ri novamente.

— Você acha que está pronta. Você não está. — A voz dele fica rouca. — Mas vai ficar, amor. Pode deixar comigo.

A ameaça, a promessa em sua voz já é o bastante para me fazer prender as coxas para que a umidade não escorra. Sei que meus olhos ficam arregalados, minha respiração fica entrecortada.

— Pare de morder esse lábio antes que eu perca o controle e pegue você aqui mesmo — Colton rosna. Eu lentamente mordo o lábio e o deslizo para fora, provocando-o com seu consentimento. — Por que isso é tão excitante? — Ele parece genuinamente confuso com sua própria reação.

Arqueio meu corpo e respiro fundo, pressionando meus seios contra ele. Estamos num metrô cheio de pessoas em volta, mas estão todos absortos e não estão nem aí para nada. Estou entretida com as minhas necessidades, fervendo com o fogo do desejo. Minha razão já era; minha moderação foi para os ares.

— Pare com isso, Nell. — Colton me aperta contra ele, e agora fico de frente para ele. Posso sentir seu desejo contra a minha barriga, grande e duro. — Pare de brincar comigo. Você é sexy e eu quero você. Você já sabe disso.

Faço cara de inocente.

— Não estou tentando provar nada, Colton — inclino ainda mais para perto dele e sussurro em seu ouvido suavemente —, só estou com tesão.

Eu me sinto brega e ridícula dizendo aquilo, mas é o que consegui dizer, e é verdade.

Colton não ri como eu achei que iria.

— *Droga*, Nell. Você está testando todos os limites do meu controle. Estou prestes a enfiar minha língua na sua garganta, aqui dentro desse trem.

Olhos arregalados e inocentes de novo.

— Você não iria me ouvir reclamar. — E mordo o lábio, só para finalizar com chave de ouro.

As mandíbulas dele travam, as duas mãos ficam em volta da minha cintura para segurar minha bunda. Ai, como eu gosto disso. Adoro as mãos dele na minha bunda. Minha saia preta que vai até o tornozelo é de algodão fino, e consigo sentir os calos de sua mão raspando no tecido. Consigo sentir a força bruta de seu toque ao me agarrar, puxar meu corpo contra o seu corpo firme.

Sua boca desce até a minha, tensa e áspera, e seus dentes tomam meu lábio inferior, mordendo insaciável, quase me devorando. Sua língua desliza entre meus dentes, seus lábios se movem sobre os meus. Sussurro suavemente e me sinto pegar fogo de tanto prazer. Beijo-o de volta, mas "beijo" não é a palavra mais certa para aquilo. Um beijo se trata de lábios tocando, línguas brincando. Isso...

Isso era transar, mas com nossas bocas. É instintivo, bruto, esfomeado.

— Vão para um quarto, caramba — diz uma voz feminina, exasperada atrás de nós, o que atesta o erotismo daquele momento, já que tínhamos chamado atenção de uma nova-iorquina. Descobri que não é muita coisa que abala um nova-iorquino.

O metrô para e a mão de Colton toca a curva das minhas costas, guiando-me para sair do vagão. Subimos as escadas até o nível da rua e seu braço me puxa para perto. Ele me apressa pela rua e entramos em sua oficina. No caminho pela garagem, fico surpresa pelo cheiro de graxa, cigarro e suor de Colton. É um cheiro maravilhoso, um cheiro que, de certo modo, começa a me lembrar *casa*. A ideia é assustadora, mas empolgante ao mesmo tempo.

Subindo as escadas, sua mão toca a "terra de ninguém" do meu quadril: não é bem a bunda, nem a cintura. Seu calor intenso está próximo, atrás de mim, e o sangue pulsa em meu ouvido. A escada parece infinita. Estou a uma batida do coração de perder o controle e atacá-lo aqui na escada mesmo.

Esse desejo é arrebatador.

É um desespero, uma necessidade vibrando em cada poro do meu ser. *Preciso* do corpo dele, das mãos, da boca, dos lábios. Preciso dos meus dedos em seu cabelo, acompanhando o contorno de seu corpo grande e sólido, desejando os contrastes que o compõem: músculos rígidos, pele sedosa, calos ásperos, cabelo macio, lábios umedecidos, mãos enormes e sua masculinidade protuberante.

Preciso dele por inteiro, e preciso agora.

Estou molhada e trêmula entre as coxas, dolorida, latejante.

Finalmente chegamos à porta e a fechadura é agarrada, fazendo um barulhinho, e eu estou em seus braços, contra a porta, esmagada entre a madeira dura e áspera da porta e a montanha de músculos de Colton.

Exatamente onde eu queria estar.

Enrosco minhas pernas em volta da cintura dele, pego seu rosto com a barba rala e junto minha boca com a dele, mergulhando nesse beijo fervente.

Ainda sinto o fantasma de Kyle na minha alma, o espírito da culpa e da dor. Ignoro-o e deixo que ele me assombre. Deixe que ele sinta raiva.

As mãos de Colton acariciam minhas costas, seguram a minha bunda, alisam meus cabelos; de repente, o fantasma para de me atormentar. Colton se afasta e procura os meus olhos com seus brilhantes olhos de safira e vejo os fantasmas dele tentando distraí-lo.

Nós dois, assombrados pelos espectros do passado, mas, em algum momento, teremos de seguir em frente e calar a voz da nossa culpa.

Essa é a hora.

Capítulo 11

Não Vivo Sem Você

Colton me põe no chão lentamente e sinto sua excitação conforme deslizo pela frente do seu corpo. Nós giramos novamente e eu caminho para trás, na direção do quarto dele, com a respiração ofegante. A mão dele se acomoda na minha cintura, mas eu me afasto. Ele fica confuso, com a sobrancelha franzida, porém logo entende que dou mais alguns passos para trás só para segurar a barra da minha camiseta. Tiro-a rapidamente e largo-a no chão entre nós. Colton abaixa e a pega nas mãos, sem parar de andar ou de me olhar, e leva o tecido ao rosto para cheirar.

Eu rio da cena, passando as mãos para trás e baixando o zíper da minha saia, parando na porta do quarto dele. Ele para no corredor, um pouco fora de alcance, com a minha camiseta em uma das mãos e a outra apoiada em uma parede. Seu peito largo e cintura delgada formam uma silhueta com a luz fluorescente que vem da cozinha, e minha boca fica seca com a visão dele: rude, másculo e delicioso.

Mexo os quadris, mordo o lábio e deixo a saia cair aos meus pés, e estou apenas de calcinha e sutiã. Observo sua calça jeans aumentar de tamanho na altura do zíper, forçando o tecido com sua excitação.

Seus olhos estão fixos, semiabertos, primitivos, famintos.

Eu solto meu sutiã, um fecho de cada vez, então tiro uma alça e deixo o restante do sutiã cair, segurando-o no dedo na minha frente. Colton faz um som que vibra o seu peito, demonstrando pura aprovação.

Minha pele enrijece, meus mamilos ficam duros. Fico parada e o deixo olhar. Ele dá um passo a frente e eu sinto vontade de voltar para a cama, deitar com ele, recuar de seu olhar intenso, mas não faço nada. Permaneço no mesmo lugar e inclino a cabeça para cima para olhá-lo nos olhos até ele ficar bem na minha frente. Nossos lábios estão a centímetros de distância, mas ainda não nos beijamos. Posso sentir seu alento em meus lábios, e quero sentir o toque dele em mim, mas não me mexo. Eu espero.

Então, não consigo mais resistir. Arranco a camiseta dele, imitando seu gesto de cheirá-la e tem um cheiro incrível, como se fosse ele: familiar, reconfortante, exótico. Então percorro com os dedos pelo seu peito, chegando ao caminho de pelos escuros em sua barriga, que leva até seu jeans. Eu desabotoo a calça, abaixo o zíper e deixo meus dedos esfregarem em sua excitação através do algodão de sua cueca. Olho para baixo agora, sinto um frio na barriga ao ver sua cueca boxer cinza esticada por aquele mastro, com um ponto de umidade que se espalha pelo tecido.

Ele joga longe a calça, e agora nós dois estamos só de roupas íntimas. Quase lá, quase nus.

Deslizo os dedos sob as tiras da minha calcinha rosa e a desço lentamente.

— Pare. Deixe-a assim. — Ele me impede com uma voz baixa e rouca.

Obedeço imediatamente, deixando minhas mãos soltas ao longo do corpo. Não sei bem por quê, mas é excitante o jeito que ele me dá ordens. Sinto um comichão na barriga, um arrepio nas coxas. Junto as minhas pernas, tentando acalmar aquela ansiedade entre elas, mas é inútil. Ele diminui o espaço entre nós a ponto de tocar meus seios no peito dele, e sua rigidez toca minha barriga. Ergo as mãos para tocar seus ombros, deslizo as mãos pelas costas e o puxo para perto. Ele se debruça e me beija, suave e carinhoso no início. Eu me derreto, amoleço, fico com as pernas bambas pela delicadeza daquele beijo. Tenho de apertar sua cintura para não cair.

Minhas mãos exploram as laterais de sua cintura, na fronteira entre a pele e o algodão; fico na ponta dos pés para aumentar a intensidade do beijo e enfiar as mãos por baixo do elástico e segurar sua bunda, acariciando aqueles globos musculosos. Ele geme durante o beijo e uma das mãos percorre minha coluna, pouco acima dos quadris, a outra toca minha cintura e sobe, sobe, até minhas costelas... e chega ao meu seio. Sua mão áspera cobre meu mamilo, enviando arrepios para o meu corpo todo. Acomodo o corpo em sua mão, cravo as unhas em seu traseiro e exploro sua boca com minha língua.

Fico sem equilíbrio, tonta e sem ar quando Colton se afasta abruptamente.

— Apoie-se na porta — ele ordena. Eu obedeço e ele sorri para mim, mostrando os dentes. — Agora afaste os pés... na altura dos ombros... é, isso aí. Agora não se mexa. Espere um pouco.

Acho que eu sei o que ele está planejando, e subitamente perco o fôlego, pois meu coração pulsa na garganta. As mãos apoiadas na porta são a única coisa que me sustenta de pé, e tenho de me segurar firme quando ele fica de joelhos na minha frente. Aquelas mãos enormes acariciam a parte de trás das minhas coxas. Mordo o lábio e olho para ele, sem ar.

Ele pressiona o nariz no meu púbis, tocando o triângulo de seda rosa. Solto um gemido mesmo sem ele ter feito nada ainda. Dou um gritinho quando ele, subitamente, puxa minha calcinha para baixo. Ele levanta um dos meus pés pelo tornozelo, um comando silencioso para que eu dê um passo para o lado. Quando o faço, vejo-me completamente nua, com o rosto de Colton entre as minhas coxas.

Eu espero, espero, desejo, mas ele só olha para mim, devorando-me com seus olhos; suas mãos envolvem minhas coxas mais uma vez, pouco abaixo da minha bunda.

Será que ele vai usar sua boca em mim? Será que ele vai me chupar? Como eu quero que ele...

Não há aviso. Ele me ataca na hora em que fecho os olhos de desespero, desejando que ele faça alguma coisa. Nada, nada... de repente, sua língua quente e úmida desliza lentamente pelo vinco da minha boceta. Deixo a cabeça cair para trás, e gemo de prazer, de alívio. Tenho de agarrar o batente da porta com todas as minhas forças para me manter de pé.

Seus dedos estão ao lado das minhas coxas, agarrando-me por trás para afastar mais as minhas pernas, abrindo espaço para sua boca. Outra lambida lenta e suave para cima, uma terceira, e, de repente, ele lambe, lambe, chupa, e eu gemo sem parar. Então ele introduz a língua em mim, no fundo, e depois contra a saliência com nervos hipersensíveis. Forço meu corpo contra o rosto dele e minhas pernas amolecem.

— Estique os joelhos, Nelly, meu amor.

Eu me estico toda e a língua dele entra de novo em mim, depois circula meu clitóris e me arranca suspiros, gemidos suaves e respirações ofegantes.

Sinto uma pressão que me incendeia, uma enorme explosão que está prestes a acontecer. O limite está próximo e ele me conduz até lá, fazendo com que eu ultrapasse essa fronteira e chegue ao paraíso do êxtase. Quero tocá-lo, tocar seu cabelo, sua pele, mas ele me falou para eu me segurar na porta e, se eu não o fizer, ele pode parar o que está fazendo, e isso seria o *fim*, então continuo agarrada à porta, como fui ordenada e gemo o quanto quero. Quanto mais alto grito, mais rápido e mais intensamente ele me lambe.

Então, quando estou perto de gozar, ele diminui a velocidade e tira a língua, para de chupar minha boceta e faço um som metade prazer, metade frustração. Uma de suas mãos acaricia a parte de fora da minha coxa, toca a parte de dentro do joelho oposto, então sobe os dedos e olha para cima.

Isso, isso, me toca, lá... Preciso dos dedos dele dentro de mim.

Mas ele não chega lá.

— Me diz o que você quer que eu faça. Não vou fazer nada a menos que me peça.

Eu rosno, então baixo minha cabeça para olhar para ele. Sua boca e lábios brilham por causa da minha lubrificação e seus olhos azuis resplandecem de desejo.

— Me toca. Enfia seus dedos em mim. Continue me chupando. — Não disfarço meu gemido quando ele desliza dois dedos para dentro do meu canal quente, pulsante e molhado. — Me faz gozar.

— Fale o meu nome.

Mordo o lábio, porque não consigo evitar e porque deixa ele maluco.

— Me faz gozar, Colton.

Seu peito vibra com um urro. É um som gostoso.

— Sabe de uma coisa — ele diz, parando de me chupar, e então continua —, você é a única pessoa que conheço que me chama assim. Todo mundo me chama de Colt.

— Prefere que eu chame você de Colt? — pergunto.

— De jeito nenhum. Adoro o jeito como fala o meu nome.

As palavras cessam, porque seus dedos se mexem de um jeito que me faz querer gritar, e sua língua concentra-se no meu clitóris de novo, e a mão acaricia minha bunda. Ele está em todos os lados, dentro de mim, em cima de mim, por todos os lados. Meu mundo agora gira em torno dele, em torno de Colton e das coisas incrivelmente insanas que ele sabe fazer comigo.

Quase lá, quase lá. Mas toda vez que estou quase chegando lá, ele parece saber e diminui a velocidade, muda o ritmo e me deixa no limite. Ele se guia pela minha voz, eu acho. Ele ouve o ritmo dos meus gemidos aumentar quando estou chegando mais perto, então, quando começo a perder o fôlego, ele para e eu jogo minha cabeça para trás de frustração, mas então eu me projeto para a frente de novo e o vejo me lambendo. Meu Deus, como ele é sexy fazendo essas coisas. Seu cabelo escuro reflete a luz, sua pele escura e sombria sob a luz baixa, aqueles músculos brilhando e fazendo ondulações conforme ele se mexe. Sua mão segura minha bunda e me mantém contra o rosto dele, e agora estou sem controle nenhum sobre o meu corpo. Meus joelhos aos poucos cedem aos seus dedos e à sua boca; minhas mãos se enroscam em seu cabelo, puxando-o contra mim com um desejo inexplicável, completamente entregue.

— Eu preciso gozar, Colton — eu suspiro. — Por favor, me deixa gozar.

Ele acaricia minha bunda em círculos, alisando a pele da minha nádega esquerda, com a mão direita dentro de mim, esfregando em algum lugar alto das paredes internas, tocando de um jeito que me faz perder o ar, então faz movimentos para dentro e para fora com os dois dedos, para dentro e para fora, então toca o lugar de novo. Sua língua não para, incansável, move-

-se rapidamente e em círculos no meu clitóris, esfregando-o, lambendo-o, chupando-o para dentro da boca, tocando gentilmente com os dentes.

Mais perto agora. Muito perto.

— Estou quase lá — eu digo, ofegante. — Não pare. Não pare.

Ele não responde, só aumenta a intensidade e vou chegando ao limite, leve, trêmula, quase caindo para frente. Minha cabeça tomba para trás e gemo alto, puxando seu rosto contra meu púbis no ritmo dos meus joelhos e do movimento da sua língua.

Ele puxa meu clitóris entre os dentes e o chupa com força, esfrega furiosamente dentro de mim com os dedos, e então... eu gozo. Assim que solto um berro, anunciando meu orgasmo, ele bate na minha bunda e eu gozo tão forte que perco o fôlego e meu grito é interrompido. Ele bate de novo na minha bunda, só que na outra nádega, retirando os dedos e enfiando de novo ao me bater pela terceira vez. Com cada tapa dele na minha bunda, ele passa em movimentos rápidos sua língua no meu clitóris e eu gozo, gozo, gozo; inclino para frente e minha boca se abre em silêncio.

— Grita para mim, Nelly. — Ele acompanha a ordem com um último tapa, o mais forte, e prende o meu clitóris com os dentes, quase forte demais, mas não tanto.

Não faço nada além de obedecer, gritando alto e desmontando sobre ele. Colton me segura entre os braços e se levanta. Meu corpo fica formigando com onda após onda de choque, mas forço meus olhos a ficarem abertos, observo Colton ir até o banheiro, vasculhar o armário embaixo da pia, pegar uma caixa fechada de camisinhas. Ele abre o fecho e puxa alguns pacotes, rasga um deles e joga o restante no chão ao lado da cama.

Ao observar isso acabo me dando conta do que está prestes a acontecer. Deixá-lo me chupar, tocá-lo, beijá-lo, fazê-lo gozar na minha mão, tudo isso, é uma coisa. Mas sexo para valer, ele em cima de mim, deslizando para dentro de mim... isso é diferente.

Ele tira a cueca e se senta ao meu lado na cama, deitado de lado e apoiado sobre um cotovelo.

— Está na dúvida? — ele pergunta, vendo a minha expressão, provavelmente. — Não precisa se sentir pressionada. Se não quiser, nós não...

— Eu quero. — Levanto a mão para acariciar suas costas até o traseiro. — Quero muito. É que faz tanto tempo que fiquei nervosa. Mas eu quero sim.

— E os fantasmas?

— Estão lá, mas estou deixando eles de lado — digo, seguindo o contorno de suas laterais, suas costelas, então desço até seus quadris. — E você?

— A mesma coisa. — Seu olhar percorre meu corpo, então volta para encontrar meus olhos. — Você é tão gostosa, Nell. Tão linda. Não consigo entender como pode ser tão maravilhosa. Eu não mereço um anjo tão delicioso como você.

E, subitamente, o nervosismo dá lugar a uma onda de ternura e desejo.

— Não sou nenhum anjo — eu digo, erguendo o corpo de lado e o deitando de costas. — E você me merece. Você merece alguém melhor do que...

— Eu mereço exatamente você — ele me corta, pousando as mãos nos meus quadris, conforme abro as pernas em cima dele. — Só você. O lado bom e o lado ruim. Você toda, toda linda.

A única coisa que consigo fazer é olhar para ele de volta, piscando os olhos de emoção. Não com lágrimas, não exatamente. Apenas... emoção. Olho para o seu tronco, para o dragão cuspindo fogo, as letras, as imagens, tudo pintado em seu físico atlético. Passo as mãos em seu peito, descendo pela barriga, acompanho o V das laterais com os dedos trêmulos. Sigo as linhas do V até chegar aos pelos pubianos bem aparados, e —, como é grande — seu mastro. Lambo os lábios e, então, mordo com força, hesitante. Ele não se mexe, apenas segura levemente meus quadris.

— Me toca — ele diz. — Faça o que quiser. Vá no seu ritmo.

Primeiro, um dos dedos. Só a ponta do indicador alisando a pontinha dele; ele se contorce com o meu toque, e sua barriga contrai levemente, então relaxa. Meu lábio dói de tão forte que o mordi, e seus dedos pressionam meus quadris, exercitando seu autocontrole. Eu já fiz isso nele, mas ele estava dormindo, não observava. Agora é diferente. Quero saber o quanto ele gosta disso, o que ele quer, o que é melhor. Quero tocá-lo, segurá-lo. Quero colocá-lo entre os lábios e sentir seu gosto. Foi uma coisa que eu fiz só uma ou duas vezes, e isso foi há muito tempo. Agora estou com vontade de experimentar com ele.

Desço até as pernas dele, apoiada nos joelhos e afasto as pernas dele. Então respiro fundo e envolvo seu pau na minha mão. Ele está duro como uma rocha, a pele macia e tórrida. Meu coração pulsa na garganta e mal consigo respirar. Seus olhos não desgrudam de mim, sem vacilar, e eu não consigo decifrá-los. Deslizo a mão até a base e ele é tão grande que dá para colocar a outra por cima, envolvendo-o todo. Meus punhos sobem por toda sua extensão, depois desço novamente, então adquiro um ritmo.

— Nossa, Nell. Adoro o jeito que você me toca. — Sua voz está áspera, lenta.

Eu não respondo, pelo menos não até me inclinar sobre ele, ficando de frente para aquela carne rosa e cheia de veias.

— Eu quero sentir o seu gosto.

— O que quiser — ele diz. — Mas não quero gozar na sua boca.

— Não? — hesito, tocando meus lábios na cabecinha.

— Não. Não agora, pelo menos. Quero estar dentro de você quando gozar. Quero olhar para os seus lindos olhos enquanto estivermos gozando juntos.

Ele enrosca a mão nos meus cabelos e tomba a cabeça para trás, quando encontro coragem e o enfio entre meus lábios. Ele tem gosto de pele, sal e calor, além de umidade brotando da ponta, tocando minha língua, com gosto salgado e almiscarado. Ele geme e eu o chupo mais para dentro, sugando centímetro por centímetro dentro da minha boca, correndo minha língua por toda a extensão. Ainda o seguro com a mão e deslizo para cima e para baixo, então meus lábios tocam minha mão e o sugo até onde consigo, sem sufocar. Afasto um pouco, deslizando-o para fora, movendo minha mão ao mesmo tempo, então desço novamente. Ele eleva os quadris um pouco e atinge a minha garganta.

— Desculpe, não quis sufocá-la.

Afasto um pouco a boca, mas não as mãos, e olho para ele.

— Tudo bem. Eu gosto do seu gosto. — Não espero ele responder, mas envolvo os lábios em volta dele de novo e o chupo bem para dentro.

Dessa vez, eu me engasgo de propósito, só por curiosidade, para ver até onde consigo ir.

— Nossa, Nell. — Ele tenta puxar os quadris para trás, mas não tem para onde ele ir, então ele aperta os dedos no meu cabelo. — Se for fazer isso, pelo menos tente relaxar a garganta. Não faça nada que não queira. Não faça nada por achar que eu espero que você faça.

Vou para trás, depois desço de novo, só que dessa vez eu relaxo os músculos da minha garganta e o enfio bem fundo. Tão fundo, tão grande. Quase tudo, e estou gostando. Não sei o que isso diz a meu respeito, mas eu não estou nem aí. Com certeza ele está gostando. Ele está se segurando, mas está adorando. Eu estabeleço um ritmo, afastando até a ponta tocar meus lábios, então o engulo o máximo que posso, deslizando meu punho ao me afastar.

— Porra, Nell. Porra, isso é incrível. — Ele está sem fôlego, luta e se esforça para se segurar.

— Você pode se mexer — eu digo a ele. — Não se segure.

Ele geme e começa a se mexer no meu ritmo. Olho para ele quando a ponta está em meus lábios, e ele vira para o teto com um olhar de arrebatamento. Adoro saber que estou dando tanto prazer a ele. Seus dedos estão cravados no meu cabelo. Ele me empurra gentilmente, como se me guiasse.

Ele mexe, mexe, enfiando dentro da minha boca. E eu o engulo, engulo tudo. Eu sei que ele disse que não queria gozar na minha boca, mas eu decido que quero. Quero muito. Quero engoli-lo, prová-lo, senti-lo perder o controle na minha boca.

— Toque as minhas bolas — ele diz, as palavras saem por entre os dentes. — Por favor.

Seguro suas bolas em uma das mãos, e elas estão presas e inchadas. Eu as massageio carinhosamente, movendo a outra mão até a base, fazendo um pouco de pressão, mexendo cada vez mais rápido. Sua respiração está entrecortada, seus quadris têm espasmos descontrolados. Eu o engulo até o fim toda vez, e não sufoco. E me sinto orgulhosa disso. Gosto de senti-lo na minha garganta, de saber que ele gosta, que adora. Ele me deu tanto prazer fazendo isso comigo, e agora quero retribuir.

Ele tenta se afastar.

— Eu tenho... tenho de parar. Estou muito perto, Nell. — Ele segura meu cabelo, duas vezes.

Eu acelero o movimento e sinto seus quadris relaxarem e empurrarem para dentro de mim. Sinto suas bolas tensas e pulsantes, então seus quadris contraem até o ápice de uma enfiada, fundo na minha garganta. Sinto um jato quente descendo direto pela minha garganta. Afasto um pouco para que a ponta fique entre meus lábios e o chupo com força. Ele geme alto e seus quadris estremecem, então outro jato na minha boca. Só que dessa vez eu sinto o gosto: denso, quente e salgado na minha língua, deslizando até a minha garganta, conforme engulo. Espremo a base e puxo, sugando tudo, então ele solta um terceiro jato, mas dessa vez mais fraco e em menor quantidade. Quando sinto os espasmos pararem, chupo-o até o fim uma última vez, então o solto e subo para deitar em seu peito. Ele ainda está um pouco duro e a ponta toca a minha fenda, e não consigo deixar de me mexer contra ele. Quero senti-lo dentro de mim.

Colton está tenso e não para de tremer, tendo arrepios.

— Caramba, Nell. Isso foi incrível.

Eu rio em seu ombro.

— Acho que... "obrigada"? Não tinha certeza se estava fazendo direito, mas você parecia estar gostando, então...

Ele para e pergunta:

—Você nunca fez isso antes?

Encolho os ombros.

— *Fiz*, mas... foi há muito tempo, e só algumas vezes. — Esse é o máximo de detalhes que estou a fim de dar nesse momento.

Ele parece compreender, porque só faz uma menção com a cabeça.

— Saquei. Bom, só posso dizer que a melhor coisa que eu já senti em toda a minha vida.

Sinto um arrepio de orgulho.

— Sério? — Lá no fundo, algo me diz que ele deve ter muita experiência para comparar, mas não quero pensar muito no assunto.

— Porra! Com cer-te-za!

—Você só está falando da boca pra fora.

Ele ri.

— Não, não estou. Foi, realmente, bom demais. — Ele muda de posição, com um movimento rápido, então eu fico de costas e ele em cima de mim, com os lábios tocando meu ombro, dando beijos suaves na minha pele. — Agora eu vou beijar cada centímetro desse seu corpo incrível.

E ele faz isso mesmo, cada centímetro. Ele começa pelos ombros, beija lentamente meu colo, ajoelhando-se entre minhas pernas, então beija entre meus seios. Quero sua boca lá, mas ele me provoca, beijando o seio todo, mas sem colocar o mamilo em sua boca, como eu quero. Ele toca os lábios numa série de beijos molhados na minha barriga, descendo até os quadris, passando por cada coxa. Quero que ele coloque a boca entre as minhas pernas, mas ele não faz nada. Em vez disso, ele beija perigosamente perto de cada lateral interna das coxas, esfregando sua barba rala na minha pele sensível, mas sem tocar a boca na minha boceta.

Então ele vem subindo após ter beijado as pernas, as panturrilhas e os pés. Ele chega aos joelhos, mas hesita, segurando os quadris com as mãos, girando meu corpo de bruços. Tiro o travesseiro da cabeça e o coloco nos braços, tentando não ficar inibida enquanto ele beija novamente minhas panturrilhas, a parte de trás das minhas coxas e, então, sim, cada nádega, dando atenção especial a cada uma delas, apertando com as mãos em volta dos lábios, espremendo os músculos, seguindo a fenda.

Seu dedo mergulha na fenda e, de repente, os beijos param de ser carinhosos e passam a ser eróticos. Sua boca ainda se mexe sobre minhas nádegas, mas seu dedo está penetrando entre as minhas coxas e subindo, mais fundo.

—Você gostou do meu dedo aqui dentro, não gostou? — ele pergunta, com a voz rouca e exigente.

Apenas suspiro em resposta. Eu gostei mesmo. Mas não consigo falar.

— Responde, amor. — Ele toca minhas coxas com os joelhos para que elas se afastem. —Você gostou?

Ele continua afastando meus joelhos até que eles se flexionam ao máximo, e estou completamente aberta. Sua mão acaricia em círculos as minhas costas, e sinto que ele apenas aguarda a minha resposta. Mas eu me recuso. Eu quero provocá-lo, ver o que ele vai fazer.

Ele me bate de novo, um tapa leve, mas ardido. Imediatamente, sinto uma contração lá dentro e fico molhada, pingando. Eu gemo com o rosto no travesseiro.

— Sim, Colton. Eu gostei.

— Quer de novo?

— A-hã. — Não consigo expressar em palavras. Seu dedo indicador grosso percorre a divisão entre minhas nádegas, fazendo com que eu perca o ar e meu corpo trema.

Sua outra mão desliza por baixo de mim, e os dedos massageiam meu clitóris. Relâmpagos de prazer atravessam meu corpo e eu me contorço com o seu toque. Seu dedo desliza para cima e para baixo, nem forte nem fraco demais. Ah, como estou pronta. Tão pronta. Abro mais as pernas e agora seu dedo se afasta por um breve momento, mas volta logo em seguida. Sinto alguma coisa úmida e quente lá atrás, então há uma pressão.

— Me fala se for demais.

Ele empurra com muita sutileza. Agora ele faz círculos com os dedos, rápidos e precisos, espalhando um calor intenso pelo meu corpo. Mudo de posição e arqueio minhas costas, mexendo meus quadris. Tão bom. Tão bom. Fico sobre os joelhos e forço contra ele, adorando a plenitude de seu dedo dentro de mim.

— Colton... não pare.

— De jeito nenhum. — Ele enfia o dedo mais fundo e quase me desmonto.

É tão intenso, ardente e levemente doloroso, mas a dor é familiar e bem-vinda, além de erótica. Tão perfeito. Mas não, percebo que mesmo que eu ache, isso ainda não é perfeito. Ele dentro de mim é que seria perfeito. Desse jeito, mas com seu pau em vez dos dedos.

— Quero você dentro de mim. — Viro a cabeça para sussurrar as palavras por sobre o ombro. — Agora.

— Assim?

— Isso. Assim. — Só consigo sussurrar.

Ouço um pacote rasgando, sinto sua mão se afastar do meu púbis e viro para observá-lo tirar a camisinha do pacote com uma mão. Apoio o meu peso nos cotovelos, observando-o pegar seu mastro e guiá-lo até a minha entrada. Sinto um leve toque e, então, seus olhos se fixam nos meus, mas ele hesita.

— Nell, eu...

Ele é tão dominante às vezes, dando ordens e tudo mais, que me vejo *querendo* obedecer, ser levada aos píncaros do êxtase. Porém, outras vezes, ele fica hesitante e inseguro, mas é só por preocupação comigo, para que estejamos no mesmo ritmo, para ter certeza de que eu quero o que está rolando.

Não consigo formar palavras para respondê-lo, então forço meu corpo contra o dele, e sinto-o me preencher.

Penduro a cabeça entre os braços e firmo os ombros, para que eu consiga tomar impulso para me jogar contra ele.

— *Caramba*, Nell. Você é tão apertada. — A voz dele é forçada, tensa. Sua mão segura meus quadris e me puxa contra ele.

Agora ele vem com tudo dentro de mim, seus quadris na minha bunda, e ainda tem um dedo noutro lugar.

— Você é tão *grande*, Colton... — eu digo, então tenho de rir de mim mesma, quando me dou conta de como acabei falando aquilo. Eu disse de forma suspirada, e pareceu algo tirado de um filme pornô. Mas é verdade. Ele é imenso e está me alargando.

— Está tudo bem? Não estou machucando você?

Balanço a cabeça.

— Está perfeito.

Sinto a pressão me preenchendo, um calor vulcânico dentro de mim. Ele desliza para fora, então ele se prepara para colocar a ponta dentro de mim, hesitando um pouco, então enfia lentamente e eu grito, um berro sem ar. Outra vez ele tira lentamente, então enfia de novo, com o dedo pulsando dentro de mim, levemente para dentro e para fora, fazendo pressão com a cabeça, gerando raios e faíscas no meu sangue, nos meus músculos. Ele hesita entrar de novo, com a ponta agora pousada na minha boceta, e dessa vez, quando ele faz força, ele vai mais rápido, quase bruto.

— Isso, isso, Colton. Assim.

Ele tira e enfia lá no fundo, com força.

— Assim?

— É... — falo ofegante.

De novo, com força, profundo, bem profundo.

— Você gosta assim forte?

Agora um ritmo bruto, profundo e rápido.

— Sim, Colton... Gosto de forte.

— Ai, Nell. — Ele se inclina sobre mim, enfiado até o fim e descansa a cabeça nas minhas costas. — Como é que você é tão incrível?

Não sei como responder aquilo, e nem tenho a oportunidade, porque ele recomeça a entrar e sair de mim de novo. Eu gemo a cada estocada, faço força contra ele quando ele desliza lá para o fundo. Não penso em nada além desse momento, nenhuma memória além da estocada anterior, ninguém no mundo além de Colton. A pressão do orgasmo iminente é uma força que irá me arrebatar por completo.

Então ele diminui a velocidade e suaviza as estocadas, deslizando apenas metade dele para dentro, movimentando-se com um ritmo sinuoso. *Puta merda*, isso é maravilhoso. De certa maneira, ainda melhor do que fazer com força. Ele está me tocando por dentro de uma forma que me faz vibrar. Estou chegando ao limite, dá até para perceber que meu clímax está próximo. Ele põe um pouco mais o dedo, para dentro e para fora, então ele enfia bem fundo, com força, e eu me desmancho. Eu grito e comprimo minha bunda na direção dos seus impulsos, que não param de vir.

Eu mudo de posição, já sem perceber a presença dele dentro de mim, e fico de costas prestes a implorar que ele enfie de novo em mim, mas, sem demora, ele está lá, deslizando gentilmente, e eu suspiro de alívio por senti-lo voltar ao lugar ao qual pertence.

— Nell, olhe para mim. — A voz dele me faz abrir os olhos, e seu olhar está intenso, um azul vívido e extasiado, com um ar de profunda adoração.

— Oi — eu digo.

— Oi — ele responde. Suas mãos me levantam até eu me sentar em seus joelhos de um jeito meio estranho. — Ponha as pernas à minha volta.

Ele está de pernas cruzadas, com as costas eretas, segurando-me, e eu entrelaço os calcanhares em volta de seus quadris. A mudança de posição tem um efeito imediato. Ele está... *fundo*. Tão fundo dentro de mim que é quase irreal. Fico sem ar e quase não consigo fazer aquilo, minha boca fica aberta, com um grito silencioso ao descer os quadris em cima dele.

— Ai, puta merda — ele diz. — Você é tão apertadinha. Eu já disse isso?

— Acho... acho que sim — eu suspiro. — Fico feliz de ser apertadinha para você.

— Mexe gostoso. Sobe e desce assim. Quero que você goze. — A voz dele me acaricia; seus olhos estão fixos em mim.

Eu obedeço, é claro. Desço apoiada nos calcanhares e levanto com a força das coxas, segurando com as mãos em seus ombros. Rebolo quando ele está quase saindo, e então, com os olhos arregalados e a boca entreaberta, desço o mais lento que posso. Levanto novamente, suas mãos deslizam por baixo do meu bumbum e ele me ajuda a subir e descer. O ritmo aumenta até eu ficar frenética e começo a me aproximar do clímax.

Ele sente e vê.

— Goze para mim.

Ah, eu vou. Até não poder mais.

Eu acho que ele está se segurando.

— Sua vez — eu digo. — Quero que você goze agora.

Ele rosna e me joga de costas, ficando sobre mim. *Agora* está perfeito. Esse é o paraíso, isso é felicidade, como nunca imaginei que fosse sentir, e eu não sinto culpa, dor, vergonha ou qualquer outra coisa, além do corpo de Colton pressionado contra o meu, sua boca pressionada contra o meu peito com beijos ardentes, tomando um mamilo na boca e seu pau entrando fundo em mim...

Aperto as pernas em volta dele e pouso minhas mãos em sua nuca, puxando-o contra o meu peito. No início, ele enfia em mim lentamente, vagarosamente. Sua boca muda de um seio para o outro, suas mãos se apoiam na cama ao lado da minha cabeça. Viro o rosto de lado e beijo seu braço forte, então abro um pouco mais minha boca, num suspiro suave, conforme ele aumenta o ritmo, mordendo meu mamilo o bastante para dar uma agulhada.

Não pensei que fosse possível, mas estou perto de outro orgasmo, e acho que não vou aguentar outro, principalmente porque eles estão ficando cada vez mais intensos. Se for mesmo mais forte que o anterior, meu corpo vai se partir em dois. Isso mesmo, está chegando perto agora, muito perto. Ele enfia com força agora, mexe os quadris rapidamente, sinto seu corpo pesar sobre o meu, seu peito deslizar no meu, sua boca no meu ouvido.

Ele sussurra meu nome uma vez atrás da outra, recitando-o enquanto vai fundo dentro de mim. Uma das minhas mãos segura a parte de trás do seu cabelo e a outra arranha as costas e as nádegas, para que ele não pare o movimento.

Sua voz sussurra em meu ouvido, quase sem fôlego.

— Ah... Eu vou gozar, Nell. Goze comigo. Goze comigo, amor.

Ele levanta a cabeça e fixamos nossos olhares.

— Isso... isso... agora — eu digo. — Vem com tudo agora.

Essas palavras o enlouquecem, e ele vem com tudo em cima de mim: forte, bruto, descontrolado. É a coisa mais incrível que já experimentei: essa força primal de um homem entregue ao êxtase, desabando sobre mim. Ele enfia com vontade, bem fundo, e eu cravo minhas unhas em sua carne, em seu cabelo; puxo-o com a força das minhas pernas, sinto o orgasmo se espalhar por mim.

Ele perde um pouco o ritmo, vacila, então contrai cada músculo como se fossem as cordas de um instrumento e desliza até o fim. Nesse momento, ele lentamente se afasta, retirando-se de lá de dentro, soltando o peso todo sobre mim, aquele peso enorme me comprimindo de uma maneira maravilhosa.

Acaricio suas costas em círculos suaves, beijo seu ombro, sua orelha, sua têmpora. Caminho com as mãos por sua coluna até o bumbum, depois subo pelas laterais, memorizando cada músculo dele, memorizando o tato do seu corpo sobre o meu.

Ele se mexe e diz:

— Devo estar esmagando você.

Não o deixo sair do lugar.

— Não, não se mova. Eu gosto. Está tudo bem. Estou adorando senti-lo desse jeito.

Seu rosto se aconchega em mim naquele espaço entre o pescoço e o queixo, respirando lenta e profundamente. Nunca senti tanta plenitude como estou sentindo nesse momento. Estou satisfeita, estou feliz. Sinto meu corpo formigar por inteiro, tomada por êxtase; estou plena de coração, mente, corpo e espírito.

É quando me dou conta de uma coisa: nós dois temos usado frases do tipo "eu amo isso" ou "eu amo quando você...", e essas são frases socialmente aceitáveis e que se aplicam a coisas que você realmente gosta. Mas... a verdade é que essa palavra tem um significado mais profundo para nós dois. Tenho certeza disso.

Eu não trocaria esse momento por nada. Jamais abriria mão de ter com Colton isso que tivemos hoje. Quero ter muitas outras experiências iguais a essa, o máximo que eu puder. Sinto-me mais próxima dele do que jamais me senti com qualquer outra pessoa. Esse pensamento traz uma onda de culpa, mas eu prefiro ignorá-lo.

— Em que está pensando, Nelly? — Colton vira-se de costas e eu deito quase em cima dele.

Coloco a perna por cima da perna dele e acaricio seu tronco com uma mão; meu cabelo se espalha por todo o seu peito.

— Estou pensando que esse é o melhor momento da minha vida. Sério. Eu me sinto mais próxima de você do que jamais estive com qualquer outra pessoa... Estou pensando que... quero ter outros momentos iguais a esse com você para sempre. — Respiro fundo e solto o ar, então abro o jogo. — Estou lutando com um sentimento de culpa por sentir isso, por causa de tudo o que conversamos sobre o seu irmão, mas... é a verdade. Eu me sinto mais próxima de você do que jamais me senti com ele. Não sei por quê. Isso me machuca... é confuso. Eu sei que o amei. Amei mesmo. Mas... de alguma forma, eu estou... as coisas entre nós são só... mais. Sei lá.

Ele toca meu cabelo e o coloca para trás.

— Eu entendo. Eu me sinto do mesmo jeito. Eu sei que amei India. Mas isso com você? É como... é tão maior que quase parece um sentimento completamente diferente.

Balanço e inclino a cabeça para olhá-lo nos olhos.

— Eu estou me apaixonando por você, Colton. Não sei se é cedo demais para dizer isso, mas... é verdade. Tenho medo, porque não sei se as pessoas vão entender, mas não quero me preocupar com isso agora. Eu só queria que soubesse, porque... sei lá por quê.

Ele me puxa para cima dele e me beija, com sua mão grande em meu rosto. Sinto-me tão pequena perto dele, como se eu fosse desaparecer em seus braços.

— Não é muito cedo. Eu iria dizer o mesmo, mas você passou na frente.

Eu sorrio.

— Diga mesmo assim. Por favor?

Ele inspira fundo e expira, analisando meu rosto, obviamente organizando os pensamentos.

— Eu não estou apenas me apaixonando por você, Nell. Eu estou amando você. Você é um oceano no qual quero mergulhar, quero me afundar até as profundezas de sua essência. Como você disse, dá um pouco de medo, mas também é a coisa mais incrível que já vivenciei. *Você* é a coisa mais incrível que já vivenciei.

Pela primeira vez desde que Kyle morreu, eu me vi chorando de alegria. Eu já havia me esquecido o que era isso.

Capítulo 12

Sem Barreiras

Acordo com a melodia de acordes de violão e da voz de Colton. Quase não ouço, pois o som vem de longe. Ele está no telhado. Esfrego os olhos e tiro os cabelos emaranhados do rosto; ponho as pernas para fora de sua cama — ou nossa cama? — e visto uma camiseta limpa de um cesto de roupas lavadas que está no chão. Ainda está escuro lá fora, mas conforme subo a escada barulhenta até o telhado, com o violão na mão, vejo traços acinzentados no horizonte, entre arranha-céus e prédios residenciais. Falta ainda uma ou duas horas para o amanhecer.

Colton está em sua cadeira, vestindo calças largas de moletom e um agasalho todo amarrotado com o capuz puxado até as sobrancelhas, e só uma franja de cabelos negros dá para ver em sua testa. Suas pernas estão para cima, com os pés descalços apoiados no parapeito. Ele está com os olhos fechados, violão na barriga, os dedos tocando uma lenta e doce canção que me lembra de City & Colour, mas não é. Ele está cantando suavemente, mas o rosto se contorce e as sobrancelhas se contraem quando ele busca notas mais agudas, e seu semblante expressa a intensidade de seus sentimentos enquanto canta. Uma caneca de café está no chão ao lado dele, com fumaça saindo, e uma grande garrafa térmica está ali perto também, para que ele não precise levantar para encher a caneca. Sento na beirada, com os pés na escada, observando, ouvindo. Não consigo entender todas as palavras que ele canta, já que ele está como se balbuciasse e cantasse baixinho. De vez em quando ele para, testa alguns acordes e ajusta a melodia ou a frase.

Ele está compondo uma música, eu noto.

Ele chega ao fim da música e estica o braço para pegar o café, percebendo que estou ali.

— Opa, oi. Espero não ter acordado você.

Encolho os ombros e atravesso o telhado para me sentar na namoradeira.

— Você me acordou, mas não tem problema. Gosto de acordar com a sua voz. — Meu Deus, aquilo soou tão brega, mas eu não ligo, principalmente quando vejo os olhos de Colton brilharem com o que falei. — Por que acordou tão cedo? — pergunto.

Ele me passa a caneca de café e dou um gole enquanto ele me responde.

— Acordei com essa música na cabeça. Eu precisava escrevê-la, tirá-la da cabeça, sabe?

— Pelo que ouvi, é linda — eu digo de maneira sincera.

— Ainda não está pronta, mas obrigado.

— Sobre o que é?

Ele brinca com algumas cordas.

— Você. Nós. Surgiu de uma coisa que eu disse ontem à noite.

— Pode tocá-la pra mim?

Ele sorri e balança a cabeça.

— De jeito nenhum. Não até ter terminado. Temos uma apresentação na quinta-feira. Então, lá eu toco pra você.

Finjo fazer um beicinho e Colton apenas ri. Dividimos o café e assistimos ao sol nascer entre os prédios, enquanto decidimos quais canções tocaremos juntos.

Estou feliz e me recuso a deixar qualquer coisa estragar esse momento, nem mesmo a constante culpa e o fato de que ainda sinto saudades de Kyle.

Percebo que sempre sentirei a falta de Kyle, e uma parte de mim sempre irá se sentir culpada por estar viva e ele não, só que isso é uma coisa com a qual vou ter de aprender a conviver.

Hoje é quinta-feira e estou com os nervos à flor da pele. Terei três números solo essa semana, além do fato de que Colton apresentará sua música nova. Tocamos os duetos que todos gostam de Mumford & Sons, The Civil Wars, Rosi Golan, e outros. Faço meus números solo: "Let It Be Me", do Ray LaMontagne, e minhas interpretações das canções da Ella e Billie, as quais têm se tornado grandes favoritas do público nas semanas em que tenho tocado com Colton.

Então, imediatamente após a pausa, Colton pigarreia no microfone e dedilha o violão, ajustando a afinação. É o seu jeito de chamar a atenção da plateia.

— Então, estou com uma nova música aqui — ele diz. — É uma composição original do Colt. Alguém quer ouvir?

— Sim! — eu grito no microfone, então ele afasta novamente e ouve as palmas de todos. Ele sorri para mim, pois sabe o quanto quero ouvi-la. Só o que faço é atormentá-lo todos os dias para me dar uma palhinha, desde a *jam session* do telhado ao amanhecer.

— Bom, acho que vou tocá-la então. — Ele inspira fundo e solta o ar. — Então, pois é. Ela se chama "Falling Into You", e é sobre a Nell aqui. É uma espécie de canção de amor, mas não digam a ninguém. Tenho uma reputação a preservar. — A plateia ri e aplaude para encorajá-lo.

Ele começa a melodia no violão, um complexo arranjo de solo e base. A música está mais complicada agora, mas eu conheço o tema que ouvi lá no telhado. Então ele canta e fixa os olhos em mim, e percebo que ele está cantando para mim, só para mim. Até podemos estar na frente de uma plateia de mais de cem pessoas, mas estamos completamente sozinhos.

"Toda a minha vida parece
Que estive caindo,
Falhando,
Me debatendo,

Mal respirando fora da água.
Então, um dia,
Eu te vi
Perto de uma árvore
Sem querer chorar.
Mas mesmo assim eu vi
O peso da dor que se escondia em seus olhos,
E eu quis ali,
Embaixo daquela árvore,
Levar toda essa dor embora.
Mas não havia palavras para curar você.
Não tenho palavras para me curar.
Agora que o destino interveio,
Conspirou a nosso favor,
Apesar dos anos que nos separam,
Apesar do peso da dor
Por trás do nosso olhar,
Apesar dos fantasmas que nos assombram
E nos seguem como almas penadas,
Ainda procuro palavras para curar você,
Para tirar a sua dor e passá-la para mim
Assim seus lindos olhos poderão sorrir,
Assim você poderá estar em paz.
E agora que o Destino interveio,
Conspirou a nosso favor,
Não resisto ao encanto do seu olhar,
À tentação da sua beleza,
À melodia da sua voz
Sussurrando meu nome
No conforto dos meus lençóis,
Não resisto a você, meu amor.
Porque eu não só amo você,
Mas não vivo sem você."

Assim que ele termina a música, estou em lágrimas. Lágrimas boas, mais uma vez. Lágrimas bregas de felicidade. Esqueço completamente que estamos no palco. Saio do meu banquinho e me jogo em cima dele, com o violão entre nós, beijando-o profundamente. Ele enrosca a mão no meu cabelo, retribuindo o beijo, até que a plateia começa a assobiar e brincar conosco, e chama nossa atenção, nos trazendo de volta ao presente.

— Imagino que tenha gostado... — diz Colton, sussurrando em meu ouvido.

Só consigo acenar com a cabeça e tento me recompor para que possamos continuar a apresentação sem nos desconcentrarmos.

- - -

Estamos na entrada do meu prédio, com os braços em volta do pescoço dele. Estou no segundo degrau e ele, no chão; olho bem para os olhos dele, mordiscando sua orelha, enquanto ele tenta me convencer a irmos para o apartamento dele em vez de ficarmos aqui.

— Colton... esse é o meu apartamento, minha casa. Eu pago aluguel, um aluguel *bem* caro por sinal, então tenho de usá-lo um pouco. Mas você pode subir comigo.

— Preciso trabalhar logo cedo. Os caras vão aparecer às sete para terminar o Hemi que estamos fazendo.

— E eu tenho aula às oito. Nós dois teremos de acordar cedo — digo, franzindo a testa, percebendo que ele está fazendo aquele negócio de evitar algo que o deixa desconfortável, mas ainda querendo falar no assunto. — O que você está querendo dizer, Colton? Por que não quer ficar no meu apartamento?

Ele encolhe o ombro, mas, em seguida, olha para mim.

— É uma coisa minha. Depois de dormir na rua por tanto tempo, para mim é difícil dormir em qualquer outro lugar que não seja meu apartamento. Não sei explicar direito. Eu só... eu gosto de ficar em casa. Não que eu não goste do seu apartamento. Eu só prefiro o meu.

— Pode experimentar? Por mim? Eu quero você na minha cama. — Nunca havia pensado a respeito até agora, mas notei que quase todas as vezes que ficamos juntos havia sido no apartamento dele, ou em algum outro lugar.

— Você me quer na sua cama, não é? — Ele sorri maliciosamente.

Puxo-o mais para perto.

— Sim. E quero no sentido amplo da frase.

— Nesse caso, acho que eu posso tentar. Por você. — Ele desliza as mãos pelas minhas costas para me puxar até ele, segurando meu bumbum e me levantando.

Mordo seu pescoço e sussurro em seu ouvido:

— Vai valer a pena, eu prometo.

— Eu sei que vai. Todo tempo com você, seja o lugar qual for, vale a pena. Mesmo que seja para fazer qualquer outra coisa, menos dormir.

— Ah, é? Como o quê? — Sua voz é profunda, misteriosa e cheia de promessas.

— Pode envolver minha boca e certas partes da sua anatomia.

— Talvez eu goste dessa ideia.

— Quero que goste de mim.

Ele não sorri, mas seus olhos sim.

— E como gosto de você. E acho que vou colocar você de quatro no sofá e pegá-la por trás.

— É mesmo? — pergunto.

— É sim.

Estamos na porta da minha casa. Giro a chave na fechadura e puxo-o para dentro, depois de mim, do apartamento escuro. Não tenho tempo para pensar em luzes. Ele fecha a porta novamente e já começa a tirar minha camiseta pela cabeça, baixa minha calça jeans e minha calcinha; de repente, ele fica nu quase que instantaneamente, então sua boca toca a minha de maneira surpreendente, suave e dominadora.

Suas mãos estão por toda parte: nos meus seios, no meu cabelo, tocam minha boceta, acariciam minha bunda, passam um dedo no meu rosto para tirar o cabelo da boca. Fico sem ar ao senti-lo no meu púbis e fazer movimentos circulares no meu clitóris, percebendo que ele já abre uma camisinha com os dentes e a coloca com uma só mão, cuspindo o plástico da embalagem no chão.

— Pronta? — ele pergunta, com uma voz dominante.

— Pode me tomar — eu sussurro. — Do jeito que você quiser.

Ele me virou e perdi o fôlego, com o coração disparado. Ai... merda. Ele não estava brincando. Ele me colocou de frente para o braço do sofá, pela lateral, e ele está me empurrando sutilmente para frente. Suas mãos deslizam sobre meus ombros e nossos dedos se entrelaçam, então ele mostra como apoiar o peso na almofada. Seus pés afastam os meus e eu o obedeço até sentir minhas pernas abertas, curvada para a frente, com a bunda para cima.

— Ai, Colton... — eu suspiro.

— Ainda nem fiz nada, amor — rosna Colton.

— Eu sei — digo ofegante. — Eu só estava dizendo o seu nome.

Ele ri, fazendo seu peito vibrar um pouco. Com uma mão ele alisa minha coluna, passa pelas costelas e segura um dos seios que estava solto. Ele belisca levemente meu mamilo, passando o dedo, pressionando, acariciando, e perco o fôlego. Então a outra mão desliza por entre minhas coxas e me toca como só ele sabe, e fico completamente desorientada. Arqueio minhas costas e levanto minha bunda para lhe dar melhor acesso, deixando minha cabeça pendurada enquanto ele me estoca e se movimenta para me levar ao clímax.

Enquanto gozo, com um arrepio inicial de êxtase tomando conta de mim, sinto-o me tocar com a cabeça de seu mastro. Prendo a respiração, mordo o lábio, e então, quando uma segunda onda de prazer me arrebata, ele mergulha nela de cabeça. Grito ao senti-lo me penetrar, enfiando sua espada até o fim, com um gemido suave, de pura satisfação.

— Nossa, Nell. Como você é incrível. Tão linda. Eu amo o jeito que você levanta essa bunda para mim. Amo o som que você faz quando goza para mim. Amo essa sua pele pálida e seus cabelos loiros. — Ele me toca lentamente, deslizando profundamente a cada vez que diz a palavra "amo".

Eu forço meu corpo para trás toda vez que sinto ele vir, gemendo suavemente a cada estocada, lamentando quando ele se retira. Esse movimento não para: lento, gentil e rítmico.

Não é como eu quero, e ele sabe disso. Ele quer que eu implore. Eu entro no jogo dele. Eu me viro para olhar para ele, com o cabelo caído pelo outro lado.

— Mais forte, Colton.

Seus olhos estão semiabertos, ele levanta levemente o queixo e ameaça um sorriso.

—Você quer mais forte?

— Quero, amor. E muito.

— Forte quanto?

— Muito forte.

— Me implora para que eu enfie com força, Nelly.

Eu não me reconheço nessas horas; fico completamente transformada. Mas eu gosto dessa mulher, essa Nell sem-vergonha que implora ao seu parceiro que a coma. É uma diferença e tanto da inocente garota de dezesseis anos que ficou toda sem jeito, no Hotel Red Roof, quando seu primeiro namorado a tocou timidamente.

Mordo meu lábio, só para deixá-lo maluco; quando ele se afasta, eu me afasto também, e então jogo minha bunda contra ele com toda a força, fazendo-o entrar bem fundo em mim.

— Me fode, Colton. Me fode com força. Me fode lá no fundo. Me bate enquanto me fode.

Nossa, que coisa boa. Eu quase não acredito que falei aquelas palavras, mas é o que eu quero, verdadeira e loucamente. Ele todo. Quero Colton do jeito que ele é. Bruto, rude e primitivo; gentil, amoroso e carinhoso. Eu amo o que ele faz comigo, como ele me deixa maluca, como ele me faz querer coisas que eu nem sabia ser possível querer.

Colton fica maluco. Ele segura meus quadris com as mãos, afasta mais, quase ficando fora de mim. Respiro fundo, prevendo o choque de seus quadris contra mim.

Em vez disso, ele enfia o mais lento que pode, mais suave do que eu achava ser possível, uma carícia dentro de mim com sua excitação. Uma provocação. E então, por eu não estar pronta, ele vem com tudo dentro de mim. Eu grito, com o rosto se contorcendo de prazer. Ele tira lentamente, e depois desliza devagar para dentro de mim, mais umas duas ou três vezes, suave como um sussurro.

Então, quando abro a boca para falar, ele vem com tudo, *muito* forte, tanto que minhas palavras e meu fôlego somem num piscar de olhos. Nem consigo respirar, porque ele parou com a brincadeira. Ele me penetra, ele enfia em mim com uma força selvagem. Meu corpo inteiro é jogado para frente com cada impulso, e suspiros entrecortados saem de mim a cada movimento. Os suspiros se transformam em gemidos de aprovação, e esses se transformam em seu nome, recitados no ritmo intenso de seus quadris. Ele me puxa com força na direção dele e me afasta, e mal percebo quando atinjo o primeiro orgasmo de tão tomada pelo prazer da dor que estou, a delícia do impacto de seu corpo contra o meu, a maneira com que ele me preenche a cada impulso, a forma com que ele me invade.

Então ele goza, rosnando e gritando, enfiando em mim com o impulso mais forte de todos, um pouco forte demais. Mas ele nunca vai tão forte a ponto de me machucar. Então... ele volta a deslizar carinhosamente, para dentro e para fora, curvado sobre mim, beijando minha coluna, segurando minha bunda, penetrando meu vazio com estocadas suaves que me tocam no lugar exato, o que me faz gozar antes dele.

Enterro meu rosto nas fibras do sofá e grito enquanto me desfaço em milhões de raios de luz, sentindo cada célula do meu corpo entrando em êxtase. Ele bate na minha nádega esquerda e o orgasmo chega ao ápice, e sou obrigada a me desmanchar para frente, pois, ao mesmo tempo em que ele enfia no local perfeito, ele me bate na bunda. Ele se afasta e, em seguida, bate na minha nádega direita na mesma hora em que surge outra onda e, então, ele estoca suavemente. Nisso, começo a soluçar com a intensidade, fazendo movimentos na direção dele, colidindo na direção dele com espasmos descontrolados. A eletricidade e um calor vulcânico despedaçam meu corpo, um terremoto de arrepios me tomam por inteiro, tudo concentrado no meu íntimo, na parte inferior da minha barriga, bem dentro de mim.

Ele se mexe lentamente, estendendo meu clímax, até amolecer dentro de mim e me deixar transbordando de satisfação. Ele sai de dentro de mim, erguendo-me em seus braços fortes e me carregando até a cama. Ele saiu e voltou rapidamente, acomodando-se ao meu lado logo em seguida.

— Não acredito que você goste assim de modo tão bruto — ele diz.

— Por que não? — pergunto, percorrendo os dedos por sua pele até mais embaixo, onde pego seu membro na mão, acariciando-o.

—Você parece tão inocente e delicada.

—Você sabe que não sou nada disso, Colton.

— Sim, eu sei disso, mas é assim que você parece. — Ele brinca com meu mamilo, circulando-o com a ponta do indicador. — Num minuto, você é toda chique, meio esnobe e linda, depois, você parece, sei lá... abandonar tudo isso para trás e permitir que surja uma mulher selvagem. Você se transforma numa...

— Puta sem vergonha? — eu sugiro.

Ele faz cara feia, mas seu dedo levanta meu queixo para que eu olhe para ele.

— Engraçado, mas não.Você é tudo menos isso, Nell. Nunca pense isso de você.

— Eu não penso... só estava brincando. — Mais ou menos, mas não vou admitir isso agora.

Mesmo assim, ele consegue perceber o que está rolando dentro de mim.

— Nell. — Seus olhos azuis me penetram.

Sou obrigada a olhar para o lado.

— É que... é a mesma coisa de sempre, Colton. Parte de mim não consegue superar a ideia de que isso é errado.Você é o irmão mais velho dele. Eu sei, eu sei. Ele se foi e eu tenho de superar uma hora ou outra. Nós, isso entre mim e você, *não* é errado. Não é. Mas essa culpa idiota está sempre lá.

Ele não responde de imediato.

— Eu compreendo, Nell. Entendo mesmo. Só... converse comigo sobre essas coisas, está bem? Não reprima ou trave isso dentro de você. Eu vou entender.

Aceno com a cabeça apoiada em seu peito, então sorrio ao senti--lo começar a crescer e endurecer na minha mão. Deslizo meus dedos em volta dele até que ele começa a mexer os quadris por causa do meu toque, então eu subo em cima dele. Ele está dentro de mim, fluindo fácil e perfeitamente. Sento-me sobre ele, elevando e baixando minhas coxas. Eu o surpreendi e isso me deixa um pouco sem reação. Ele fica parado sem se mover, então me pega pela cintura e se mexe comigo.

Então congela de novo.

— Precisamos... temos de colocar uma, amor. — O olhar dele fica estranhamente intenso. — A última coisa que precisamos agora é uma gravidez.

Eu não diminuo o ritmo de subidas e descidas.

— Tudo bem, amor. Estou tomando pílulas.

— Desde quando?

Eu franzo a testa.

— Desde... sempre. Nunca parei de tomar depois... do que aconteceu. — É um momento esquisito. Eu me inclino sobre ele e o beijo. — O ponto é, está tudo bem. Quero assim, nada entre nós.

Ele coloca as mãos no meu rosto e devora minha boca.

— Que bom! Eu queria tanto sentir você assim, sem barreiras.

— Eu também.

Então, não existe mais lugar para palavras entre nossos suspiros, beijos e gemidos. Nós nos mexemos juntos por uma eternidade, cada movimento e cada respiração em perfeita sincronia, até nos liquefazermos juntos, gozarmos juntos.

Quando nos deitamos ofegantes e curtindo o momento posterior ao êxtase, pressiono meus lábios no ouvido dele.

— Eu amo você, Colton.

— Não se esqueça disso, amor.

Faço cara feia e olho bem nos olhos dele.

Ele me beija suavemente e diz:

— Estou brincando, Nell. Eu amo você. Até demais.

Capítulo 13

Uma Cruz Azul

Oito Semanas Depois

Não.

Não.

Não mesmo. Isso não está acontecendo. Não está. Não pode ser. Não agora.

Minha mão direita está sobre minha boca; isso é a única coisa que me impede de entrar em pânico. Estou sentada na beirada da banheira do meu banheiro, só com um *baby-doll*. Os joelhos estão pressionados um contra o outro, os pés não param de tremer. Minha cabeça balança de um lado para o outro, com os olhos arregalados, e sinto tontura, tremores e pontadas de dor.

Olho para minha mão esquerda. Estou com um palito de plástico branco entre o dedão e o indicador. Um pequeno mostrador quadrado no plástico mostra duas linhas azuis em forma de cruz.

Faço minhas malas sem nem pensar. Reservo um assento no primeiro voo para Detroit, que parte em três horas. Não dá tempo o suficiente, mas não tem outro jeito.

Ao partir, colo minha única explicação para Colt na minha porta de entrada: um bilhete com três palavras e o teste.

No trajeto de táxi até o aeroporto, suas palavras ecoam na minha cabeça seguidas vezes: *A última coisa que eu preciso agora é uma gravidez*.

Todo meu progresso vai pelos ares: reprimo as emoções e me recuso a chorar. Quero encontrar alguma maneira de me ferir, assim não preciso sentir nem medo, nem pânico, e esqueço que essa é a última coisa que ele queria.

Assim que chego ao aeroporto, meu lábio está inchado de tanto mordê-lo.

Quase choro quando me lembro de como morder meu lábio o deixa maluco.

Parte TRÊS

Colton

Capítulo 14

A Canção do Filho Perdido

Dois Dias Depois

Estou quase furioso de tanta preocupação quando consigo deixar a oficina e pegar um táxi para o apartamento de Nell em Tribeca. Já faz dois dias, e não tive nenhuma notícia dela. Nenhuma ligação, nenhuma mensagem. Ela deveria ter passado aqui depois da aula de Teoria Musical, mas ela não apareceu. O celular cai direto na caixa postal. As mensagens não são entregues. O dono do bar onde ela trabalha algumas noites por semana disse que ela não apareceu no turno dela. Mandei mensagens pelo Facebook, nenhuma resposta. Finalmente, deixo Hector para fechar a oficina, porque não estou mais aguentando.

Jogo uma nota sobre o assento do táxi e não espero pelo troco. Preciso respirar fundo algumas vezes para me acalmar o suficiente para destrancar a porta do apartamento dela, com a chave que ela me deu.

Trocamos chaves na semana passada; achei que as coisas estavam ótimas.

Subo as escadas, três degraus por vez, quase derrubando uma senhora que estava no caminho. Há um pedaço de papel dobrado pela metade e colado na porta. Merda, não. Que merda é essa?

Arranco o bilhete da porta, e está estranhamente pesado para um pedaço de papel. Tem um saquinho plástico dentro do papel, e dentro do saquinho um teste de gravidez. Não é possível.

É sim.

Positivo.

E nem sinal de Nell. Vasculho o apartamento mais de uma vez, como se fosse encontrá-la escondida em algum armário ou coisa parecida.

Só o teste naquele saquinho idiota, e três palavras rabiscadas: *Eu sinto muito*.

Ela *fugiu*. Estou com raiva, em pânico. Eu sinto tanta coisa que há agora uma grande confusão em minha cabeça e no meu coração, e não consigo pensar direito. De repente, estou num avião, sem me lembrar de como cheguei ao aeroporto ou como comprei a passagem. Estou bem descontrolado.

Lembranças começam a vir à tona, coisas que nunca contei a ninguém, jamais, nem mesmo para a Nell, e contei à Nell praticamente todos os detalhes sórdidos dessa minha vida de merda... exceto *aquilo*.

Algumas longas e pensativas horas depois, o avião pousa e estou num carro alugado — nem sei de que marca — e correndo rápido demais no sentido norte na Estrada I-75. Eu estou travado. Estou apagado, vazio. Sem pensamentos. Pensamentos são perigosos. Não sinto nada. Só o que faço é agir, fazer, ser.

Tenho de encontrá-la.

Porra, eu *preciso*.

Os faróis dos carros passam por mim, semáforos mudam rápido demais e me atrasam. Ultrapasso alguns sinais vermelhos, recebo buzinadas e alguns dedos do meio no processo. Então, chego próximo da casa dos meus pais e já anoitece, mas eu sei que ela não está aqui, por que ela estaria? Freio de uma vez e paro o carro no meio da rua na frente da casa dos pais de Nell. Deixo o carro com a porta aberta e o motor ligado. Sou levado por um pânico irracional, um pânico tão profundo que não o compreendo, mas não consigo evitá-lo. Só consigo deixá-lo me mover, deixá-lo tomar conta de mim.

Chego tempestuosamente na porta da frente dos Hawthorne e invado a casa. Ouço um vidro se quebrar e uma mulher gritar.

— Colt! Mas que diabos... o que está fazendo aqui? — Rachel Hawthorne está de costas para a pia e coloca uma mão no peito, com confusão e medo nos olhos.

— Onde ela está?

— Quem? O que... o que você está fazendo aqui?

— Onde... está... *Nell*? — Minha voz é baixa, mas mortal.

Ela ouve a ameaça no meu tom e fica pálida, começa a tremer e dá alguns passos para trás.

— Colt... Eu não sei o que você... ela saiu para correr. Ela saiu para dar uma corrida.

— Para onde ela vai quando corre? — digo, exigindo uma resposta.

— Por que quer saber? Vocês dois estão...

— Para onde ela *vai*, Rachel? — Estou a poucos centímetros dela, intimidando-a com meu porte e meu olhar. Eu não deveria me impor daquele jeito, mas não consigo me conter.

Rachel treme, branca com um papel.

— Ela está no... a antiga estrada do condado. Norte. Chega num grande arco e ela... ela corta pelo campo dos Farrell, aqui por trás.

Saio pela porta correndo, dando todo o meu gás. O terror me invade e não consigo compreendê-lo, não consigo me livrar do seu domínio. Ele me persegue, me empurra para frente. Ela está grávida e preferiu fugir de mim do que conversar sobre o assunto, mas não é só isso que está me impulsionando desde essa manhã. Isso vem de lá de dentro, uma espécie de previsão de que tem algo de horrível acontecendo com ela e eu tenho de descobrir o que é.

Meus pés pisoteiam a terra, percorrendo um trajeto que parece sem fim. Está escuro agora. Dá para ver as estrelas e a lua, redonda e próxima. Meu sangue ferve; meu coração bate forte, minha cabeça gira e meus punhos estão cerrados.

Estou tremendo, já corri pelo menos três quilômetros e não estou em boa forma, mas não vai ser agora que vou parar. Não posso.

Não vou.

Não posso.

Mais um quilômetro e meio, eu sei que diminuí a velocidade, mas eu me forço, pois sei que tenho de encontrá-la.

A propriedade dos Farrell, uma grande porção de terra com grama alta e campos improdutivos, só com linhas de árvores subdividindo as propriedades. Se ela caiu na grama por aqui, eu poderia passar direto por ela sem nunca vê-la.

Mas lá está ela. Jesus, obrigado.

Ela está sentada, curvada, com o rosto nas mãos. Ela está soluçando. Mesmo quando ela me contou tudo e libertou todos aqueles anos de luto reprimido, ela não chorou como chora agora. É... Deus, é o som mais aflitivo que já ouvi.

Pior ainda do que o tiro que atingiu a cabeça de India.

Nell estava completamente devastada, e eu não sei por quê.

Eu me agacho ao lado dela, tocando seu ombro. Ela nem responde, nem olha para mim. Eu a abraço e sinto algo quente e úmido cobrir os meus braços.

O chão onde ela está sentada está úmido e escuro por causa da ausência de luz. Uma grande faixa de grama está coberta por um líquido negro.

Sangue.

Merda.

— Nell? Amor?

— *Não* me chame assim! — Um grito repentino e violento. Ela se desvencilha do meu toque e cai na grama, arrastando-se e arfando tanto que parece estar perto de vomitar. — Ele se foi... Ele se foi, ele morreu...

E eu sei o que aconteceu, mas não quero pensar na palavra.

Eu a levanto nos braços novamente e sinto o líquido quente e pegajoso saindo dela. Ela ainda está sangrando.

— Nell, meu amor, eu estou aqui.

— Não, não... você não entende. Você não... não compreende. Eu o *perdi*. O bebê... eu perdi o bebê.

— Eu sei, meu amor. Eu sei. Estou com você, eu estou aqui. — Não consigo evitar que minha voz fique cortada. Estou tão devastado quanto ela, mas não posso transparecer.

Mesmo assim, ela ouve. Enfim ela parece perceber que sou eu ali. Ela está solta nos meus braços e vira a cabeça para me olhar. O rosto dela está manchado de vermelho e suor, com o cabelo emaranhado e grudado na testa.

— Colton? Ai, meu Deus... *Deus.* Você não deveria ter vindo atrás de mim.

Nesse momento, a raiva me sobe o sangue.

— Mas que *merda* foi essa, Nell? Por que você fugiu? Eu amo você. Você acha que eu não iria... não iria... merda... o que você achou que eu diria?

Ela dá um soco no meu ombro com o punho fraco.

— Foi o que você *disse.* Um bebê era a última coisa que você queria. E é isso que eu iria ter. Um bebê. A porra de um bebê.

— Não, Nell. Não. Não foi o que eu disse. Eu disse que uma *gravidez* é a última coisa que *precisamos.* Eu *não* disse um bebê é a última coisa que eu quero. E, independente disso, correr foi... tão errado. Você é minha. O bebê seria... teria sido *meu.* Eu teria tomado conta de você. Eu vou sempre tomar conta de você. — Estou chorando. Choro abertamente enquanto carrego Nell através do campo, tropeçando em raízes, galhos e elevações. — Estou aqui... Eu estou aqui.

Ela está muito quieta. Olhando para mim, com os olhos semiabertos e enfraquecidos. Sem foco. Refletindo a parte molhada à luz da Lua. Sangrando em mim.

— Sinto muito. Sinto muito. Eu estava com tanto medo. Estou com medo, Colt.

É a primeira vez que ela me chama de Colt.

— Eu sei, Nelly. Eu estou aqui com você. Você vai ficar bem.

— Não... *não.* Não está tudo bem. *Eu perdi o bebê*, Colton. — Sua voz está aguda e chorosa.

— Eu sei... — E a minha também. — Eu sei.

— Eu não queria um bebê. Eu não queria ser mãe. Sou muito nova. Era muito cedo. Eu implorei para não estar grávida durante todo o caminho até aqui. Mas... mas eu não quis dizer isso. Eu juro. Eu não queria isso. Sinto muito... Não desse jeito. — Ela está praticamente inaudível, tremendo.

Ela perdeu muito sangue. Estou encharcado do peito para baixo. Meus braços tremem, minhas pernas estão bambas. Cheguei até aqui muito rápido; só estou funcionando agora por causa da adrenalina e da minha determinação. Estou andando a passos rápidos, tropeçando no escuro.

Então surge o brilho amarelo do jardim dos Hawthorne, e eu me atrapalho com a porta de correr por conta dos dedos ensanguentados. Rachel Hawthorne está desesperada, implorando, exigindo explicações sobre o que aconteceu. Jim Hawthorne está ao telefone.

— Colt, o que aconteceu? — Ouço a voz de Rachel ao longe.

Eu não vou soltá-la, não consigo. Ela está inconsciente. Ainda sangrando sobre mim.

Uma mão sacode meu ombro e me traz à realidade.

— Colton, o que *aconteceu*? Por que ela está sangrando? — Jim, duro, irritado, exigindo respostas.

— Aborto... — É a única coisa que consigo dizer.

— Ab... ela estava *grávida*? De você? — Agora ele está ainda mais irritado.

— Eu não... eu não sabia. Ela não me contou. Ela fugiu. Veio para cá... — Olho para o rosto dela, lindo e sem reação. — Por favor, Nell. Acorde. Acorde.

Ela não acorda. Sua cabeça rola para um lado e a mão cai e balança. Sua respiração é quase imperceptível... talvez nem esteja respirando.

Mãos com luvas azuis tiram-na de mim, gentil, mas vigorosamente. Tento afastá-las, mas outras mãos me seguram. Mãos mais fortes, mais duras, muitas delas tirando-a de mim. Eu me viro. Papai, Jim, Mamãe e Rachel. Todos me puxam, gritam comigo, mas não há som. Só um ruído nos meus ouvidos. Uma pessoa uniformizada aproxima-se: um rapaz da emergência.

Olhos castanhos sérios, mas compassivos. Volto a escutar.

— ...Vai ficar tudo bem, Colton. Ela perdeu muito sangue, mas você a socorreu a tempo. Preciso que fique calmo ou terei de detê-lo, e assim não poderá ajudar Nell de nenhuma forma.

Estou ofegante. Olho para os olhos dele. Meu peito se enche de esperança.

— Ela não está morta? Ela vai ficar bem?

— Ela está viva, sim. Inconsciente, mas viva.

— Mas tinha tanto sangue... — Dou alguns passos para trás e me jogo para sentar num sofá, mas acerto a beirada e caio no chão, como se estivesse bêbado.

— Ela está com uma hemorragia bastante grave, mas tenho certeza de que os médicos conseguirão reverter esse quadro.

Paro de ouvir novamente. Volto no tempo, para um hospital no Harlem, e lembro um médico explicando tudo para mim, mas eu também não o ouço, pois desliguei depois das palavras *perdeu o bebê*. Estou de novo soluçando no piso frio da sala de espera do hospital. India... morta. Ela não chegou a me contar. Ou nem sabia que estava grávida. De qualquer forma, ela se foi, e junto com ela foi o filho que eu nem soube que existia.

Mãos me movem, me empurram e me puxam. Arrancam minha camiseta ensopada, enxugam meu tronco com uma toalha quente e úmida. Eu não reajo. Estou com a cabeça longe. Sem rumo, devastado, destruído, despedaçado.

Mais um filho se foi e nem pude conhecê-lo ou carregá-lo no colo. Eu teria sido presente. Mas nem tive a chance. Ninguém me pergunta o que eu quero. Presume-se que eu não queira um filho, porque eu sou um grosseirão que não sabe ler e que por isso não queria um bebê.

Mas isso não é justo. India nem teve a chance. Talvez ela tivesse me contado. Deixado que eu fosse pai. Eu e a India conversávamos sobre filhos. Ela queria tê-los. Eu ficava calado e a deixava falar, sem dizer o que eu achava do assunto. Não cheguei a dizer que amaria ter um filho e o deixaria ser quem ele quisesse, mesmo se não conseguisse ler. Era tudo o que eu queria, minha vida toda, e nunca pude.

Agora foi tirado de mim mais uma vez.

Uma ira súbita queima dentro de mim, como uma chama me invadindo.

Não é *justo*.

De repente, eu não sou mais eu. Estou agora como um observador que vê alguém igual a mim ficar de pé, pegar o objeto mais próximo — uma poltrona de couro pesada — e jogá-lo na porta de correr. O vidro se despedaça e se espalha, quebrando toda a estrutura.

Mãos familiares, mas esquisitas, tocam meu ombro.

— Vai ficar tudo bem, Colton. — A voz do meu pai, murmurando baixo em meu ouvido. — Apenas fique calmo.

Mas ele não sabe de nada. Ele não me conhece. Ele não sabe merda nenhuma sobre a minha vida ou sobre tudo o que passei. Eu o empurro e saio andando pela porta da frente. Meu carro alugado foi tirado do lugar, eu vou até ele e me sento ao volante. Jim Hawthorne se aproxima de mim.

— Tem certeza que vai dirigir, filho? — A voz dele está cuidadosamente neutra.

— Estou bem. E eu não sou seu filho. — Eu não estou bem, mas isso não importa.

Eu me forço a dirigir normalmente até o hospital. Porém, antes que eu possa sair do carro, Jim pousa a mão em meu antebraço.

— Espere um instante, Colt.

Eu sei do que isso se trata.

— Não é a hora, Jim.

— É a hora, sim. — Os dedos dele pressionam meu braço e fico perto de arrancar a mão dele fora, mas não o faço. Ele não tem medo de mim, mas deveria. — Ela é minha filha. Minha única filha.

Baixo a cabeça, buscando toda a calma que ainda existe em mim.

— Eu a amo, Jim. Juro pela minha alma que eu não fazia ideia. Eu não a teria deixado ir sozinha a lugar algum se eu soubesse. Ela... ela fugiu. Ela estava apavorada.

— Como pôde fazê-la passar por isso depois de tudo pelo que ela passou? — Ele também está magoado, com medo e irritado.

Eu entendo.

— Nós estávamos superando. Juntos. As coisas entre nós simplesmente aconteceram, e não vou ficar explicando merda nenhuma para você agora. Ela é adulta e fez a escolha dela. Nós fazemos bem um para o outro. — Esforço-me para olhar para ele e fico ainda pior quando vejo que os olhos dela se parecem com os dele. — Eu tomarei conta dela. Agora e sempre.

Ele não responde, apenas fica quieto e olha para mim fixamente. Vejo o pai que existe nele, mas também vejo o homem de negócios sagaz, de olhar penetrante, acostumado a julgar o caráter de uma pessoa rápida e precisamente.

— Ela pode ser adulta, mas ainda é o meu bebê. Minha garotinha. — Ele baixa o tom de voz de forma ameaçadora. — É bom que cuide dela. Ela já passou por muita coisa. Agora isso? É bom mesmo que você tome conta dela. Ou juro por Deus que eu mato você.

É uma ameaça desnecessária, mas eu o compreendo. Olho-o profundamente e deixo que ele veja um pouco do meu lado mais sombrio. O cara das ruas que aprendeu cedo a não ceder para ninguém, jamais. Ele acena com a cabeça depois de um longo tempo. Eu saio do carro e entro no hospital, pergunto à recepcionista qual é o número do quarto dela.

Cento e quarenta e um. Na UTI.

Minhas botas rangem no piso frio. O cheiro de antisséptico incomoda minhas narinas. Uma voz feminina fala qualquer coisa no alto-falante. Uma jovem morena de uniforme vinho passa correndo por mim com um *tablet* nas mãos.

Então começo a contar os quartos, cento e trinta e sete, cento e trinta e nove... cento e quarenta e um. A cortina está aberta. Um monitor apita continuamente. Paro entre as cortinas, coloco a mão no tecido e começo a tremer.

Uma mulher mais velha, bem magra e de cabelos loiros, abriu as cortinas abruptamente e veio ao meu lado.

— Ela está dormindo agora. Já fizeram alguns exames e farão outros mais tarde.

— Ela ainda está sangrando?

— A hemorragia parou, mas sim, ela ainda está sangrando. — Ela olha para mim, apoiando a mão na prancheta. — Você é o pai?

Quase engasgo ao ouvir o termo.

— Sim, sou o namorado. — Minha voz fica baixa, quase um sussurro.

Ela percebe a gafe.

— Sinto... sinto muito. Foi insensível da minha parte. — Ela passa por mim. — Você pode entrar, mas deixe-a descansar.

Meu Deus, ela está branca como a neve. Tão frágil. Tubos entrando pelo nariz, agulhas no punho.

Eu me sento. E sento. E sento. Não falo com ela, porque não sei o que dizer.

Um pessoal vem e arrasta a cama dela enquanto ela ainda está dormindo. Inconsciente, não dormindo. Não preciso de eufemismos. Será que ela vai acordar? Eles não falam nada, o que entendo como um "talvez não".

Por fim, vou à capela, não para rezar, mas para sentir o silêncio, para ficar longe do cheiro de hospital, o fedor de doença e morte, os sons de tênis no piso frio e o eco de vozes e monitores de sinais vitais. Longe de rostos como o meu: sérios, tristes, preocupados, apavorados.

O vitral manchado brilha em púrpura, vermelho, azul e amarelo, representando uma imagem que não me preocupo em compreender. A cruz é enorme, vazia, em madeira toda trabalhada.

Meu pai me encontra na capela e está com o meu primeiro violão nas mãos. O *case* está surrado, arranhado, sem o nome da marca; o violão é de madeira escura e cordas de aço; deixei-o para trás junto com todas as outras coisas. Não sei por que ele trouxe o violão, mas sou grato por isso.

Estamos sozinhos na capela. Ele não olha para mim quando começa a falar.

— Eu devo desculpas a você por uma vida inteira, Colt. Você é um bom homem.

— Você não me conhece, pai. Nunca conheceu. Não sabe das merdas que fiz.

— Sei sim. Mas você está aqui, e claramente a ama. Você chegou até aqui sozinho, sem qualquer ajuda nossa. Nós deveríamos ter apoiado você, mas não o fizemos. Então... eu sinto muito.

Eu sei o quanto custou para ele dizer essas coisas, mas não chega nem perto do suficiente. Mas é um começo.

— Obrigado, pai. Gostaria de que tivesse dito isso para mim há muito tempo, mas obrigado.

— Sei que não compensa por como o tratamos durante sua infância, por como o deixamos partir sozinho como fizemos. Você era tão jovem, mas eu só... eu estava...

— Focado na sua carreira e no seu filho de ouro. — Esfrego o cabelo com as mãos. — Eu entendo. Não quero falar sobre isso agora. Isso são águas passadas. Agora estou aqui por causa da Nell, não para falar de mágoas antigas.

Abro o *case* e tiro o violão de dentro dele. É terrivelmente desafinado. Levanto a pequena tampa de dentro do *case*, onde fica apoiado o braço, e tiro um pacote de cordas novas. Começo a trocar as cordas do violão e afiná-lo. O papai apenas observa, perdido em seus pensamentos, ou memórias, ou arrependimentos.

De verdade, estou pouco me lixando.

Enfim, ele sai de lá sem dizer qualquer palavra.

Então começo a tocar. A música apenas sai espontaneamente, como um rio. Estou curvado sobre meu violão, sentado num banquinho duro no meio da capela, olhando para minha bota Timberland, surrada e manchada de graxa. Estou cantando meio para dentro, e entregue a esse momento de criação, no qual a música é uma correnteza que me arrebata e faz com que as palavras e a melodia sejam impregnadas em meu íntimo.

— Senhor Calloway? — Uma voz feminina tímida vem da porta da capela. Viro um pouco minha cabeça para ouvi-la. — A Senhora Hawthorne está acordada. Ela está perguntando por você.

Aceno com a cabeça, guardo meu violão e levo-o junto comigo ao acompanhar a enfermeira até o quarto.

Vejo que ela está mordendo o lábio quando entro, passando o dedo sobre as cicatrizes de seus cortes. Puxo a cadeira de plástico para visitantes para perto da cama e envolvo os dedos dela com minha mão enorme. Beijo sua palma da mão e cada um dos dedos. Tento não chorar de novo.

Ela olha para mim e seus olhos verdes estão com uma olheira avermelhada. Tão linda, mas tão sofrida.

— Colt... Colton. Eu...

Toco os lábios dela e digo:

— Shhh. Eu amo você. Sempre.

Mesmo assim, ela percebe meu jeito.

—Você não está bem também, não é?

Balanço a cabeça de um lado para o outro.

— Não, não estou. — Vejo a dúvida em seus olhos, então suspiro e conto a ela a história. — Eu já contei a você sobre a India e sobre como ela morreu.

— Sim? — Ela está hesitante, como se pudesse adivinhar o rumo da conversa.

— Eu estava no hospital, porque alguns dos meus companheiros ficaram feridos na confusão e eu tinha de ir visitá-los. Para me certificar de que estava tudo bem. Não sei como, mas uma das enfermeiras me conhecia, sabia que eu estava com a India. Acho que ela morava no mesmo prédio da India ou algo assim. — Tenho que respirar fundo para manter minha voz calma, mesmo depois de todos esses anos. — Ela me disse... ai, meu Deus... que *merda*. Ela... ela me disse que a India estava grávida quando morreu. Eu nem sabia. Nem sei se a India sabia. Ela estava com menos de seis semanas. Mas... sim. Grávida. Nunca cheguei a... ela não teve a chance de me contar.

— Ah, meu Deus, Colton. Eu sinto muito. Eu... ai, meu Deus, Colton.

— Pois é. — Não consigo olhar para ela; só para minhas unhas cheias de graxa. — Entendo por que você fugiu, Nell. De verdade. Só... só me prometa que nunca mais irá fugir de mim. Você tem de me prometer. Principalmente por causa de uma merda dessas. Eu sei que... sei que sou só um macaco analfabeto, mas posso tomar conta de você. Eu posso amá-la, e se você... se nós... se... eu vou tomar conta de você, não importa o que aconteça.

Ela soluça.

— Ah, meu Deus, Colton. Não foi por isso que eu fugi. Você é muito mais do que um macaco analfabeto, Colton. Você não é um bandido. Você não é nada disso que acha que é. Você é muito mais. Eu estava com medo. Em pânico. — Ela tenta respirar por entre as lágrimas. — Eu não deveria ter feito isso. Me desculpe. É tudo minha culpa, Colton. Eu não deveria ter ido embora, não deveria ter fugido, não deveria...

Aperto a mão dela com mais força.

— Não, Nell. *Não*. Não ouse falar essas coisas. Isso não é culpa sua.

Um médico entra naquele exato momento.

— Não pude deixar de ouvir a conversa de vocês — ele diz. Ele é um indiano, na faixa dos quarenta anos, exalando compaixão e eficiência. — Não é culpa sua de jeito nenhum, Nell. Esse tipo de coisa acontece, e não temos como saber por que ou como prevenir. — O olhar e a voz dele ficam intensamente sérios. — Você não deve entrar na paranoia de se culpar. O fato de estar correndo quando tudo aconteceu, não significa que isso tenha sido a causa do aborto. Nada que tivesse feito ou não poderia ter impedido isso. Simplesmente aconteceu e não é culpa sua.

Ela acena para ele, mas vejo que ela vai continuar se culpando. O médico diz que ela precisa descansar e que eles vão mantê-la internada para ficar em observação. Quando ele vai embora, eu fico de pé e dou-lhe um beijo carinhoso.

— Por favor, não se culpe, Nelly. Você ouviu o médico. Simplesmente aconteceu.

— Eu sei. Eu sei. Estou tentando. — Ela olha para o meu *case* de violão. — Toque algo para mim, por favor.

— O que você quer ouvir? Algo alegre? — Tiro o violão do *case* e o apoio no joelho.

Ela balança a cabeça.

— Não, só... alguma coisa. O que você quiser. Toque uma música que signifique algo para você.

Eu começo com "Rocketship", do Guster, porque essa música sempre teve um peso para mim. Eu ouvia essa canção o tempo todo, no *repeat*. Eu a tocava várias vezes seguidas, quase como a minha canção de ninar. A ideia de um foguete espacial me levando embora, para algum lugar novo... então, eu me identificava com a ideia.

Sinto que há algumas pessoas atrás de nós, mas eu não ligo. Deixe que ouçam.

— Toque outra coisa — diz Nell. — Qualquer coisa.

Eu suspiro.

— Eu compus uma música enquanto dormia. É um... acho que se pode dizer que é um adeus.

— Toque, por favor.

— Nós dois vamos chorar como uns bebezinhos — eu digo.

— Sim, eu sei. Toque assim mesmo.

Eu aceno com a cabeça e começo os acordes iniciais. É uma música simples, quase uma canção de ninar. Eu suspiro, fecho os olhos e deixo fluir.

"Você nunca teve um nome.
Você nunca teve um rosto.
Milhares de respirações que não existirão
Ecoam na minha mente,
Minha criança, criança, criança.
As perguntas surgem como as estrelas,
Sem fim nesse céu noturno.
Você sonhou?
Você tinha uma alma?
Quem você poderia ter sido?
Você nunca conheceu meus braços,
Você nunca conheceu os braços de sua mãe,
Minha criança, criança, criança.
Eu vou sonhar por você,
Vou respirar por você,
Vou perguntar a Deus por você,
Vou lutar, gritar e chorar por você.
Esta música é para você,
É tudo o que tenho.
Ela não lhe dá um nome.
Nem lhe dá um rosto.
Mas é tudo o que eu tenho a dar.
Todo o meu amor está nessas palavras cantadas,
Em cada nota do meu violão,
Minha criança, criança, criança.
Você não se foi,
Porque você nunca foi.
Mas isso não significa
Que você passou por aqui sem ser amado.

Meu filho perdido, meu filho, meu filho.
Eu o enterro
Com essa canção.
Vou sofrer por você
Com essa canção."

A última nota fica no ar. Nell chora com o rosto entre as mãos. Ouço uma tosse presa vindo por trás de mim, então viro e vejo uma plateia, perto da porta, de enfermeiros, médicos, faxineiros, pacientes e visitantes; todos claramente tocados pela canção. Meu rosto está molhado e meus olhos estão pinicando. Pelo menos uma vez me deixo sentir, permito-me ficar frágil.

Nell se arrasta para fora da cama, com tubos e fios saindo dela, e senta no meu colo. Eu a aconchego e a carrego com todo o meu carinho, e então choramos juntos. Eu a conforto da única maneira que sei: com o meu silêncio, com meus braços e meus lábios em sua pele. Não há palavras para isso, e as que eu tinha, eu cantei.

Capítulo 15

Uma Canção de Suspiros

Duas semanas e meia depois

A água agitada bate várias vezes contra os pilares do píer. A lua está crescente e brilha prateada nas ondas negras do lago. Voltamos aonde tudo começou, no píer, com uma garrafa de Jameson e meu violão.

Ela está sentada na beirada, com as calças arregaçadas até os joelhos, com os pés balançando na água quente. Estou tocando "Don't Drink The Water", de Dave Matthews Band, e ela apenas sentada, ouvindo. Eu estou apoiado com as costas no poste do canto, com um pé na água e o outro sobre as coxas dela. Ela acaricia minha panturrilha com os dedos, enquanto olha para a água. Não falamos muita coisa desde que chegamos aqui, à meia-noite, duas horas antes. Nós dois estamos um pouco relaxados, mas esse desleixo é bem-vindo.

Ela recebeu diversas visitas no hospital para que pudessem se certificar de que ela continuaria bem, além de mais uma porção de sessões de terapia e grupos de luto — todas essas coisas que inventam para aprender a lidar com os que se foram. Tenho dormido na casa dos meus pais, conversado com meu pai. Não contei muita coisa, só o suficiente para ele entender um pouco de tudo pelo que passei. Ele não se desculpou de novo, o que é melhor, porque desculpas não valem de merda nenhuma, mas posso garantir que ele tem se esforçado para voltar a se relacionar comigo. Ou qualquer coisa assim. Um dia de cada vez e não guarde mágoas. Essa última parte é difícil.

Nell está... não bem, mas chegando lá. Eu não estou bem, mas estou chegando lá.

Agora estamos bêbados e sozinhos no píer.

"Don't Drink The Water" se transforma em "Blackbird", e não sei direito se estou fazendo a versão da Sarah McLachlan ou a do Paul McCartney, mas não faz a menor diferença. Estou cantando, e as palavras nunca tiveram um significado tão grande. Não é exatamente uma epifania, mas uma mensagem de que, algum dia, de um jeito ou de outro, vamos ficar bem.

Ela percebe o que estou querendo dizer por trás da letra. Ela se vira e olha para mim, com os olhos brilhando sob o luar prateado.

— "Você só estava esperando esse momento para alçar voo[5]..." — ela canta a última linha comigo. — Deus, como eu amo essa música. Como você sabia?

Encolho os ombros e ponho o violão de lado.

— Não sabia, na verdade. Eu só imaginei, porque tem um grande significado para mim, e agora mais do que nunca.

— E nós estamos?

— "Estamos" o quê?

Ela se desliza mais para perto até ficar na minha frente.

— Esperando que esse momento chegasse?

Eu dou uma espécie de risada.

— Não sei bem o que quer dizer com isso, mas vou de sim. Muita merda aconteceu nas nossas vidas. E essa... essa última história que rolou foi um inferno. — Ainda não consigo dizer a palavra para isso que aconteceu; é muito difícil. — Mas temos de aprender a ser livres. Nós precisamos disso, Nell. Não significa ser feliz o tempo todo ou estar bem o tempo todo. Está tudo bem quando não se está bem. Eu já disse isso a você, mas estou reaprendendo isso comigo mesmo. Mas não estar bem não quer dizer parar de viver.

Ela encosta ao meu lado, tomba a cabeça e pressiona seus lábios nos meus. Ela está com gosto de Jameson com limão, da Sprite que ela mis-

---

[5] Trecho da canção "Blackbird", dos Beatles, cujos versos originais são: "You were only waiting for this moment to arise". (N. T.)

turou. Uísque com Sprite? Eca. Mas ela gosta, então tudo bem. Ela está com gosto de Nell, e é isso o que importa.

A língua dela lambe minha boca, e percebo aonde ela está querendo chegar com isso. Sua mão levanta para acariciar atrás da minha cabeça, segurar minha nuca e me puxar na direção dela. Meus dedos passeiam por sua barriga, encontram o espaço entre a camiseta e a calça e tocam o calor sedoso de sua pele. Levanto a camiseta e ela a joga longe. Viemos para o píer tarde da noite, após ela ter tomado banho, então ela está sem sutiã. Eu gosto disso. Posso passar minhas mãos em sua barriga, subir pelas costelas, deslizar os dedos em volta de seu mamilo eriçado e sentir o peso de seu seio. Ela geme na minha boca e sei que ela precisa disso.

Eu também.

Eu a beijo, exploro sua boca, relembro as curvas de seus quadris e de seus seios, e os cachos úmidos de seu cabelo. Ela me beija e me deixa tocá-la. Acho que a cada carícia ela se sente um pouco mais curada. Mostra que ela é mais do que um acúmulo de tristezas.

Eu sinto o mesmo.

Finalmente, ela se vira e se deita sobre mim, deixando-me com as costas no píer; um corpo contra o outro, a maciez se fundindo com a rigidez. Ela solta o peso todo sobre mim, acomoda o rosto entre as mãos e me beija, fazendo com que eu esqueça de todo o resto... Minha Nossa, essa boca é o meu paraíso.

Nell

Não sabia o quanto eu precisava disso até as mãos dele subirem pelas minhas coxas e segurarem os músculos do meu bumbum. Até aquele momento, beijá-lo estava simplesmente... doce, perfeito e todas as coisas que eu precisava esquecer. Mas depois, algo na maneira com que seus dedos cravaram famintos no meu traseiro liberou uma necessidade dentro de mim.

Eu preciso dele. Quer dizer, sim, eu também preciso dele emocionalmente. Ele é meu porto seguro. Ele está lá, só... sempre *lá*, exatamente onde eu preciso que ele esteja. Calmante, reconfortante, quem me protege e me distrai. Mas isso... preciso de seus braços à minha volta, suas mãos me tocando, seus dedos incendiando minha pele e sua boca deixando um rastro maravilhoso de destruição nos meus sentidos. Não posso mais viver um minuto sequer sem aquilo. É uma loucura que se criou dentro de mim.

Imagino que ele deva ter percebido isso assim que eu o ataquei. Nós só estávamos nos beijando, dando uns amassos, tocando algumas partes, então, subitamente, eu me afasto e olho bem para ele, para aqueles olhos vibrantes de safira que brilham sob o céu iluminado pela lua e pelas estrelas, e esses mesmos olhos me contemplam como se eu fosse a coisa mais bela que eles já viram, e eu simplesmente... me liberto.

Mexo desesperadamente em sua calça jeans para arrancar o botão, puxo o elástico de sua cueca, levanto sua camiseta. Estou ofegante por causa desse desejo, dessa loucura.

Ele segura meus punhos com uma das mãos e levanta meu queixo com a outra.

— Relaxa, Nell. Acalme-se.

— Não consigo, não consigo. — Minha voz não é a minha voz; é quase um chiado, e eu não chio. — Eu preciso de você. Agora.

Seus olhos estão calmos, mas famintos.

— Eu também preciso de você, mas acalme-se. Eu estou aqui. Eu estou aqui.

Ele me puxa contra ele e eu sinto seu calor, seus músculos e sua excitação em minha coxa.

— Não é o suficiente. Preciso de você dentro de mim, Colton. Por favor.

Ele tira um fio de cabelo do meu rosto com seu dedo.

— Eu sei, meu amor. Mas respire para mim, está bem? Está tudo bem.

Percebo que estou hiperventilando. Eu não estou bem. Mas Colton me faz ficar bem, não porque ele me conserta, mas porque ele é ele. Ele é imutável. Ele é bruto, grosseiro, amável, esperto e quase analfabeto, mas tão brilhante, tão talentoso e tão incrivelmente gostoso que parece mentira, e ele é *meu*. E tudo isso me faz bem, porque ele me ama, mesmo quando eu fujo e mesmo quando estou hiperventilando.

Eu respiro. Diminuo aquela excitação, uma respiração de cada vez, como venho aprendendo na terapia, e, lentamente, começo a encontrar um pouco de sanidade.

Então Colton levanta com facilidade, ergue-me em seus braços e me carrega até o quarto na casa de seus pais, onde ele tem dormido. A casa está vazia; silenciosa de um jeito que apenas casas vazias conseguem ser. Seus pais não estão; finalmente tiraram um fim de semana só para eles.

Colton me deita na cama, e sinto seu cheiro de colônia, xampu e uísque. Eu o observo, olho fixamente para ele, contemplo sua beleza máscula e vigorosa. Ele tira a camiseta dele daquele jeito sexy que só os homens sabem fazer, puxando-a por cima, alongando os músculos do peitoral e do abdômen. Então ele abre o botão do jeans, e começo a tremer enquanto o vejo baixar lentamente o zíper, só para me provocar.

A calça cai no chão e sua cueca está levantada, mas ele não fica nem um pouco inibido. Ele enrosca os dedos no elástico cinza da cueca e a joga por cima da cabeça, despindo-se para mim.

Isso é o que eu preciso.

Não consigo deixar de morder o lábio e sorrir ao vê-lo de pé à minha frente. Ele está nu, apenas me observando. Estendo os braços e o puxo para perto. Ele vem para cima de mim na cama e fica de joelhos.

— Você está com muita roupa — ele murmura.

— Então você deveria dar um jeito — eu digo.

Ele sorri, puxa minha calça de yoga e depois tira minha calcinha. Sua boca desce até a minha, e seu beijo não é delicado ou gentil; é angustiado. Dominador. Eu o toco e o acaricio; deslizo meu polegar sobre a umidade na ponta, exploro as veias, as elevações e seu contraste do macio e do rijo.

Continuo esperando que ele deslize para dentro de mim, mas ele não vem.

— O médico liberou você para isso, certo? — Ele sussurra gentilmente.

Eu apenas aceno e tento puxá-lo para mim. Porém ele resiste, olhando para mim, tentando me desvendar. Não sei por que de tanta hesitação — acho que eu já deixei bem claro o meu desejo por ele.

Então ele rola de costas e me puxa para cima dele, só que ele me deixa deitada de costas para ele. Ele mexe os quadris para cima, ajusta os travesseiros para nos reclinarmos e... Isso é incrivelmente confortável e sexy ao mesmo tempo. Estou deitada em cima dele e ele está cutucando minha entrada. Eu me inclino para trás para beijar sua mandíbula e me sinto entregue ao sentir o gosto de sua pele, enquanto ele me acaricia. Mal me dou conta disso, pois estou concentrada no gosto do sal em seu pescoço, mas então as mãos dele estão no meu corpo todo, passeando pelas minhas costelas e beliscando levemente meus mamilos, então suspiro, gemo e estendo a mão entre as pernas para guiá-lo até onde ele precisa estar, pressionando-o contra mim.

Mantenho meus dedos na junção de nossas carnes enquanto ele desliza para dentro de mim, e a sensação de seu membro envolto em látex entrando nas minhas partes úmidas e cheias de desejo é intoxicante; mais sexy do que tudo o que já senti. Nossos corpos se movem e sinto minha intimidade se alongando por causa de sua grossura; sinto a umidade escorregadia entre nós; então meus dedos se juntam aos dele no meu clitóris para me estimular. Minha outra mão toca sua mandíbula e ele vira o rosto para beijá-la. Ele aperta e acaricia meus seios enquanto afaga minha saliência, suas coxas estão duras como uma rocha e minhas pernas se enroscam nas dele enquanto faço força para cima e para baixo. Estico um pouco mais a mão e chego até suas bolas, para acariciá-lo lá e naquela parte um pouco mais para baixo.

Sua respiração é quente na minha nuca e sua voz sussurra o meu nome, recita seu amor por mim, repete como sou linda, perfeita e maravilhosa. Cada palavra proferida por ele é como poesia, como uma canção sincronizada com o movimento de nossos corpos.

Não há início, não há fim, não há ele ou eu; só existe *nós*, somente *perfeição*, somente almas e corpos em harmonia e um prazer inebriante.

Em determinado momento eu gozo e a libertação que sinto não tem fim; onda após onda de uma pressão deliciosa, de calor, de êxtase, de um amor tão poderoso que mal consigo respirar. Só quero pousar minha cabeça em seu ombro e continuar ao seu lado, sussurrando seu nome como uma oração ao nosso amor.

Não há uma cura mágica. Não vou acordar amanhã curada e alegre. Ainda vou continuar ferida e de luto.

Mas momentos como esse, ao lado de Colton? Eles tornam tudo suportável. Ele não me cura nem acaba com a minha dor. Ele apenas faz com que a vida valha a pena. Ele me lembra de que preciso respirar, mostra para mim como é possível sorrir novamente. Ele me beija, e consigo esquecer a dor, esquecer os impulsos que ainda tenho de me cortar para apagar as emoções.

Quando ele desliza dentro de mim, posso gemer com ele, respirar com ele, gemer mais um pouco; cada respiração é uma canção, e nos minutos e horas que ele passa consumindo seu amor por mim, com seu amor dentro de mim, sou apenas a sua Nell, sem cicatrizes ou fantasmas.

Quando ele goza, eu gozo de novo, e suspiro as palavras que quase substituem *Eu amo você* entre nós: "Não vivo sem você".

É verdade. Quando gozamos juntos, quando nos beijamos, quando dormimos lado a lado, é quando vemos que não sabemos viver sem o outro, é quando eu estou bem. Quando me dou conta que não vivo sem ele.

FIM

Músicas citadas:

"Danny's Song" – Kenny Loggins
"Reminder" – Mumford & Sons
"Barton Hollow" – The Civil Wars
"Like a Bridge Over Troubled Waters" – Simon and Garfunkel
"I and Love and You" – The Avett Brothers
"Make You Feel My Love" – Adele
"Can't Break Her Fall" – Mat Kearney
"Stillborn" – Black Label Society
"Come On Get Higher" – Matt Nathanson
"I Won't Give Up" – Jason Mraz
"The Girl" – City & Colour
"My Funny Valentine" – Ella Fitzgerald
"Dream a Little Dream of Me" – Ella Fitzgerald and Louis Armstrong
"Stormy Blues" – Billie Holiday
"I would be Sad" – The Avett Brothers
"Hello, I'm in Delaware" – City & Colour
"99 Problems" – Hugo (escrita e interpretada originalmente por Jay-Z)
"It's Time" – Imagine Dragons
"Let It Be Me" – Ray LaMontagne
"Rocketship" – Guster
"Don't Drink The Water" – Dave Matthews Band
"Blackbird" – The Beatles

Gostaria de reservar este espaço para agradecer a todos esses músicos. A música faz parte do meu processo de escrita, e esse livro não existiria sem essas canções, e muitas outras que não foram listadas. Dou a maior força para que conheça esses artistas, se ainda não os ouviu. E claro: não baixe ilegalmente. Compre a música de forma legítima. Apoie os artistas, sejam eles escritores, poetas, pintores, músicos, escultores, fotógrafos... Comprem o trabalho deles e apoiem seus talentos. A arte transforma o mundo num lugar melhor.